UNAUSGESPROCHENES BEGEHREN

NATASHA GRACE

Natasha Grace

www.natashagrace.com

1950 W Corporate Way

#50946

Anaheim, CA 92801

USA

Taschenbuch ISBN: 978-1-955895-02-6

KAPITEL EINS

„Sam! Du bist hier!"

Samantha Collins hatte gerade ihre Aktentasche auf ihren Schreibtisch gelegt, als sie sich in einer festen Umarmung von Karen Parker wiederfand. „Gott sei Dank bist du wieder da. Die Analysten streiten nonstop, seitdem du weg bist."

Sam lächelte, als sie sich von der quirligen, rothaarigen Buchhalterin löste. Sie hatte gezögert, wieder zur Arbeit zu kommen, doch der herzliche Empfang zerstreute ihre Bedenken.

„So wie ich sie kenne, streiten sie darüber, wer sich um die Blue-Chip-Aktien kümmern muss." Niemand wollte seine Zeit damit verbringen, langweilige, stabile Unternehmen zu überprüfen, wenn man genauso gut nach dem nächsten großen Wurf suchen konnte.

Aber da sie keine Erfahrung in der Analyse von Unternehmen gehabt hatte, als sie vor drei Jahren dem

Hedgefonds ihres Mannes, Harkin Capital Management, beigetreten war, hatte sie angeboten, diese langweilige Arbeit zu übernehmen. Es schien ihr keinen besseren Weg zu geben, um zu lernen, was durchschnittliche Unternehmen von den sehr erfolgreichen unterschied, als diejenigen zu studieren, die dauerhaft stabil waren. Zu ihrer Überraschung hatte sie die Arbeit genossen, also hatte sie nicht aufgehört.

Karen hob lachend eine Hand. „Ich verweigere die Aussage." Nach wenigen Augenblicken wurde sie ernst. „Wie kommst du klar?", fragte sie, einen besorgten Ausdruck in ihre braunen Augen, und Sam schnürte es die Kehle zu. Obwohl sie dankbar und überwältigt war, dass sich so viele Menschen um sie kümmerten, erinnerten Fragen wie diese sie an alles, was sie verloren hatte.

„Hierher zurückzukommen ist viel schwieriger, als ich gedacht hatte", gab Sam zu.

Es war zwei Wochen her, dass Jason gestorben war, aber im Büro zu sein, riss die Wunde wieder auf. Erinnerungen an ihren Mann erfüllten den Ort, und es war nur allzu leicht, sich vorzustellen, dass er mit seinem umwerfenden Lächeln in ihr Büro schlenderte und sie fragte, ob er sie zum Mittagessen einladen könne.

Ihr Herz schmerzte bei dem Gedanken, dass dies nie wieder geschehen würde, und sie stöhnte innerlich. Das war genau das, was sie hatte vermeiden wollen, als sie beschlossen hatte, wieder zur Arbeit zu gehen – Selbstmitleid. Weinen und Trauern schien das Einzige zu sein, wozu sie gerade in der Lage war.

Sie hatte gehofft, dass die Arbeit ihr helfen würde, ihre Gedanken von dem Verlust von Jason abzulenken, aber sie hatte vergessen, dass Jason Harkin Capital Management *war*. Seine Persönlichkeit und seine Visionen füllten jeden Zentimeter des Büros und so würde es immer bleiben.

„Oh, Liebes." Karen nahm ihre Hand und drückte sie. „Ich bin hier, wenn du reden willst."

„Danke. Ich weiß das zu schätzen."

Karen schenkte ihr ein ermutigendes Lächeln, bevor sie zur Tür ging. „Ich mache mich jetzt besser an die Arbeit, bevor jemand nach mir sucht. Es war so verrückt hier in letzter Zeit. Lass uns zu Mittag essen, wenn dir danach ist."

Als ihre Freundin gegangen war, zog Sam ihren Mantel aus und hängte ihn an den Kleiderständer. Ein kurzer Blick nach draußen zeigte, dass es noch schneite. Sie hatte den Winter und alles, was damit einherging, schon immer geliebt – den Schnee, die heiße Schokolade ... Aber nun erinnerten all diese Dinge sie an die vereisten Straßen, die ihr Jason geraubt hatten. Sie würde nie wieder Schnee sehen können, ohne an dessen tödlichen Preis erinnert zu werden.

Sie schob den Gedanken beiseite, wandte sich ihrem Schreibtisch zu und nahm die Beileidskarten zur Hand, die man ihr dort hinterlassen hatte. Als sie sie in ihre Aktentasche stopfte, sah sie den Jahresbericht, den sie vor zwei Wochen erstellt hatte, als sie den Anruf über Jasons Unfall erhalten hatte.

Ein Computerhersteller, den sie betreute, hatte ihn an jenem Tag veröffentlicht, und obwohl es jetzt etwas spät war, beschloss sie, ihn zuerst zu lesen. Wer weiß? Sie könnte etwas bemerken, was dem Markt entgangen war.

Kaum hatte sie zehn Minuten später die zweite Seite beendet, begannen die Worte, vor ihren Augen zu verschwimmen. Sie konnte sich nicht konzentrieren.

Sie konnte nur an Jason denken und daran, dass sie wahrscheinlich in seinem Büro sitzen würde, wenn er noch am Leben wäre. Seufzend schob sie ihren Stuhl vom Tisch weg und ging zu den raumhohen Fenstern. Die Skyline von Manhattan lag vor ihr, aber ausnahmsweise beeindruckte sie die Aussicht, die sie sonst immer bewundert hatte, heute kein bisschen. Wie das Büro war auch die Stadt voller Erinnerungen an ihren Mann.

Rechts befand sich die vertraute Fassade des Art-déco-Hotels, in dem Jason ihr vor vier Jahren seinen Antrag gemacht hatte. Er hatte ihr erzählt, dass sie sich mit einem Kunden treffen würden, aber in Wirklichkeit hatte er das ganze Restaurant gebucht und alle ihre engsten Freunde eingeladen. Dann war er vor allen auf die Knie gefallen und hatte ihr die Frage gestellt.

Sie war so glücklich gewesen. Es hatte sich angefühlt, als hätte sie endlich alles bekommen, wovon sie jemals geträumt hatte. Sie hatte nicht damit gerechnet, dass ihr alles genommen werden könnte und wie schnell so etwas geschehen konnte.

Eine eisige Straße. Jason, der zu schnell fährt –

„Du bist wieder da."

Erschrocken wandte sie sich um und sah Luke Darren, den Freund und Geschäftspartner ihres Mannes, in ihrer Tür stehen. Er sah erschöpft aus. Er hatte dunkle Ringe unter seinen Augen und seine pechschwarzen Haare sahen aus, als würde er zu oft mit den Fingern hindurchfahren. Wie sie es im Laufe der Jahre so oft gesehen hatte, wenn sie wieder einmal im Wettlauf mit der Zeit gearbeitet hatten, stand sein Kragen offen und seine Krawatte war gelockert. Aber im Gegensatz zu damals war es heute noch früh am Morgen.

„Warst du die ganze Nacht hier?", platzte sie ohne nachzudenken heraus.

Er rieb sich über seine Bartstoppeln. „Ja. Wir haben gerade einen Deal mit Leeds abgeschlossen."

„Leeds – die Lebensmittelkette?", fragte sie überrascht. Obwohl sie in letzter Zeit in keinem dieser Läden gewesen war, war sie der Meinung, dass es dem Unternehmen gut ging. Überall in der Stadt waren neue Filialen aufgetaucht. Waren sie mit ihrer Expansion zu aggressiv vorgegangen? War das der Grund, warum sie sich mit der Bitte um Geld an sie gewandt hatten?

„Ja. Sie liefen Gefahr, die Gehälter nicht zahlen zu können. Ihr Markteintritt in Pennsylvania ist nicht so gelaufen, wie sie es sich erhofft hatten."

Plötzlich verspürte sie Schuldgefühle, dass sie die letzten zwei Wochen zu Hause verbracht hatte, während Luke offensichtlich hart gearbeitet hatte. Besonders als ihr klarwurde, dass sie nicht die Einzige war, die trauerte. Luke hatte nicht nur seinen besten Freund verloren, sondern auch seinen Geschäftspartner. Und da sie wusste, was für ein Kontrollfreak er war, war sie überzeugt, dass er die meisten, wenn nicht alle Verantwortlichkeiten von Jason zusätzlich zu seinem bereits vollen Arbeitspensum übernommen hatte.

„Gibt es etwas, mit dem ich helfen kann?", fragte sie und bereute die Worte sofort. Obwohl sich im Laufe der Jahre eine Art Pseudo-Freundschaft zwischen ihnen entwickelt hatte, wusste sie, was Luke wirklich von ihr hielt. Er würde nie im Leben zugeben, dass er ihre Hilfe brauchte. Er wollte nicht einmal, dass sie im Unternehmen arbeitete.

„Ja", sagte er. Sie blinzelte. Wie lange war sie weg gewesen?

„Wir kontrollieren gerade alle unsere Beteiligungen und Verträge. Ich kann dir von Sheila eine Liste einiger Unternehmen schicken lassen, die du dir näher ansehen kannst."

Sheila Thompson war Lukes persönliche Assistentin und schon seit Ewigkeiten im Unternehmen. Sam war sich nicht sicher, wo sie sie aufgetrieben hatten, aber sie hatte es immer für ein Wunder gehalten, dass sie jemanden gefunden hatten, der keine Angst vor Luke hatte.

„Wir prüfen alle Unternehmen gleichzeitig?"

In der Regel fanden solche Überprüfungen nur dann statt, wenn ein neuer Bericht herauskam oder wenn es eine neue Entwicklung gab. Eine gleichzeitige Überprüfung aller Unternehmen war verrückt – ganz zu schweigen vom zusätzlichen Arbeitsaufwand. Die Finanzen eines Unternehmens wurden bereits von mindestens drei verschiedenen Personen überprüft, bevor Harkin eine einzige Aktie kaufte. Alles noch einmal zu überprüfen, ohne zusätzliche Informationen, schien einfach verrückt. Was genau erwartete er sich davon?

Lukes Gesichtsausdruck wurde kurz düster. „Ja. Angesichts des Cervco-Handels und Jasons Tod können wir es uns nicht leisten, irgendwelche Schwächen in unserem Portfolio zu haben."

Die Erinnerung an das Cervco-Fiasko schlug ihr sogleich auf den Magen. Sie hatte es ganz vergessen. Das Softwareunternehmen war einer der größeren Beteiligungen Harkins gewesen, bis es von der Börsenaufsichtsbehörde wegen Gewinnfälschung angeklagt worden war. Über Nacht hatte sich der Aktienkurs mehr als halbiert. Sie hatten alle ihre Aktien sofort verkauft, um die Verluste zu begrenzen, aber der Schaden war bereits angerichtet gewesen.

Lukes Worte waren eine deutliche Erinnerung daran, dass Jasons Tod weitreichende Auswirkungen hatte. Ihre Entscheidung, zwei Wochen privat zu trauern, schien plötzlich egoistisch, wenn sie an all die Mitarbeiter dachte, für die Harkin verantwortlich war – ganz zu schweigen von all dem Geld, das ihnen anvertraut worden war.

„Sicher." Sie würde so gut sie konnte helfen, obwohl sie Lukes Bereitschaft, ihr Angebot anzunehmen, überraschte. War dies wirklich derselbe Kerl, der sich so gegen ihre Anstellung hier gesträubt hatte, dass er gelogen und ihr erzählt hatte, dass Jason eine Affäre hätte? Er musste wirklich heillos überfordert sein.

„Danke. Ich weiß das zu schätzen."

„Und wie geht es dem Unternehmen davon

abgesehen?" Sie hatte von zwei Kunden gehört, die ihr Geld abgezogen hatten. Hoffentlich waren es nicht mehr.

Luke zögerte, bevor er vollständig in ihr Büro trat und die Tür hinter sich schloss. „Ich denke, wir könnten Peter verlieren." Peter Ricci war einer der Top-Manager von Harkin. Zusammen mit Jason hatte er einen der beiden Aushängefonds des Unternehmens geleitet, während Luke sich um den anderen kümmerte. Harkin Capital Management hatte zu Anfang nur aus einem einzigen Fonds bestanden, aber Luke und Jason hatten bald mehr hinzugefügt, um den unterschiedlichen Bedürfnissen ihrer Kunden gerecht zu werden. „Er ist verärgert, dass ich anstatt ihm George die Aufgabe übertragen habe, sich um die krisenbehafteten Fonds zu kümmern."

„Oh." Obwohl sie wusste, dass Jasons Verantwortlichkeiten unter den verbleibenden Managern aufgeteilt werden würden, tat es weh zu wissen, dass ihn jemand anderes ersetzen würde. Aber das war der Lauf der Dinge. Das Leben geht weiter, auch wenn man es nicht will. „Das tut mir leid", murmelte sie. Wenn Peter den Fond verließ, wäre das sicher ein Schlag, aber sie stimmte Lukes Entscheidung zu.

Obwohl Georges Renditen nicht so groß waren wie die von Peter, konnte er zumindest mit Kritik umgehen und akzeptieren, wenn er sich irrte. Das Risiko, dass mit George an der Spitze noch einmal so etwas wie mit Cervco passierte, war viel geringer.

„Lieber er als George, oder?", fragte sie, wohl wissend, dass die Entscheidung keine leichte gewesen war. Peter war einer der ersten Mitarbeiter, die sie jemals eingestellt hatten.

Luke nickte und setzte sich auf einen der Stühle vor ihr. Die Stille in ihrem Büro war ohrenbetäubend, als die Sekunden vergingen und er nur auf ihren Schreibtisch starrte. Luke war nie ein großer Redner gewesen, aber ein derart langes Schweigen war man selbst von ihm nicht gewohnt. Sie wollte ihn gerade fragen, wie es Janet, Jasons Assistentin, ging, als er sich mit der Hand über das Gesicht fuhr und seufzte.

„Und seit Jasons Tod wurden rund vierhundert Millionen aus dem Unternehmen abgezogen."

Vierhundert Millionen? Das war fast ein Drittel dessen, was sie managten.

„Wie?", fragte sie tonlos.

Wie hatten sie in so kurzer Zeit so viele Kunden verlieren können?

„Du weißt, dass Jason schon immer das Gesicht des Unternehmens war."

„Aber dich kennt doch auch jeder."

Jason hatte ihr immer die Artikel gezeigt, in denen Luke erwähnt wurde. Luke nahm keine Interviewanfragen an wie Jason, aber die Leute wussten über ihn und seine Rolle in der Firma Bescheid.

Oder etwa nicht?

„Nicht so wie Jason", sagte Luke und blickte sie scharf an.

Sie schüttelte wortlos den Kopf. Wie konnte Jasons Tod einen solchen Exodus auslösen? Obwohl es stimmte, dass er das Gesicht des Unternehmens gewesen war und in den ersten Tagen eine große Rolle im Fonds gespielt hatte, hatte er sich in den letzten Jahren etwas zurückgezogen, um sich auf seine Wohltätigkeitsarbeit zu konzentrieren, sodass Luke die täglichen Geschäfte des Unternehmens abgewickelt hatte.

Und sicher, mit vielen ihrer Kunden war Jason befreundet gewesen, aber die Harkins-Manager waren auch sehr gut in dem, was sie taten. Seit seiner Gründung bis zum letzten Jahr hatte Harkin Capital Management den Markt jedes Jahr geschlagen. Und von Freundschaften und Verbindungen einmal abgesehen: Das Unternehmen verdiente Geld für seine Kunden. Und nicht wenig. Sie konnte sich nicht vorstellen, dass die Leute alles wegwarfen, nur weil Jason gestorben war.

„Warum hast du mir das nicht gesagt?", fragte sie Luke schließlich.

Wenn sie gewusst hätte, dass die Dinge so schlimm standen, wäre sie früher wieder zur Arbeit gekommen. Es hätte eventuell nicht viel geändert, aber zumindest hätte sie versuchen können zu helfen. Als sie sich daran erinnerte, dass Jason ihr seinen Teil der Firma überlassen hatte, realisierte sie benommen, dass sie und Luke nun gleichberechtigte Partner bei Harkin waren. Sie hätte *da* sein sollen.

„Ich wollte nicht, dass du dich, neben allem anderen, auch noch damit auseinandersetzen musst."

Sogar Luke verhätschelte sie. Sie hätte gelacht, wenn der Gedanke nicht so irrwitzig gewesen wäre. Er war nie ihr größter Fan gewesen.

Plötzlich kam ihr ein Gedanke. „Warte – müssen wir jemanden entlassen?" Eine so große Einbuße bei den

Gewinnen hätte drastische Auswirkungen auf das Geschäftsergebnis.

„Jetzt gleich? Nein. Wir waren immer konservativ in Bezug auf unsere Gemeinkosten. Aber wenn wir weiterhin Kunden verlieren ..." Er zuckte mit den Achseln, und ein Schauder lief ihr über den Rücken. Sie hatte gesehen, wie so viele Hedgefonds ihre Belegschaft im Laufe der Jahre kürzten. Die Analysten und die Portfoliomanager waren in der Regel unabkömmlich, aber viele der anderen – wie die Händler und das Verwaltungspersonal – nicht. Bei dem Gedanken daran, die Menschen zu entlassen, die zu ihrer Familie geworden waren, wurde ihr schlecht. Sie hätte nie gedacht, dass Harkin das passieren könnte. Das Unternehmen hatte immer so stark gewirkt.

„Hast du etwas dagegen, bei dem Meeting am Dienstag dabei zu sein?", fragte Luke. „George führt es, aber ich würde mich wohler fühlen, wenn ich wüsste, dass du auch dort bist."

„Kommst du nicht?" In all den Jahren bei Harkin, hatte Luke das wöchentliche Treffen mit den Portfoliomanagern und Analysten des Unternehmens nie verpasst. Er war zu sehr der praxisnahe Manager, um es jemand anderem zu überlassen. Und jetzt würde er nicht nur eines auslassen, sondern wollte außerdem, dass sie als sein zweites Paar Augen daran teilnahm? Ihre Verblüffung wuchs. Sie nickte einfach nur.

„Danke." Er lächelte, als er aufstand. „Ich bin wirklich froh, dass du wieder da bist, Sam."

Sie hätte ihn gern an die Zeit erinnert, in der er sie hier nicht gewollt hatte, doch sie widerstand dem Drang. Das

Boot zum Schwanken zu bringen würde niemandem helfen, zumal sie plante, weiterhin bei Harkin zu arbeiten. Das Unternehmen hatte Jason so viel bedeutet. Sie wollte es für ihn am Leben erhalten.

„Ich auch", murmelte sie und war überrascht, wie ernst sie es meinte. Sie liebte ihre Arbeit und die Menschen, mit denen sie zusammenarbeitete. Sie gehörte hierher. Und Luke musste damit einfach klarkommen.

KAPITEL ZWEI

Es war an der Zeit, die Vergangenheit ruhen zu lassen. So redete sich Samantha das zumindest ein, als sie einige Tage später auf dem Weg zu Lukes Büro den Trading Room durchquerte.

Sie hatte sich schnell wieder bei Harkin eingelebt und war in der Liste der Unternehmen, die Luke ihr zur Überprüfung geben hatte, gut vorangekommen. Glücklicherweise waren diejenigen, die sie bisher überprüft hatte, in guter Verfassung und auf Kurs, ihre projizierten Ziele zu erreichen.

Eine der zusätzlichen Vorsichtsmaßnahmen, die Luke als Teil der Überprüfung eingeführt hatte, war sicherzustellen, dass keiner der Analysten seine eigene Arbeit prüfte. Er teilte die Arbeit anonym auf, sodass niemand wusste, was der andere prüfte, sofern sie es einander nicht erzählten.

Das war ein kluger Schachzug, für den sie besonders dankbar war. Sie hatte immer den Verdacht gehabt, dass die anderen Analysten es vermieden, etwas Kritisches über ihre Berichte zu sagen, weil sie die Frau des Chefs gewesen war. Hoffentlich würde die Möglichkeit, die Analysen anonym durchzuführen, ihnen ermöglichen zu sagen, was sie wirklich von ihrer Arbeit hielten.

Sam hatte Luke aufgrund ihres Arbeitspensums seit ihrem ersten Tag nicht mehr oft zu Gesicht bekommen, doch auch wenn sie sich in der Vergangenheit immer aus dem Weg gegangen waren, konnten sie das jetzt nicht mehr tun. Nun, da sie Partner waren, mussten sie dafür sorgen, dass sie gemeinsam an einem Strang zogen, und das konnten sie nicht tun, wenn sie sich nie zusammen im selben Raum aufhielten. Sie mussten lernen, miteinander auszukommen, und da Luke es nicht eilig hatte, den Status quo zu ändern, lag es an ihr, auf ihn zuzugehen.

Das war schon lange überfällig.

Sicher, Luke hatte vor all den Jahren Mist gebaut, als er gelogen und ihr erzählt hatte, Jason habe eine Affäre. Aber vielleicht war er der Meinung gewesen, Jason irgendwie beschützen zu müssen. Es gab viele Leute, die glaubten, Jason hätte jemanden geheiratet, der weit unter seinem Niveau war, und Luke war wahrscheinlich einer von ihnen. Wenn das der Fall war, konnte sie ihm nicht böse sein, denn er hatte lediglich seinem Freund helfen wollen – egal wie falsch er gelegen hatte.

Dennoch hegte sie weiterhin gewisse Ressentiments. Damals war sie entsetzt gewesen, wie tief zu sinken er bereit gewesen war, um sie davon zu überzeugen, Jason und damit das Unternehmen zu verlassen. Sie wusste, wie sehr Jason sie geliebt hatte. Aber um Jasons Freundschaft mit Luke willen hatte sie ihm nie von dem Gespräch erzählt. Stattdessen hatte sie sich so weit wie möglich von Luke distanziert und war nur so höflich wie nötig gewesen.

Aber jetzt war alles anders. Aus dem Weg gehen und Höflichkeit taten es nicht mehr.

Seufzend umklammerte sie die Schachtel in ihrer Hand. Darin befand sich eine der beiden Uhren, die Jason und Luke gekauft hatten, nachdem das Unternehmen die Managementeinnahmen für das erste Jahr eingezogen hatte. Schon damals hatten sie gewusst, dass sie Erfolg haben würden. Sie waren so zuversichtlich, dass sie den größten Teil des Jahresgewinns für diese Uhren ausgegeben hatten, ohne lange darüber nachzudenken. Es war zwar eine Dummheit gewesen, aber sie hatten damit ausdrücken wollen, dass das Geld, das sie in diesem Jahr verdient hatten, nichts im Vergleich zu dem war, das sie in Zukunft verdienen würden. Und sie hatten recht behalten. Diese extravaganten, teuren Uhren waren jetzt für sie nicht mehr wert als irgendeine Fließbandware.

Sie dachte, wenn sie Luke Jasons Uhr gäbe, würde sie ihm damit zeigen, dass sie bereit war, von vorn zu beginnen, und dass sie eine professionelle Beziehung aufbauen konnten.

Die Uhr war auch ein Dankeschön für seine Hilfe bei den Bestattungsvorbereitungen. Sie wäre ein Wrack gewesen, wenn man ihr diese Pflicht überlassen hätte, und sie bezweifelte, dass es Jasons Eltern besser ergangen wäre. Und er hatte all das getan, ohne dass sie ihn darum gebeten hätte. Sie hatte lediglich bei der Bestattung erscheinen müssen und dafür würde sie ihm auf ewig dankbar sein.

Es war noch früh am Morgen, daher war Lukes Assistent noch nicht da. Samantha klopfte sanft an die geschlossene Tür.

„Komm herein", dröhnte seine Stimme.

Nun, dann mal los.

„Hey", murmelte sie, als sie eintrat. Luke schaute von seinem Computer auf. Seine dunklen Augen weiteten sich, als er sie sah.

„Hey", sagte er verhalten.

Hatte sie einen Fehler gemacht? *Würde er die Geste missverstehen?* Nein. Sie ließ sich von ihren Bedenken nicht aufhalten. Er war in den Wochen unmittelbar nach Jasons Tod so freundlich gewesen und als sie ins Büro zurückgekehrt war, hatte er dafür gesorgt, dass sie nicht von Arbeit überwältigt wurde.

Außerdem hatte er hart gearbeitet, um Harkin Capital Management aufzubauen. Wenn sie ganz ehrlich war, bezweifelte sie, dass Jason ohne Luke denselben Erfolg erzielt hätte. Obwohl Jason ein erstaunlicher Analyst und Portfoliomanager war, hatte er nicht die Ausdauer und die Hartnäckigkeit, die Luke besaß. Für Luke stand das Unternehmen wirklich an erster Stelle, während Jason sich oft von anderen Prioritäten ablenken ließ.

Und sicher, Jason hatte ihnen die meisten ihrer Kunden eingebracht, doch es war Luke, der die überdurchschnittlichen Renditen geliefert hatte, die diese Kunden über die Jahre hinweg zufrieden stellten. Und es war Luke, der die Flaute abgefangen hatte, als Jason beschlossen hatte, sich mehr auf seine Wohltätigkeitsarbeit zu konzentrieren. Also, ja. Luke hatte die Uhr verdient.

Sam ließ sich in einem der Lederstühle vor Lukes Mahagoni-Schreibtisch nieder. „Ich habe einige von Jasons Sachen aufgeräumt und dachte, er hätte sich gewünscht, dass du das bekommst." Sie lächelte, als sie ihm die Schachtel überreichte.

Lukes Augen leuchteten neugierig auf, als er sie entgegennahm. Er erstarrte, als er erkannte, was es war.

Er schluckte, als er die Schachtel öffnete und die Uhr herausnahm. Die Lampen über ihren Köpfen ließen die Diamanten funkeln, die in die Uhr eingelassen waren, als er sie andächtig in der Hand hielt.

„Ich …" Er schüttelte den Kopf und sah sie an. „Danke, Samantha." Seine Stimme war voller Emotionen, was sie überraschte. Er war immer so stoisch gewesen.

All die Dinge, die sie über ihn und Jason als perfektes Team hatte sagen wollen, schienen plötzlich banal. Obwohl sie sich wirklich perfekt ergänzt hatten – die Schwächen des einen waren die Stärken des anderen –, konnte sie sich vorstellen, wie oft Luke das seit Jasons Tod bereits gehört hatte.

„Ich bin immer hier, wenn du reden willst", sagte sie stattdessen.

Trauer trat in seine Augen. „Danke. Dasselbe gilt für dich."

Sie nickte, und eine gedämpfte Stille legte sich über den Raum. Sie betrachtete das Bücherregal an der Seite des Raumes und wurde sich bewusst, dass sie heute zum ersten Mal wieder in seinem Büro war, seitdem er ihr erzählt hatte, dass Jason eine Affäre hätte.

Sie konnte sich noch daran erinnern, wie seine Worte

ihre Welt auf den Kopf gestellt hatten und wie verletzt und wütend sie gewesen war. Nach Monaten, in denen sie nicht miteinander ausgekommen waren, hatte sie gedacht, sie würden endlich Freunde werden. Er hatte aufgehört, sie finster anzustarren, und sie sogar ein- oder zweimal angelächelt. Sie hatte ja nicht geahnt, dass sein Verhalten nur Teil eines größeren Plans gewesen war, sie loszuwerden. Sobald sie sich ihm gegenüber geöffnet hatte, hatte er sich auf sie gestürzt und ihr Lügen aufgetischt.

Ihr Rücken versteifte sich bei der Erinnerung und sie sprang auf. „Ich denke, ich lasse dich dann wieder arbeiten", sagte sie und deutete auf den Papierstapel auf seinem Schreibtisch. Nur weil sie beschlossen hatte, ihm zu vergeben, bedeutete das nicht, dass sie bereit war zu vergessen.

Sie war schon fast an der Tür, als Luke sie aufhielt.

„Samantha."

Sie ballte die Hände zu Fäusten, während sie sich langsam zu ihm herumdrehte.

„Danke", sagte er und hielt die Uhr in die Höhe. „Das bedeutet mir wirklich sehr viel."

Seine Augen strahlten aufrichtig, und ihr wurde bewusst, dass Jason zwar manchmal eifersüchtig auf Luke gewesen sein mochte, sie aber nie gesehen hatte, dass Luke eifersüchtig auf Jason gewesen wäre. Ein befremdlicher Gedanke.

„Gern."

* * *

Der Mann redete immer noch.

Luke Darren widerstand dem Drang, auf die Uhr in der Ecke des Besprechungsraums zu schauen. Er war immer der Meinung gewesen, dass Kundengespräche Zeitverschwendung waren, aber er konnte es sich nicht mehr leisten, Kunden zu verärgern, indem er sich weigerte, sie zu treffen. Er hatte in den letzten Wochen auf die harte Tour gelernt, dass sich einige Kunden mit nichts Geringerem zufriedengeben würden, als mit dem Chef persönlich zu sprechen. Sie meinten tatsächlich, sie hätten ein Recht darauf.

Schuldgefühle nagten an ihm, wenn er daran dachte, dass er einige ihrer Investoren davon hätte abhalten können, sich aus Harkin zurückzuziehen, wenn er sich nur die Zeit genommen hätte, persönlich mit ihnen zu sprechen und ihre Bedenken so zu zerstreuen, wie Jason es immer getan hatte. Obwohl er die Bedeutung der Kundenbeziehungen verstand, war er der Meinung, dass seine Arbeit für sich selbst sprach. Harkins hervorragende Renditen sollten ausreichen, um ihre Kunden bei Laune zu halten, ohne sie die ganze Zeit unterhalten zu müssen.

Er hätte es besser wissen sollen.

Er hatte bereits all die teuren Essenseinladungen gestrichen, die er als legale Bestechung betrachtet, auf die Jason aber bestanden hatte. Zumindest hätte Luke sich mit den Leuten treffen sollen, die ihn darum gebeten hatten. Stattdessen hatte er Massen-E-Mails verschickt. Nicht seine beste Idee.

Späte Einsicht konnte verdammt wehtun.

Damals hatte er die Notwendigkeit all dieser

Einzelgespräche nicht erkannt. Wenn die Kunden nicht über Themen wie Jachten oder neue Broadway-Musicals sprachen, versuchten sie, Informationen über die Beteiligungen des Unternehmens zu erhalten. Es war lächerlich. Er hatte sich nicht die Mühe gemacht, ihre SEC-Bestände geheim zu halten, nur um sie dann einem Kunden anzuvertrauen.

Er war sich sehr wohl bewusst, dass es Leute gab – einschließlich der eigenen Kunden –, die versuchten, Harkins Portfolio auf eigene Faust nachzuahmen, um die Zahlung von Verwaltungsgebühren zu vermeiden. Und obwohl es schmeichelhaft war, dass die Leute ihn nachahmten, erhöhte es doch auf unnatürliche Weise die Preise der Aktien. Es hatte zu Beginn seiner Karriere bereits Zeiten gegeben, in denen er mehr Aktien eines Unternehmens hatte kaufen wollen, aber nicht dazu in der Lage gewesen war, weil die Preise bereits von diesen Nachahmern nach oben getrieben worden waren.

Hank Randall, der fast so gut war wie Jason, wenn es um den Umgang mit Kunden ging, hätte eigentlich an dem heutigen Treffen teilnehmen sollen, um den Verlauf des Gesprächs zu lenken, aber heute Morgen war die Fruchtblase seiner Frau geplatzt – anscheinend ein paar Wochen früher als erwartet.

Luke hatte nicht einmal gewusst, dass Barbara schwanger war, und obwohl er sich für seinen COO freute, fragte er sich, warum Hank bis heute nichts gesagt hatte. Sie verbrachten jeden Tag Stunden miteinander und Hank hatte nie daran gedacht zu erwähnen, dass er und seine Frau ihr erstes Kind erwarteten?

„Es ist eine sehr exklusive Schule", sagte Thomas Baine, der Hotelerbe, bei dem Luke gerade feststeckte.

Luke fragte sich, was der Kerl sagen würde, wenn er ihm erzählen würde, dass er vom Kindergarten bis zum College auf eine öffentliche Schule gegangen war. Seine Eltern hatten sich nicht einmal den Kindergarten leisten können. Thomas würde wahrscheinlich gleich morgen früh sein Geld aus dem Fonds abziehen. Leute wie er wollten nichts mit der Arbeiterklasse zu tun haben, obwohl es deren Arbeit war, die seine Familie reich gemacht hatte.

„Der Unterricht kostet neunundvierzigtausend Dollar im Jahr, aber es lohnt sich", prahlte Thomas. „Sie haben ein Schüler-Lehrer-Verhältnis von vier zu eins und laut *Wealth* ist es die beste Grundschule an der Ostküste. Sie ist wirklich die einzige Schule gewesen, die wir für unseren Sohn in Betracht gezogen haben."

Lukes Augen zuckten. Ihm war es egal, in welcher Schule Thomas sein Kind eingeschrieben hatte oder wie viel es gekostet hatte. Er wollte nur einen Weg finden, dieses Meeting zu beenden, ohne einen weiteren Kunden zu vergrämen. Er hatte heute Abend noch viel zu tun. Er hatte vor Kurzem entdeckt, dass Jason das Geld ihrer Kunden in ihrem Krisenunternehmen-Fonds überhebelt hatte, und Luke liquidierte nun so schnell wie möglich einige ihrer riskanteren Vermögensanlagen, um das Risiko zu mindern. Er hasste es, dass er eine Menge dieser Geschäfte auf Basis seiner Intuition anstatt solider Erkenntnisse tätigte, aber ihn drängte die Zeit und er konnte sich diesen Luxus nicht leisten.

Ein Teil von ihm hatte immer noch Schwierigkeiten zu

akzeptieren, was Jason getan hatte. Obwohl er wusste, dass Jason vor den Medien sein Gesicht verloren hatte, als eine ihrer größeren Holdings dabei erwischt worden war, wie sie ihre Einnahmen fälschte, hätte Luke nicht gedacht, dass Jason ihre Vereinbarung brechen würde.

Als sie den Krisenfonds eröffnet hatten, hatten sie vereinbart, ihn höchstens dreifach zu hebeln. Obwohl es riskant war, Aktien mit geliehenem Geld zu kaufen, war es ein kalkuliertes Risiko, und sie hatten sich darauf geeinigt, sie besonders sorgfältig zu verwalten. Selbst wenn ein oder zwei Unternehmen des Fonds untergehen würden, konnten ihre anderen Beteiligungen etwaige Verluste ausgleichen.

Aber Jason hatte den Fonds achtfach gehebelt. Hätte sich der Markt plötzlich geändert, hätte sein Überhebeln nicht nur den Kunden geschadet, die ihnen ihr Geld anvertraut hatten, sondern auch Harkin ruiniert.

„Ihr Sohn muss sehr schlau sein", sagte Luke tonlos und zwang sich, sich auf das Gespräch zu konzentrieren und nicht auf die Beteiligungen, die er verkaufen musste.

Verdammt. Konnten diese Besprechungen sich noch länger hinziehen? Wenn Hank es nicht zu den Treffen schaffen würde, die Luke für morgen geplant hatte, müsste George oder einer der anderen Manager einspringen, um die Gespräche zu führen. Luke konnte keine weitere Katastrophe wie heute Abend riskieren. Er konnte den ganzen Tag über Geschäfts- und Anlagestrategien sprechen, aber Small Talk? Auf keinen Fall.

Thomas Brust schwoll an. „Das ist er. Er ist ziemlich klug für sein Alter."

Luke wollte gerade sagen: „Wie der Vater, so der Sohn",

als er sah, wie Sam den Gang entlangging. Er erstarrte. *Sie ist immer noch hier?* Es war nach sieben Uhr. Er fragte sich, ob sein Verstand ihm einen Streich spielte, als er merkte, dass sie das gleiche dunkelblaue Kleid trug, das sie getragen hatte, als sie heute Morgen sein Büro aufgesucht hatte.

Thomas musste seinen Blick bemerkt haben, denn er sagte: „Oh. Ist das Jasons Frau?"

„Ja." Da er wusste, dass dieses Meeting bald im Sande verlaufen würde, stand Luke auf. „Ich stelle Sie gern einander vor."

Er öffnete die Tür und streckte seinen Kopf heraus, als Sam sich näherte. Ihre Schritte gerieten ins Stocken, als sie ihn sah, und ihm wurde schwer ums Herz. Sie war immer noch vorsichtig ihm gegenüber. Als sie ihm die Uhr gegeben hatte, hatte er gehofft, dass sie ihm vergeben hatte, dass er ihr von Jasons Affären erzählt hatte, aber vielleicht waren einige Wunden einfach zu tief, um jemals vollständig zu heilen.

Da er wusste, dass dies nicht der Momentt war, um darüber nachzudenken, was er hätte anders machen können, verdrängte er den Gedanken aus seinem Kopf.

„Hey, Sam. Kannst du für eine Sekunde reinkommen?"

Sie zögerte kurz. „Sicher."

Er erhaschte einen Hauch von Vanille, als sie den Raum betrat, und schloss seine Finger fester um die Türklinke. Dies war *nicht* die richtige Zeit, um solche Gedanken über Sam zu hegen. Es war nie die richtige Zeit, korrigierte er sich schnell selbst. Nur weil Jason weg war, bedeutete das nicht, dass Luke plötzlich eine Chance bei Sam hatte. Es spielte keine Rolle, dass sein Freund sie nicht so geschätzt hatte, wie er es hätte tun sollen. Freunde stahlen einander nicht die Frauen.

Luke verdankte Jason alles, was er hatte. Er wäre wahrscheinlich heute ein Analyst bei Brown und Hale, wenn Jason ihn nicht eingeladen hätte, gemeinsam einen Fonds zu gründen. Er selbst hätte nie davon geträumt, einen eigenen Hedgefonds zu besitzen. Er hatte weder die Verbindungen noch das Geld, um einen zu starten. Und als ob alles, was Jason für ihn getan hatte, nicht genug wäre, wollte er jetzt auch noch seine Frau?

Er war von sich selbst angewidert und sah Thomas an, als er sie einander vorstellte. „Sam, das ist Thomas Baine. Thomas, das ist Samantha Collins."

Außerdem hatte Sam ohnehin kein Interesse an ihm.

„Hallo, Samantha. Nett, Sie endlich kennenzulernen", sagte Thomas, als er seine Hand ausstreckte. „Jason hat mir so viel von Ihnen erzählt."

Sam warf Luke einen fragenden Blick zu, bevor sie sich Thomas zuwandte. „Nur Gutes, hoffe ich", sagte sie, während sie lächelnd seine Hand schüttelte.

Thomas lachte. „Natürlich hat er nicht erwähnt, wie schön Sie sind."

Zwanzig Minuten später schmunzelte Luke insgeheim, als sich das Gespräch dem Kochen zuwandte. Samantha *hasste es* zu kochen. Als älteste Tochter von zwei Vollzeitarbeitern hatte sie genug vom Kochen. Jetzt, da sie sich den Luxus leisten konnte, einen Koch einzustellen, nutzte sie das verständlicherweise aus.

„Dann machen Sie also Ihre eigene Pasta?", fragte Thomas. Die Frage war rein rhetorisch, denn bevor Sam antworten konnte, ergoss er sich in einen Monolog über den Nudelmacher, den er vor Kurzem gekauft hatte.

Thomas schien nicht zu bemerken, dass Samantha ihr Interesse genauso vortäuschte wie Luke, als sie über die Erziehung seines Sohnes sprachen. Luke konnte dem Mann keinen Vorwurf machen. Wenn sich Samanthas ganze Aufmerksamkeit ausschließlich auf ihn richten würde, könnte er sich wahrscheinlich nicht einmal an seinen eigenen Namen erinnern.

Zum hundertsten Mal klopfte er sich innerlich auf den Rücken, dass er sie in dieses Meeting gerufen hatte. Obwohl sie anfangs etwas zögerlich gewesen war, hatte sie schnell die Kontrolle übernommen, indem sie auf Thomas einging, und dafür war Luke ihr dankbar. Sam hatte dafür gesorgt, dass er sie mit dem beruhigenden Gedanken verließ, dass bei Harkin alles gut war. Luke wusste, dass seine Unfähigkeit, Small Talk zu machen, gepaart mit seiner Ungeduld, Thomas beunruhigt und ihn davon überzeugt hätten, dass es Probleme bei Harkin gab. Es hätte nicht lange gedauert, bis sich der Hotelerbe den anderen Deserteuren angeschlossen hätte.

Genau deswegen brauchte Luke einen Wingman – oder in dem Fall eine Wingwoman –, wenn es um Kunden ging. Seine Stärken lagen in Zahlen und Analysen, aber auf sozialer Ebene hatte er keine Ahnung. Himmel. Selbst sein

COO hatte ihm nicht gesagt, dass er und seine Frau ein Baby erwarteten.

Als erzählte sie Thomas ein Geheimnis, lehnte Sam sich nach vorne und zeigte auf Luke, während der Hauch eines Lächelns ihre Lippen umspielte. „Sie wissen es vielleicht nicht, aber Luke macht richtige gute Spareribs."

Überrascht, dass sie sich daran erinnerte, blinzelte Luke. Dieses Gericht hatte er vor zwei Jahren für sie und Jason zubereitet und nicht bemerkt, dass es besonderen Eindruck auf sie gemacht hätte. Obwohl sie das Essen damals als „wunderbar" bezeichnet hatte, hatte er angenommen, sie wäre einfach nur höflich. War es möglich, dass sie seine Kochkünste wirklich genossen hatte? Der Gedanke gefiel ihm viel mehr, als er es hätte tun sollen.

„Wirklich?", fragte Thomas, als er sich Luke zuwandte. „Was ist das Geheimnis? Ich habe ein paar Mal versucht, Spareribs zu machen, aber die Soße wird immer zu fettig."

„Normalerweise mariniere ich die Rippen über Nacht und entferne dann das überschüssige Fett, bevor ich sie koche." Er machte Spareribs, wie seine Mutter es ihm beigebracht hatte, und hatte nicht gedacht, dass es ein Geheimnis bei der Zubereitung gab. „Das lange Marinieren bringt den Geschmack des Weins erst richtig zur Geltung."

„Und welchen Wein verwenden Sie?"

„Cabernet."

„Das ist jetzt interessant", sagte Thomas. „Ich verwende immer Sherry. Haben Sie die Spareribs im Jacques Martin ausprobiert? Ich habe versucht, das Rezept nachzumachen."

Luke zwang sich zum Lächeln, als Thomas darüber

sprach, wie das Fleisch bei seinem ersten Versuch zu dunkel und beim zweiten Mal zu zäh geraten war. Luke warf Sam einen Blick zu und sah, dass sie ihn anlächelte. Es war das erste echte Lächeln, das sie ihm seit Jahren schenkte, und er konnte nicht anders, als es zu erwidern.

Thomas schaute auf seine Uhr. „Sorry. Ich muss los. Meine Frau wird mich umbringen, wenn ich die Aufführung meines Sohnes verpasse."

„Das ist in Ordnung", sagte Luke, während er sich erhob. „Es war schön, Sie kennenzulernen."

„Ebenso", sagte Thomas, der ebenfalls aufstand und sich dann Samantha zuwandte. „Und vergessen Sie nicht, mir dieses Rezept per E-Mail zu schicken", sagte er und meinte damit ein Topfbratenrezept, von dem Sam ihm erzählt hatte. Er klopfte auf seine Hemdtasche. „Habe ich Ihnen meine Karte gegeben?"

„Ich hole mir morgen die Infos von Janet."

Er strahlte, und Luke widerstand dem Drang, die Augen zu verdrehen. Sam hatte das Rezept wahrscheinlich von Jasons Mutter bekommen und es nie selbst ausprobiert.

„Danke." Thomas wandte sich Luke zu und schüttelte seine Hand. „Und nochmals vielen Dank, dass Sie sich die Zeit genommen haben, sich mit mir zu treffen. Ich weiß, dass Sie sehr beschäftigt sind."

Luke wollte gerade sagen: „Jederzeit gern wieder", als er sich daran erinnerte, wie schrecklich das Treffen gewesen war, bevor Sam sich ihnen angeschlossen hatte. Obwohl sie das gut gemeistert hatte, konnte er nicht damit rechnen, dass sie noch einmal bereitwillig an einem solchen Gespräch teilnehmen würde. Sie hatte nicht nur ausreichend zu tun, sondern mied ihn in der Regel wie die Pest – von heute Morgen einmal abgesehen, als sie ihm die Uhr gegeben hatte. Stattdessen sagte er einfach: „Gern."

Nachdem sie den Kunden zum Aufzug gebracht hatten und zu Fuß in Richtung ihrer Büros gingen, drehte sich Samantha zu Luke herum. „Also … das war seltsam."

„Es tut mir leid, dass ich dich so überfallen habe, aber ich bin dort drin fast gestorben", sagte er und gestikulierte in Richtung des Sitzungsraums. Der heutige Abend hatte einen der Gründe verdeutlicht, warum er mit Jason zusammengearbeitet hatte. Jason hatte sich aufgrund seines Händchens für Small Talk und Nettigkeiten um die Kunden gekümmert, während Luke sich auf das konzentriert hatte, was er am besten konnte – das Geld zu vermehren.

„Das kann ich mir vorstellen." Ein zaghaftes Lächeln erschien auf ihren Lippen, während sie die Augen verdrehte. Er versuchte, nicht darüber nachzudenken, wie weich diese Lippen aussahen. „Ich glaube nicht, dass ich dich jemals mit einem Kunden gesehen habe. Eigentlich redest du die ganze Zeit immer nur davon, dass Meetings eine Verschwendung von Zeit und Ressourcen sind – Oh! Ich habe vergessen, es dir zu sagen. Hank und Barbara haben einen Jungen bekommen. Ich wollte sie gerade besuchen, als du mich aufgehalten hast."

Die Tatsache, dass Hank Sam angerufen hatte, aber nicht ihn, nagte an Luke. Es störte ihn, dass Hank nie erwähnt hatte, dass sie ein Baby bekamen. Immerhin war das doch eine große Neuigkeit. Eine Neuigkeit, die man normalerweise jemandem erzählen würde, den man täglich sah. Er wollte nicht, dass Sam mitbekam, wie wenig

Kontakt er mit den Mitarbeitern hatte. „Das ist toll. Willst du noch hingehen?"

„Ja. Das Krankenhaus liegt sowieso auf meinem Heimweg."

„Ich werde mich dir anschließen." Er konnte sich die Berichte, die George ihm gegeben hatte, später zu Hause ansehen.

„Es tut mir leid. Ich wollte dich nicht dazu drängen."

„Das hast du nicht. Ich möchte mitkommen. Das heißt, es sei denn, du willst nicht, dass ich ..." So wie sie ihn während des Treffens angelächelt hatte, war es leicht zu vergessen, dass sie sich stets bemüht hatte, ihm aus dem Weg zu gehen.

„Nein. Natürlich kannst du mitkommen. Ich war einfach nur überrascht. Ich hätte nicht gedacht, dass du so etwas tun würdest."

Er auch nicht, aber er genoss ihre Gesellschaft und wollte sie noch nicht gehen lassen. Aber da er das nicht sagen konnte, zuckte er mit den Achseln und nickte in Richtung seines Büros. „Lass mich nur schnell ein paar Sachen holen."

KAPITEL DREI

Sams Herz wurde weich, als sie vierzig Minuten später Luke beim Versuch beobachtete, sich im Krankenhaus-Geschenkladen zwischen einem Teddybären mit einem niedlichen Matrosenhut und einem Plüschwelpen mit riesigen entzückenden Augen zu entscheiden. Selbst das Einkaufen von Babyspielzeug nahm er ernst.

Sie wollte ihm gerade empfehlen den Welpen zu nehmen, als er beide nahm, mit den Worten: „Das ist lächerlich." Sie lachte, während sie ihm zur Kasse folgte. Es gefiel ihr, dass er sich Gedanken darüber machte, was das bessere Geschenk wäre. Er war so anders als Jason, der beide gekauft hätte, nur um gut dazustehen.

Bei diesem kaum netten Gedanken überkamen sie Schuldgefühle, doch sie wusste, dass es wahr war. Jason hatte immer auffallen müssen. Das hatte zu seiner Persönlichkeit gehört.

Luke schnappte sich eine Vase Blumen und stellte sie

zusammen mit den Stofftieren auf die Theke. Er zog sein Portemonnaie heraus und wandte sich ihr zu.

„Brauchst du etwas?"

Sie schüttelte den Kopf und hielt die Geschenktüte in die Höhe, die sie trug. „Ich habe Charles dazu gebracht, ein paar Babytücher und einen Liebesroman zu besorgen, sobald ich es gehört hatte." Charles, ihr Chauffeur, hatte auch erwähnt, wie teuer Windeln waren, also hatte sie ein Abonnement für ein Jahr abgeschlossen, das direkt zu Hanks Wohnung geliefert wurde. Aber sie hatte nicht daran gedacht, ein Spielzeug für das Baby mitzubringen. Da sie wusste, dass Jason das Baby nicht vergessen hätte, fühlte sie sich noch schuldiger, dass sie schlecht über ihn gedacht hatte.

„Ist das deine Krankenhaus-Ausstattung?", fragte Luke.

Sein Grinsen warf sie aus dem Gleichgewicht. Sie konnte sich nicht daran erinnern, wann er sie das letzte Mal angelächelt hatte, und heute hatte er es bereits zweimal getan!

„Es ist eher meine alltägliche Ausstattung", gab sie zu. „Ich habe immer Tücher in meiner Tasche und eine Tonne Bücher auf meinem Handy." Sie wusste nie, wann sie Zeit haben würde, um ein wenig zu lesen.

Nachdem Luke bezahlt hatte, machten sie sich auf den Weg zu den Aufzügen vor dem Geschenkeladen.

„Was liest du denn gern?", fragte er, als sie einen der Aufzüge betraten.

„Normalerweise lese ich unter der Woche Wirtschaftsliteratur oder Biografien und die wirklich langen, historischen Romane an den Wochenenden, wenn ich die Zeit dafür habe." Sie liebte solche faulen Tage, an denen sie einfach daheimbleiben und in ein gutes Buch eintauchen konnte. Es kam nicht so oft vor, wie sie es gerne hätte, und sie genoss es jedes Mal, wenn mal wieder ein solcher Tag war. „Diese spannenden Bücher können echte Schlafkiller sein."

„Ich weiß, was du meinst. Manchmal fange ich ein Buch an und wenn ich fertig damit bin, ist es Zeit, zur Arbeit zu gehen."

„Du liest?" Sie hatte nicht so geschockt klingen wollen. Natürlich hatte er Hobbys. Alle hatten das, aber sie hatte ihn wohl immer für ein Arbeitstier gehalten. Harkin war sein Ein und Alles.

Er zuckte mit den Achseln. „Wenn ich Zeit habe. Ich liebe Krimis."

Sie tat sich immer noch schwer, sich vorzustellen, wie er rein aus Vergnügen las. Er schien einfach zu ernst zu sein, um Belletristik zu lesen. Wann hatte er überhaupt Zeit dazu? „Wann hast du das letzte Mal ein Buch gelesen?"

„Mal sehen. Es war ein John Abrams, den mir meine Schwester gegeben hat … Hm. Das ist fast zwei Jahre her."

Zwei Jahre? Sie konnte nicht einmal einen Monat überstehen, ohne ein Buch zu lesen. Sie musste ihn seltsam angeschaut haben, denn er sagte zu seiner Verteidigung: „Ich war beschäftigt."

„Ich weiß", murmelte sie, als sich die Aufzugtüren öffneten und sie den Korridor des Krankenhauses betraten. Sie sollte ihn nicht danach beurteilen, wie viele Stunden er im Büro verbrachte. Er war da, wenn sie am Morgen kam, und war immer noch da, wenn sie abends ging. Himmel, er ging sogar nur selten zum Mittagessen.

„Ich kann nicht glauben, dass es so lange her ist, dass ich ein Buch gelesen habe", sagte er, während sie den Schildern folgten, die ihnen den Weg zur Entbindungsstation wiesen. „Meine Eltern konnten sich die Betreuung nach der Schule nicht leisten, also habe ich ganze Nachmittage in der Bibliothek in der Nähe meiner Schule verbracht."

Luke war jetzt so erfolgreich, dass es leicht war, seine harte Kindheit zu vergessen. Sie hatte angenommen, dass er sie aufgrund ihrer bescheidenen Herkunft nicht mochte. In Wirklichkeit hatte er es schlimmer gehabt als sie. Wenn es also nicht ihre Vergangenheit war, mit der er nicht klarkam, bedeutete das, dass *sie* es war, die er nicht mochte.

Hatte sie nur ihre Zeit verschwendet, indem sie versuchte, sich mit ihm zu versöhnen? Er hatte sich offensichtlich schon vor langer Zeit seine Meinung über sie gebildet, und diese würde sich kaum ändern, egal wie sehr sie es versuchte.

Bevor sie sich weiter mit dem Thema beschäftigen konnte, erreichten sie Barbaras Zimmer am Ende des Korridors. Die Tür stand auf, aber Sam klopfte dennoch leise an, bevor sie hineinging. Hank stand sofort von seinem Stuhl am Bett auf, als er sie sah.

„Sam." Er hatte Augenringe, aber gleichzeitig strahlte er eine unruhige Energie aus.

„Herzlichen Glückwunsch", sagte sie, als sie Hank umarmte. Über seine Schulter hinweg sah sie Barbara, die sie breit angrinste, während sie ihr Neugeborenes sanft wiegte. Plötzlich spürte sie einen eifersüchtigen Stich. Sie hatte immer gedacht, dass sie mittlerweile bereits selbst Kinder haben würde.

In gewisser Weise war sie dankbar, dass sie und Jason keine hatten. Sie hätte nicht gewollt, dass ihr Sohn oder ihre Tochter ohne Vater aufwachsen mussten. Sie war von zwei liebevollen Eltern aufgezogen worden und wollte nicht, dass ihr eigenes Kind ohne dieses Privileg groß wurde. Aber manchmal waren sich Herz und Verstand nicht einig. Sie merkte, dass sie sich trotz allem wünschte, dass sie Kinder gehabt hätten. Es wäre schön gewesen, ein Stück von Jason bei sich zu haben.

Da sie wusste, dass dies nicht der richtige Zeitpunkt war, um sich mit Eventualitäten auseinanderzusetzen, verdrängte sie den Gedanken und ging auf Barbara zu.

* * *

Sam wäre eine großartige Mutter gewesen.

Luke beobachtete, wie liebevoll sie mit dem Baby umging, und fragte sich, warum sie und Jason keine Kinder bekommen hatten. Jason hatte nie Interesse gezeigt, Kinder zu bekommen, aber es war offensichtlich, dass Sam Freude an ihnen hatte. Hatte Jason es ihr irgendwie ausgeredet?

Wahrscheinlich.

Luke konnte sich leicht vorstellen, wie Jason auf Sam einredete und tausend Gründe fand, warum jetzt nicht der geeignete Zeitpunkt war, Kinder zu bekommen, und Sam diese akzeptierte. Sie war so ein leichtes Opfer gewesen, wenn es um ihren Mann ging. Außerdem hätten Kinder

Jasons Lebensstil zerstört. Er hätte es sicher nicht zu schätzen gewusst, wenn die Kinder ihn Zeit gekostet hätten, die er normalerweise mit seinen Affären verbrachte.

Luke war nun wirklich ein toller Freund, wenn er immer das Schlimmste von Jason dachte. Sicher, er war wütend auf Jason – nicht nur, weil er gestorben war und Luke so ein Chaos hinterlassen hatte, sondern wegen all der Zeiten, in denen Jason Sam für selbstverständlich gehalten hatte. Aber trotz all seiner Fehler war Jason ein anständiger Kerl, der Luke immer gut behandelt hatte. Das sollte Luke besser nicht vergessen.

Als er Sams Gesicht noch einmal betrachtete, während sie mit dem Baby spielte, erinnerte Luke sich daran, dass nichts Sam davon abhalten konnte, erneut zu heiraten und Kinder zu bekommen. Sie war nicht nur schön und reich, sie war auch lieb und intelligent. Er war sich sicher, dass es eine ganze Reihe von Männern geben würde, die Schlange standen, sobald sie sich zum Daten bereit erklärte – wenn nicht sogar vorher schon.

Bei dem Gedanken wurde ihm schwer ums Herz. Er wusste nicht, wie er es ertragen würde, wenn sie wieder anfing, mit Männern auszugehen – sie lachend und lächelnd in den Armen eines anderen Mannes zu sehen. Schon wieder.

„Es tut mir leid, dass ich das Meeting verpasst habe", sagte Hank leise.

Es war nicht das erste Mal heute Abend, dass Hank sich entschuldigte. Es veranlasste Luke dazu, sich zu fragen, ob er wirklich wie die Art von Chef aussah, der verärgert wäre, weil ein Angestellter bei seiner Frau sein musste, wenn sie ein Kind zur Welt brachte.

Luke wusste, dass er manchmal ein strenger Boss sein konnte, aber er war nicht davon ausgegangen, dass er *so* schlimm war. Sicher, er trieb seine Mitarbeiter ständig dazu an, ihr Bestes zu geben, aber er verlangte nie etwas, was sie nicht bewältigen konnten. Die Tatsache, dass Hank einer der wenigen Leute im Fonds war, der keine Angst vor ihm hatte, der nie zögerte, ihm zu sagen, wie er sich wirklich fühlte, verstärkte seine plötzliche Hochachtung. Hatte Hank sich auf Jason als eine Art Puffer verlassen? Glaubte Hank, dass er seinen Job verlieren könnte, wenn er mit Luke in irgendeiner Angelegenheit nicht übereinstimmen würde?

„Mach dir keine Sorgen", murmelte Luke und hoffte, Hanks Gewissen zu erleichtern. Er wollte nicht, dass Hank dachte, er sei eine Art Monster. „Du warst genau da, wo du sein musstest."

„Also, wie ist es gelaufen?", fragte Hank einen Moment später.

„Schrecklich", gab Luke zu. „Zum Glück ist Sam etwa zwanzig Minuten später vorbeigelaufen und ich konnte sie einspannen."

„Mist."

„Was?", fragte Luke, als Hank keine weitere Erklärung abgab.

Er lächelte verlegen. „Ich habe gerade daran gedacht, dass ich Sam hätte bitten können, mit den Kunden zu sprechen. Das hätte dir die Folter erspart."

Unmittelbar nach Jasons Tod hatte Hank Luke gedrängt,

sich mit einigen ihrer größeren Kunden zu treffen, doch er hatte sich geweigert. Er hatte genug mit der Neuorganisation zu tun gehabt und gedacht, dass die Kunden sich nur aufspielten – um zu sehen, ob sie ihn dazu bringen konnten, nach ihrer Pfeife zu tanzen, wie Jason es immer getan hatte. Er hatte naiverweise angenommen, einen guten Job zu machen und hervorragende Renditen zu liefern wäre ausreichend.

Doch dem war nicht so.

„Es wäre nicht so gut gewesen wie deine Anwesenheit", fuhr Hank fort. „Aber es wäre wenigstens etwas gewesen."

„Nein, du hattest recht. Die Kunden wollten, dass ich sie beruhige. Und obwohl ich sicher bin, dass Sam es auch geschafft hätte, wäre es ihr gegenüber nicht fair gewesen. Sie hatte so schon genug zu tun."

„Papa!" Ein kleiner Junge mit blonden Locken lief in den Raum und warf sich auf Hank. Als hätte er es schon hundertmal getan, beugte Hank sich hinunter und hob den Jungen hoch.

Papa? Das Baby war nicht Hanks erstes?

Er hörte schnelle Schritte, und ein Mann mit rotem Pullover erschien in der Tür.

„Es tut mir leid, Hank", sagte er und hielt einen Schnuller hoch. „Der kleine Frechdachs hat seinen Schnuller weggeworfen und ist dann abgehauen."

Hank lachte. „Das ist okay. Ich weiß, dass Nathan echt anstrengend sein kann." Er wandte sich Luke zu und stellte sie einander vor. „Luke, das ist mein Bruder Jared und mein Sohn Nathan. Jared, das ist Luke Darren, mein Chef."

„Es ist schön, dich endlich kennenzulernen", sagte

Jared, während sie sich die Hände schüttelten. „Ich habe so viel über dich und dein magisches Talent für Zahlen gehört."

Luke wünschte, er könnte etwas Ähnliches sagen, aber Hank hatte seinen Bruder nie erwähnt. Oder seinen Sohn. Luke versuchte immer noch zu verdauen, dass Hank bereits ein Kind hatte. Wieso hatte er das nicht gewusst?

„Freut mich auch, dich kennenzulernen", erwiderte er unbeholfen, während er Jared die Hand schüttelte. Mann. Er musste wirklich an seiner Sozialkompetenz arbeiten.

„Nathan ist so groß geworden", rief Samantha, als sie zu ihm ging und dem Jungen den Kopf tätschelte. Der Junge lächelte, bevor er sein Gesicht an der Schulter seines Vaters vergrub.

„Und schwer auch", stöhnte Hank, als er Nathan abstellte. Der kleine Junge rannte zu dem Stuhl neben dem Bett seiner Mutter und kletterte darauf. Barbara lächelte schwach, als sie mit ihrer Hand durch die Haare des Jungen fuhr.

Lächelnd ging Sam zu Luke hinüber. „Ich denke, wir sollten gehen."

„Danke, dass ihr gekommen seid", sagte Hank.

„Natürlich", sagte Samantha. „Und nochmals herzlichen Glückwunsch." Sie wandte sich Jared zu. „Dir auch."

Luke brachte ebenfalls seine Glückwünsche an und ging dann neben Sam zu den Aufzügen zurück.

„Ich wusste nicht einmal, dass sie schon ein Kind hatten", gab er zu, als sie außer Hörweite waren, und bereute die Worte sofort. Was würde Sam von ihm halten? Sie stand allen bei Harkin so nah. Sie wusste immer, wer

Geburtstag hatte und wem ein Jubiläum bevorstand. Er wusste nicht einmal, dass einer seiner engsten Mitarbeiter bereits Vater war.

Sam lachte. „Du bist nicht gerade die Art Mensch, dem andere von ihren Problemen mit ihren Kindern erzählen würden. Außerdem ist Hank nicht wie Janet, die es irgendwie schafft, ihre Kinder in jedes Gespräch einzubringen. Er ist fast so schlimm wie du, wenn es darum geht, Geschäft und Privatleben getrennt zu halten."

Luke wusste, dass sie versuchte, ihm ein besseres Gefühl zu geben, aber er fühlte sich immer noch schuldig. Er hatte länger mit Hank zusammengearbeitet als sie, und doch wusste sie mehr über den Kerl als er. Und dann war da noch Hanks Entschuldigung …

„Bin ich wirklich ein so schrecklicher Chef?"

Er wusste, dass einige der Mitarbeiter ihn für unmenschlich hielten, aber zu glauben, dass er wollte, dass sie im Büro blieben, während ihre Kinder zur Welt kamen?

„Komm schon." Sam stieß ihn mit ihrem Ellbogen an. „Es ist doch nicht so, dass du wirklich alle Probleme hören willst, wenn sie zum Beispiel nicht genug Schlaf bekommen haben, weil ihr Baby geweint hat, oder weil das Baseball-Spiel ihres Kindes abgesagt wurde, oder?"

„Natürlich nicht. Aber es besteht ein großer Unterschied dazwischen, nicht über ein Baseball-Spiel oder die Existenz eines Kindes Bescheid zu wissen." Er war kein Menschenfeind. Es lag ihm etwas an seinen Mitarbeitern. Er war einfach nicht gut darin, es auch zu zeigen.

„Du könntest damit anfangen, die Leute öfter nach ihrem Tag oder Wochenende zu fragen", schlug Sam vor.

„Aber ich warne dich – die Leute lieben es, über sich selbst zu sprechen."

„Davor habe ich Angst." Er hatte kein Interesse, Geschichten über die Wochenenden der Leute zu hören, aber er musste seinen Hass auf Small Talk überwinden. Nun, da Jason nicht mehr da war, wollte Luke, dass die Angestellten mit ihm sprechen konnten, wenn sie ein Anliegen hatten, und das würden sie nicht tun, wenn er sie abschreckte.

Morgen würde er sich die Zeit nehmen, die Mitarbeiter zu fragen, wie es ihnen ging. Hoffentlich würde er keine Überraschungen mehr erleben wie verheimlichte Kinder, die anscheinend gar nicht so geheim waren. Er schaute auf seine Uhr und sah, dass es später war, als er gedacht hatte.

„Wollen wir etwas essen gehen?"

„Es tut mir leid, aber ich kann nicht. Ich möchte Charles nicht zu lange aufhalten. Wir müssen noch zurückfahren." Sam lebte in Greenwich, was noch fast eine Stunde entfernt war.

Er wollte ihr anbieten, dass er sie fahren könnte, ließ es aber. Eine Woche. Sie war erst seit einer Woche wieder im Büro und er schob bereits die Arbeit beiseite, um Zeit mit ihr zu verbringen. Das hatte er noch nie getan. Himmel, er nahm nicht einmal Einladungen seiner Familie zum Abendessen an, wenn er bei der Arbeit war, und seine Familie bedeutete ihm alles.

Da Harkin auf so wackeligem Boden stand, musste er alles in seiner Macht Stehende unternehmen, um das Unternehmen zu stabilisieren – und nicht darüber nachdenken, wie er mehr Zeit mit Sam verbringen konnte.

Diese Erkenntnis löste eine Welle des Bedauerns in ihm aus und er merkte, dass er sich nur etwas vorgemacht hatte, als er versucht hatte sich einzureden, er sei über Sam hinweg. Er wollte sie immer noch. Er hatte nie aufgehört, sie zu wollen.

Die Schuldgefühle trafen ihn hart. Jason war vielleicht nicht der beste Mann für sie, aber er war Luke selbst ein guter Freund gewesen. Und wie hatte Luke es Jason zurückgezahlt? Indem er ihn um seine Frau beneidete und Sam von Jasons Affäre erzählte.

Nur war der Schuss nach hinten losgegangen. Sam hatte sich geweigert, Luke zu glauben, und war zu ihrem Mann gestanden. Es hatte Jahre gedauert, bis sie sich die Mühe gemacht hatte, mehr als nur höflich zu Luke zu sein. Und trotzdem wollte er sie.

Weil er wusste, dass er etwas Dummes tun würde, wenn er weiterhin Zeit mit ihr verbringen würde, gelobte er, seine Distanz zu ihr so gut wie möglich zu bewahren. Also verabschiedete er sich am Eingang des Krankenhauses und beobachtete, wie Charles sie in ihrem schwarzen SUV wegfuhr.

Aber als er nach Hause ging und sich leer fühlte, fragte er sich, wie er es jemals schaffen sollte, sich von ihr fernzuhalten.

KAPITEL VIER

Luke parkte vor dem Haus seiner Eltern und seufzte, als er das verwitterte Dach und die alten Fensterrahmen betrachtete. Er hatte ihnen schon seit Jahren ein Haus kaufen wollen, und als sie endlich nachgegeben hatten, hatten sie sich dafür entschieden?

Selbst nach all den Renovierungen, die er durchgeführt hatte, hatte Luke immer noch das Gefühl, dass es einfacher wäre, das Ganze einfach abzureißen und ein neues Haus zu bauen.

Obwohl er froh war, dass seine Eltern endlich in einer sichereren Wohngegend lebten, wünschte er sich, dass sie ihn mehr tun ließen. Was nützte ihm all sein Reichtum, wenn er den Menschen, die er liebte, nicht helfen konnte? Herrje, der einzige Grund, warum sie sich überhaupt bereit erklärt hatten umzuziehen, waren die Nachbarn, die alte Freunde waren und vor Kurzem auch hierhergezogen waren.

Er schüttelte den Kopf, blickte auf den Beifahrersitz und

spürte, wie sein Herz weich wurde, als er sah, dass seine Schwester noch schlief. Sie hatte wahrscheinlich viele Nächte lang für ihren Abschluss nächste Woche gelernt, und obwohl er so stolz auf sie war – sie war nicht nur die erste in der Familie, die studierte, sondern in Zukunft auch die erste Ärztin in der Familie –, fühlte er sich schlecht bei dem Wissen, dass ab jetzt alles nur noch schlimmer werden würde. Sie würde im nächsten Jahr ihre Ausbildung zur Fachärztin beginnen und nach allem, was er gehört hatte, waren da Dreißig-Stunden-Schichten die Regel, nicht die Ausnahme. Das war nicht die Art von Leben, die er sich für seine kleine Schwester wünschte, aber da es das war, was sie wollte, würde er sie auf jede erdenkliche Weise unterstützen.

Er hasste es, sie aus ihrem dringend benötigten Schlaf zu wecken, aber alle warteten schon darauf, dass sie ins Haus kamen. Er schüttelte sie sanft an der Schulter. „Wach auf, Anna."

Als sie nicht aufwachte, schüttelte er sie ein wenig fester und sie wandte sich ihm zu.

„Sind wir schon da?", fragte sie mit kaum geöffneten Augen.

„Ja."

Sie unterdrückte ein Gähnen und streckte sich. „Es tut mir leid, Luke. Ich bin wahrscheinlich die mieseste Beifahrerin aller Zeiten."

„Ist schon in Ordnung." Er hatte die Stille genossen und über die Probleme des Unternehmens nachgedacht, bezweifelte aber, dass seine Schwester es gerne hören würde, wenn er das aussprach. Er stieg aus dem Auto und holte das Bourbon-Vanilleeis, das er seinen Koch hatte zubereiten lassen, aus der Kühltasche im Kofferraum. Es würde gut zu dem passen, was seine Mutter gebacken hatte, was auch immer das sein würde.

„Ist es schlimm, dass ich schon Kuchen will?", fragte Anna, als sie sich zu ihm gesellte.

„Ich freue mich schon die ganze Woche darauf", gab er schmunzelnd zu. Nachdem sein jüngerer Bruder aufs College gegangen war, hatte ihre Mutter ein monatliches Dinner-Ritual eingeführt, um sicherzustellen, dass sie untereinander nicht den Kontakt verloren, und sie buk ausnahmslos immer einen Kuchen.

Die Tür öffnete sich, während sie die Stufen hinaufstiegen, und ihr Bruder tauchte mit einer Bierflasche in der Hand auf.

„Das hat ja Ewigkeiten gedauert", sagte Brian und Luke verdrehte innerlich die Augen. Sein Bruder war ständig hungrig. Das war wahrscheinlich auch der Grund, warum er sich entschieden hatte, nach dem College in die Nähe von Mom und Dad zu ziehen – so konnte er jeden Tag zu Mittag- und Abendessen vorbeikommen.

Nachdem ihre Eltern in das neue Haus gezogen waren, hatte Brian sich darüber beschwert, dass er sich jeden Tag um das Mittagessen kümmern musste, aber Luke wusste, dass er immer noch fast jeden Abend bei Mom und Dad zum Abendessen vorbeischaute.

„Brian!" Anna eilte zu ihm, um ihn zu umarmen.

Brian erwiderte die Umarmung. „Wie läuft es an der Uni?"

„Es ist schrecklich. Gott sei Dank werde ich nächstes Jahr fertig sein."

„Eine Darren durch und durch", sagte Brian und lachte, während er Anna die Haare zauste.

Sowohl Luke als auch sein Bruder hatten die Uni gehasst, aber sie waren gezwungen worden, aufs College zu gehen, weil ihre Eltern sich geweigert hatten, sich mit weniger zufriedenzugeben. Sie wollten mehr für ihre Kinder als die Jobs als Fabrikarbeiter und Restaurantbedienung, die sie selbst ihr ganzes Leben lang gehabt hatten.

„Als ob es daran irgendwelche Zweifel gäbe." Anna stieß Brian mit dem Ellbogen an, bevor sie hineinging, um Dad auf der Couch zu begrüßen.

Aus dem Fernseher erklang das Geräusch von Turnschuhen, die auf dem Boden quietschten. Luke schaute ins Wohnzimmer und runzelte die Stirn, als er sah, dass Dad sich ein Basketballspiel ansah.

„Seit wann schaut Dad Basketball?", fragte er seinen Bruder.

„Seit Tracy Howard ins Team geholt wurde."

Luke versuchte, den Namen jemandem zuzuordnen, und schaffte es nicht. „Sollte ich wissen, wer das ist?"

Lächelnd legte Brian einen Arm um Lukes Schulter. „Er war ein paar Klassen unter Anna in der Jefferson High. Er wurde letztes Jahr aufgestellt. Er war nur bei vier Spielen dabei, aber du weißt ja, wie es ist."

Luke nickte. Leute der eigenen Gemeinschaft wurden unterstützt, auch wenn der Spieler ein Platzhalter war.

„Es ist fast vorbei!", brüllte sein Vater von der Couch und Brian lachte, als er auf ihn zuging.

„Das sagst du schon seit dreißig Minuten."

Ein Lächeln zupfte an Lukes Lippen, als er durch das Wohnzimmer zur Küche ging. Einige Dinge würden sich nie ändern. Er betrat die Küche und fand dort seine Mutter, die Spaghetti-Soße über die Nudeln goss.

„Hey, Mom", sagte er, als er auf sie zuging, und achtete darauf, sie nicht zu erschrecken. Er hatte sie einmal versehentlich dazu gebracht, einen Hackbraten fallen zu lassen, als er jünger gewesen war, und auch wenn ihm alle vergeben hatten, hatte er nie vergessen, wie hungrig er in dieser Nacht ins Bett gegangen war.

„Ich habe Eis mitgebracht", sagte er, als er seine Mom an sich drückte.

Sie ergriff seinen Arm. „Danke, mein Lieber. Es wird perfekt zu meinem Heidelbeerkuchen passen."

Mmm. Heidelbeere.

Das hörte sich gut an. Er ließ sie los und stellte das Eis in die Tiefkühltruhe. Er hatte gerade die Tür der Gefriertruhe geschlossen, als seine Mutter ihn wieder umarmte. Sein Herz wurde warm, als er seine Arme um sie schlang. Er hatte sie auch vermisst.

„Ich wollte nur eine richtige Umarmung bekommen", murmelte sie, als sie zurücktrat und auf die große Schüssel Nudeln auf der Arbeitsplatte zeigte. „Jetzt stell das auf den Tisch und ruf alle zum Abendessen."

Kaum hatten sie fünfzehn Minuten später das Tischgebet beendet, fragte seine Mutter: „Wann wirst du heiraten und deinem Vater und mir Enkelkinder schenken?"

Nicht schon wieder.

Luke schaute hilfesuchend seinen Bruder an und sah, dass Brian ihn angrinste. Da er wusste, dass er von ihm keine Hilfe bekommen würde, blickte er zu seinem Vater, der plötzlich ein großes Interesse an seinem Salat entwickelte. Verdammt. Er wusste, dass auch sein Vater Enkelkinder wollte, sich aber einfach subtiler verhielt.

Viel subtiler.

„Mom. Ich bin erst vierunddreißig", sagte Luke schließlich. Nur weil die Freunde seiner Eltern Großeltern waren, bedeutete das nicht, dass sie auch Großeltern werden mussten.

„Hmpf! Weißt du, ich war einundzwanzig, als ich deinen Vater geheiratet habe", sagte sie und deutete mit der Gabel auf ihn.

„Ich weiß."

Er und seine Geschwister hatten die Geschichte von der Liebesbeziehung ihrer Eltern im Laufe der Jahre hunderte Male gehört. Seine Mutter hatte in einem Diner gearbeitet, als sein Vater nach einem harten Tag in der Fabrik hereingekommen war. Beim Anblick von Mom hatte Dad prompt alles andere vergessen. Es hatte eine Woche gedauert, in der er jeden Tag zum Diner zurückkehrte, um eine Limonade zu bestellen – denn das war alles, was er sich leisten konnte –, bevor er endlich den Mut gefunden hatte, sie zu fragen, ob sie mit ihm ausgehen wolle. Bereits nach sechs Monaten hatte sein Vater ihr einen Antrag gemacht, obwohl Dad immer sagte, dass er schon in dem

Moment, als er sie das erste Mal gesehen hatte, wusste, dass er sie heiraten würde.

Mom schüttelte den Kopf, als sie sich Dad zuwandte. „Ich weiß einfach nicht, was mit den Kindern heutzutage los ist. Sie stellen ihre Karriere immer vor die Familie."

„Ich habe einfach noch nicht die richtige Frau getroffen", sagte Luke, obwohl er wusste, dass er auch keine Zeit für eine Beziehung hatte. Er hatte nicht einmal die Zeit zu lesen. Und bei all den Kunden, die gerade absprangen, musste das Unternehmen jetzt seine oberste Priorität sein. Denn wenn Harkin unterging, ging er mit unter.

Harkin Capital Management wäre nur ein weiterer Name auf der Liste der Hedgefonds, die gekommen und gegangen waren, und niemand würde ihm jemals wieder Geld anvertrauen.

„Die richtige Frau?", zog ihn seine Mutter auf. „Du kennst zu viele Frauen – *das* ist das Problem."

Nein, nicht zu viele Frauen – nur eine. Ein Paar schöner brauner Augen blitzte vor seinem inneren Auge auf, bevor er das Bild beiseiteschob. Er würde erst gar nicht damit anfangen. Es war schlimm genug, dass er Sam gewollt hatte, als sie verheiratet gewesen war. Er wollte die Situation nicht noch schlimmer machen, indem er ihr nachstellte, nachdem Jason gestorben war.

„So viele Frauen waren da gar nicht", protestierte er, während Brian lachte. Er sah seinen Bruder mit hochgezogenen Augenbrauen an. „Du weißt, dass du der Nächste bist, nicht wahr?"

„Da war Rhonda", sagte seine Mutter, ohne sie zu

beachten, während sie anfing, an den Fingern abzuzählen, „Veronica, und dann war da noch Angela …"

Da er wusste, dass er nie eine dieser Frauen mit nach Hause gebracht hatte, wandte sich Luke irritiert um und sah, wie seine Schwester plötzlich seinem Blick auswich. Wann hatten sich alle gegen ihn gewendet?

Hatte Anna ihm im Internet nachspioniert und es dann Mom erzählt? Nein. Seine Schwester hatte nicht einmal Zeit zu schlafen. Es war wahrscheinlicher, dass Mom sie gebeten hatte, ihn auszuspionieren. Sie konnte manchmal so neugierig sein.

Er wollte gerade sagen, dass diese Frauen eine einmalige Sache gewesen waren, als ihm klarwurde, wie das klang, und er hielt stattdessen den Mund. Seine Mutter brauchte nichts über sein Sexualleben zu wissen – oder über dessen Abwesenheit.

„Mit ihnen hat es einfach nicht geklappt", murmelte er.

Damals dachte er, dass es ihm helfen würde, sich mit anderen Frauen zu verabreden, aber wenn überhaupt, hatte es die Dinge nur noch schlimmer gemacht. Er hatte alle mit Sam verglichen und sie vermisst. Schlimmer noch war die Erkenntnis gewesen, dass die meisten dieser Frauen ihn nicht seinetwegen mochten. Stattdessen sahen sie den Milliardär und das Leben in Luxus, das er ihnen bieten konnte.

Er konnte nicht anders, als sie mit Sam zu vergleichen, die dieses luxuriöse Leben hätte führen können, nachdem sie Jason geheiratet hatte. Stattdessen war sie in das Unternehmen eingestiegen und arbeitete genauso hart wie die anderen Mitarbeiter – manchmal sogar härter, als ob sie versuchte zu kompensieren, dass sie die Frau des Chefs war.

„Sie hätte ich fast vergessen – Sam!"

Luke erstarrte. Fragte ihn seine Mutter gerade ernsthaft, ob er etwas für Sam empfand? War es so offensichtlich? Er hatte immer darauf geachtet, sie nicht zu oft zu erwähnen, aber er ahnte, dass er nicht vorsichtig genug gewesen war.

„Wie geht es ihr?", fragte sie.

Natürlich. Mom war einfach an Sam interessiert – ohne zu fragen, ob *er* sich für die Frau interessierte.

„Okay. Sie geht schon wieder zur Arbeit." Er nahm einen großen Schluck Wasser und versuchte, seine Gedanken zu sortieren.

„Das ist gut zu hören. Wir haben uns so Sorgen um sie gemacht."

„Ich kann immer noch nicht glauben, dass er weg ist", sagte Anna leise. „Jason wirkte immer so unglaublich lebendig, nicht wahr?"

„Ich weiß." Die Art und Weise, wie Jason vor zwölf Jahren in sein Leben gefegt war, schien immer noch unglaublich. Der Treuhandfonds-Erbe hatte große Träume gehabt und war bereit gewesen, sie mit ihm zu teilen. Luke war sich sehr wohl bewusst, dass Jason viele andere Möglichkeiten gehabt hätte, wenn er nur danach gesucht hätte – Analysten und Portfoliomanager, die seine Erfahrung und das Know-how hatten –, und doch hatte Jason ihn gewählt. Jemand, den er kennengelernt hatte, als beide ein Praktikum bei Brown und Hale gemacht hatten.

Lukes Leben hatte sich fast über Nacht verändert. Nachdem er in Armut großgeworden war, hatte er plötzlich mehr, als er jemals brauchen würde, und dafür war er ewig dankbar. Er musste sich nie wieder Gedanken darüber machen, ob er sich eine warme Mahlzeit leisten oder die Miete für den nächsten Monat bezahlen konnte.

Die Erinnerung daran, wie glücklich er gewesen war, die Chance auf ein besseres Leben bekommen zu haben – nicht nur für sich selbst, sondern auch für seine Familie –, machte ihn noch entschlossener, dafür zu kämpfen. Er würde Harkin wiederaufbauen und die verlorenen Kunden wieder hereinholen, und wenn es das Letzte war, was er tat.

KAPITEL FÜNF

„Du meine Güte", sagte Nina Hall, als sie die Empanada ablegte, von der sie gerade einen Bissen genommen hatte. „Das ist erstaunlich. Du *musst* es probieren."

„Danke, aber ich bin wirklich voll", gab Sam zu und beäugte all die Teller auf ihrem Tisch. Sie konnte sich nicht erinnern, jemals so satt gewesen zu sein – es fühlte sich an, als ob sie in Essen ertränke. Nina, die zuerst im Restaurant angekommen war, hatte praktisch alle Tapas von der Speisekarte zum Abendessen bestellt. Zu allem, was schon serviert worden war, gab es noch ein paar weitere Bestellungen in der Küche, die zurückgehalten worden waren, weil kein Platz mehr auf dem Tisch gewesen war.

Ninas Augen verengten sich. „Du willst nur Platz für das Dessert lassen, nicht wahr?"

Sam lachte darüber. Ihre Freundin und ehemalige Mitbewohnerin kannte sie gut. Auch wenn sie satt war, war Sam immer für einen Nachtisch zu haben.

„Okay. Ich gebe zu, dass ich mich auf den

Schokoladenkuchen gefreut habe, aber ich denke, ich brauche ein paar Minuten – oder eine Stunde –, damit sich alles erst einmal setzt."

„Hmpf! Ich wette, du würdest ohne zu zögern einen Bissen nehmen, wenn der Kellner dir jetzt ein Stück Kuchen hinstellt."

„Als ob ich noch Platz hätte. Was hast du dir dabei gedacht, so viel zu bestellen?" Obwohl Nina oft das Mittagessen verpasste – als Unternehmensanwältin war sie meist so beschäftigt, dass sie vergaß zu essen, nur um dann später alles Mögliche in sich hineinzuschlingen –, war das hier ein wenig viel. Selbst für sie.

„Ich denke, ich habe überreagiert. Da Andrew die Nacht und den ganzen Tag im Büro verbracht hat, habe ich seit dem gestrigen Mittagessen nichts mehr gegessen, und das war nur ein Salat."

Sam erstarrte. „Du meinst Andrew – derselbe Andrew, den du vor ein paar Wochen auf einer Weihnachtsfeier kennengelernt hast? Der Kerl, dem du deine Nummer gegeben hast?"

„Ja."

„Ich kann nicht glauben, dass du mir nicht gesagt hast, dass du mit jemanden ausgehst! Warum hast du es mir nicht gesagt? Ich habe dich noch in derselben Minute angerufen, in der Jason mir einen Antrag gemacht hat."

Die Tatsache, dass Nina ihr erst jetzt von ihrer neuen Beziehung erzählte, tat weh. Sam hatte nicht viele enge Freunde – sicher, es gab viele Bekannte und Leute, mit denen sie befreundet war, aber niemanden wie Nina.

Sie hatten sich sofort gut verstanden, als sie sich in

einem Mathe-Kurs auf dem College kennengelernt hatten, und waren schnell Freundinnen geworden. Im Laufe der Jahre war diese Freundschaft in Sams Leben zu einem Felsen geworden, auf den sie vertrauen konnte, egal wie oft sie sich sahen. Dass Nina ihren neuen Freund nicht erwähnt hatte, tat weh. Standen sie sich doch nicht so nahe, wie Sam geglaubt hatte?

„Ich wollte es dir sagen", sagte Nina zerknirscht. „Aber du warst immer beschäftigt und dann war das mit Jason …"

Sie verspürte heftige Gewissensbisse. Es war wahr – sie war oft zu beschäftigt, um sich mit Nina zu treffen. Der Versuch, ein gemeinsames Mittag- oder Abendessen zu organisieren, war in den letzten Jahren verlorene Liebesmühe gewesen. Es gab immer Treffen und Galas, zu denen sie Jason begleiten musste, und wenn sie frei war, hing Nina bei der Arbeit oder mit einem Kunden fest. Sie hatten sich schließlich auf Telefonanrufe und Handynachrichten beschränkt – und sich nur getroffen, wenn es einen Anlass dafür gab.

Wenn sie ehrlich war, hatte sie heute Abend eigentlich nicht kommen wollen, als Nina ihr eine Nachricht geschickt und gefragt hatte, ob sie Zeit für ein Abendessen hätte. Aber gleichzeitig wollte sie nicht nach Hause in ein leeres Haus zurückkehren. Obwohl es ihr weitgehend gut ging, traf Jasons Tod sie immer am härtesten, wenn sie allein aus dem Büro nach Hause kam. Sie war überrascht, als sie merkte, dass sie den Abend und das Gespräch mit ihrer alten Freundin genoss. Sie musste sich mehr anstrengen, um von nun an mehr Zeit für Nina zu finden.

Als sie das plötzliche Zögern in Ninas Miene bemerkte und ahnte, dass es mit Jasons Tod zu tun hatte, seufzte sie. Die Leute schlichen immer noch auf Zehenspitzen um sie herum, und sie konnte es nicht mehr ertragen. Sam wollte zu dem lockeren Gespräch zurückkehren, das sie Minuten zuvor noch gehabt hatten, und zwang sich zu lächeln, als sie die Hand ihrer Freundin nahm.

„Na gut. Ich vergebe dir. Jetzt erzähl mir alles über Andrew."

„Es war wirklich schön heute Abend", sagte Nina fast zwei Stunden später am Telefon. Wie versprochen hatte Sam Nina angerufen, als sie zu Hause war, damit ihre Freundin wusste, dass sie sicher angekommen war. Das war eine weitere Folge von Jasons Unfall – Freunde und Familie machten sich mehr Sorgen um sie als je zuvor. „Wir müssen das bald nochmal machen."

„Auf jeden Fall", erwiderte Sam, während sie die Marmortreppe hochstieg. Nach dem langen Tag war sie erschöpft und wollte nichts anderes, als sich hinzulegen und auszuruhen. „Nur nicht am selben Ort. Ich bin mir ziemlich sicher, dass das Restaurant uns beide nach heute Abend auf eine Art schwarze Liste gesetzt hat." Oder zumindest würden sie in irgendeiner Form eine Obergrenze für Bestellungen einführen.

„Hmpf. Die Rippchen waren eh etwas trocken."

Das stimmte nicht und Nina wusste es.

„Ich kann immer noch nicht glauben, dass wir heute

Abend beide Zeit hatten", murmelte Sam, als sie in ihr Schlafzimmer ging und das Licht einschaltete.

„So geht es mir auch. Ich kann mich nicht einmal an das letzte Mal erinnern, als wir ausgegangen sind. Ich glaube, damals habe ich noch im Fall Matterson gesteckt." Ein Piepton ertönte. „Tut mir leid, Sam. Ich muss los. Miranda ruft an. Melde dich!" Nina machte ein Kussgeräusch und legte dann auf.

Sam warf ihr Handy auf das Bett und griff nach den Riemen ihrer Sandaletten. Sie atmete erleichtert auf, als sie sich von den Schuhen befreit hatte. *Endlich.* Sie hätte flache Schuhe angezogen, wenn sie gewusst hätte, dass Nina sie zum Abendessen einladen würde, aber sie war davon ausgegangen, sie würde nach der Arbeit direkt nach Hause gehen.

Sie lehnte sich gegen die Kissen auf ihrem Bett und ärgerte sich darüber, wie leicht sie ohne Jason im Leben zurechtkam. *Sollte es nicht schwieriger sein?*

Sie war fünf Jahre mit Jason zusammen gewesen. Sie hätte sich fühlen sollen, als fehlte ein großer Teil von ihr. Stattdessen ging sie mit Nina aus, als wäre nichts geschehen. Sie verzog das Gesicht, als sie darüber nachdachte, wie viel Spaß sie heute Abend gehabt hatte, und fühlte sich noch mieser, als sie daran dachte, dass sie nicht mit Nina hätte ausgehen können, wenn Jason noch am Leben gewesen wäre. Dann hätte sie sich jetzt wahrscheinlich immer noch auf einer Gala oder bei einem Dinner-Meeting befunden.

Plötzlich erinnerte sie sich an die Tasche mit Jasons persönlichen Gegenständen, die die Polizei ihr nach dem

Unfall gegeben hatte, und ging zum Schrank, um sie zu holen. Besorgt, dass sie in Tränen ausbrechen würde, hatte sie es bisher nicht gewagt hineinzuschauen, aber vielleicht würde es ihr guttun, sich an ihren Mann zu erinnern.

Sie setzte sich wieder auf ihr Bett, öffnete die Tasche und nahm die Ledergeldbörse heraus, die sie Jason letztes Jahr zu Weihnachten geschenkt hatte. Ihre Brust zog sich zusammen, als sie die Initialen berührte, die sie darauf hatte einprägen lassen. Sie hatte sich so große Sorgen darüber gemacht, ob es ihm gefallen würde. Geschenke zu kaufen war schon schwer genug, aber sie für jemanden zu kaufen, der sich alles leisten konnte, was er wollte? Das war nahezu unmöglich.

Doch all ihre Bedenken waren im selben Moment verschwunden gewesen, in dem er den Karton geöffnet und sie die Wärme in seinen Augen gesehen hatte. Ihr kamen die Tränen beim Gedanken daran, wie er ihr gesagt hatte, dass es ihm gefalle, und wie er sie danach geküsst hatte.

Wie hatte er sie ganz allein zurücklassen können?

Sicher, er war immer etwas über dem Tempolimit gefahren, aber er hätte wegen der vereisten Straßen besser aufpassen müssen. Jetzt waren nur noch Erinnerungen übrig. Als sie merkte, dass sie das Portemonnaie fest umklammerte, ließ sie es los und entdeckte Jasons Handy – das Telefon, das ihm quasi angewachsen gewesen war.

Wenn er nicht gearbeitet hatte, half er einer der vielen Wohltätigkeitsorganisationen, mit denen er zusammenarbeitete. Sie wollte sich an diese Seite Jasons erinnern – anstelle der sorglosen, egoistischen Seite, die ihn auf gefährlichen Straßen rasen ließ. Sie nahm es und schaltete es ein. Das Telefon war voller neuer Nachrichten.

Sie wischte nach rechts und klickte auf die erste Nachricht, die sie sah – eine Nachricht von Carla Williams, der Direktorin einer der Wohltätigkeitsorganisationen, mit denen Jason zusammengearbeitet hatte, und ließ das Telefon sofort fallen, als ob es in Flammen stünde. Sie hatte Charity-Talk erwartet – vielleicht Pläne für die bevorstehende Gala oder Updates zu ihrem Schulprogramm. Stattdessen sah sie Bilder von Carla in Dessous!

Das musste ein Irrtum sein.

Sams Verstand suchte nach einer Erklärung. Carla hatte wahrscheinlich zufällig Jason anstatt ihrem Mann geschrieben. Oder vielleicht hatte ihr Mann das Telefon in Jasons Auto gelassen. Sam nahm das Telefon wieder zur Hand, scrollte durch die Nachrichten und suchte nach irgendeinem Hinweis, der darauf hindeutete, dass es das von Carlas Ehemann war.

Aber es gab keinen.

Ihr rutschte das Herz in die Hose, als sie eine Nachricht sah, in der Carla ihn „Jason Baby" nannte. Als Sam begann, die Nachrichten zu lesen, wurde klar, dass Jason die Frau nicht nur zu diesen Bildern ermutigt, sondern ihr sogar die Dessous gekauft hatte, die sie trug!

Das Telefon rutschte Sam erneut aus der Hand. *Warum?* Wie konnte Jason ihr das antun? Hatte er sie nicht geliebt?

Ihre Brust verkrampfte sich und sie hatte plötzlich Schwierigkeiten zu atmen. *War das der Grund, warum er es immer wieder hinausgezögert hatte, Kinder zu bekommen? Er* hatte anscheinend nicht warten wollen, bis er Zeit gehabt hätte, die Art von Vater zu sein, die sein Vater war. Denn schließlich hatte er offenbar genug Zeit für eine Affäre gehabt.

Er hatte sich einfach nicht an *sie* binden wollen.

Sie schluchzte angesichts dieser Erkenntnis. Sie war so dumm gewesen. So absolut und verdammt dumm.

Eine Stunde später, als alle ihre Tränen getrocknet waren, blieb nur noch Wut. Fünf Jahre. Fünf Jahre hatte sie diesem Mann geschenkt. Fünf Jahre Galas, Power-Frühstücke, mühsame Geschäftsessen, Paparazzi – alles, weil sie eine gute Freundin und dann Ehefrau hatte sein wollen. Und er zahlte ihre Loyalität und ihr Engagement so zurück?

Sie hatte sogar ihren Traumjob bei Anderson für ihn aufgegeben. Denn niemand wollte eine Buchhalterin, deren Mann Hedgefonds-Manager war. Diese Entscheidung hatte wehgetan. Sie hatte diesen Job geliebt und gerne mit den Leuten dort zusammengearbeitet, aber es war für sie okay gewesen, weil sie Jason geliebt hatte und alles getan hätte, um bei ihm zu sein. Aber jetzt stellte sich heraus, dass sie die Einzige war, die so empfunden hatte.

Kopfschüttelnd sah sie sich mit leerem Blick im Schlafzimmer um. Plötzlich fühlte sich das Haus, das einst ihr Traumhaus gewesen war, wie eine Verhöhnung all dessen an, was sie sich jemals gewünscht hatte. Sie konnte hier keine weitere Minute bleiben. Ohne sich die Mühe zu machen, eine Tasche zu packen, zog sie ihre Schuhe an, schnappte sich ihre Handtasche und ging zur Garage.

KAPITEL SECHS

Luke hatte gerade das letzte Geschirr in die Spülmaschine geräumt, als er ein Klopfen an seiner Tür hörte. Da er wusste, dass er niemanden versetzt hatte, stöhnte er. Das letzte Mal, als er unerwarteten Besuch bekommen hatte, war es ein Nachbar gewesen, der versucht hatte, Luke dazu zu bringen, sein Haus in den Hamptons zu kaufen. Anscheinend war der Bonus des Mannes kleiner gewesen, als er erwartet hatte.

Vielleicht hätte Luke mehr Sympathie für die Notlage des Mannes zeigen sollen, aber es war schwer, mit jemandem zu sympathisieren, der außer der Wohnung unter ihm drei Ferienhäuser und vier Autos besaß, die jeweils mehr wert waren als Lukes Elternhaus. Einige Leute wussten einfach nicht, wie gut sie es hatten.

Luke ging zur Tür, um durch den Spion zu schauen, und blinzelte, als er Samantha sah. *Warum hatte sie nicht den privaten Aufzug benutzt?* Er öffnete schnell die Tür und spürte, wie sich seine Brust bei ihrem Anblick zusammenzog. Obwohl sie so schön war wie immer, umgab sie etwas Düsteres. Ihre Schultern hingen herab und die Augen, die er immer bewundert hatte, waren voller Leid. Er hatte sie noch nie so gesehen. Selbst bei der Beerdigung schien sie so stark gewesen zu sein. Jetzt sah sie besiegt aus.

„Woher wusstest du es?", fragte sie ihn mit kläglicher Stimme.

Er runzelte die Stirn. „Woher wusste ich was?"

Sie schluckte sichtbar und hob das Kinn. „Das mit dem Fremdgehen."

Luke erstarrte. Sie wollte *jetzt* darüber sprechen? Er hatte ihr das vor Jahren erzählt und sie hatte ihn prompt einen Lügner genannt, was er auch verdient hatte. Denn obwohl er nicht gelogen hatte, waren seine Absichten nicht ehrenhaft gewesen. Er hatte sie für sich gewollt und in einem wirren Moment hatte er geglaubt, dass er endlich eine Chance bei ihr bekommen würde, wenn er ihr nur von Jasons Affären erzählte.

Sein Magen zog sich bei der Erkenntnis zusammen, dass sie etwas gefunden haben musste, während sie Jasons Dinge durchgesehen hatte. Er konnte sich nicht einmal vorstellen, was sie gerade durchmachte. Ihren Mann zu verlieren, um dann herauszufinden, dass er sie betrogen hatte? Sie musste am Boden zerstört sein.

„Weil er es mir gesagt hat", sagte er schließlich, wohl wissend, dass es keinen Ausweg gab. Er wünschte, er könnte ihr den Schmerz ersparen. Egal, was er getan hatte, er hatte sie nie verletzen wollen.

Es brach ihm das Herz, als Sam seine Worte aufnahm

und steif nickte. Sie hatte das nicht verdient. Sie war so eine erstaunliche Person und zu sehen, wie sie so benutzt wurde, war schlimm. Luke wünschte, er könnte sie in seine Arme nehmen und sie trösten, aber da es eine schlechte Idee war, ihr zu nahe zu kommen, widerstand er der Versuchung.

Er wünschte, er wäre stärker – wünschte, er könnte die Art von Freund sein, die sie brauchte, aber das war er nicht. Sie sorgte dafür, dass sich sein Inneres verkrampfte, wie es keine andere Frau je getan hatte, und ehrlich gesagt traute er sich selbst nicht, wenn sie in seiner Nähe war. Er wollte immer mehr, wenn es um sie ging.

Er beobachtete schweigend, wie sie zu seiner Couch ging, sich hinsetzte und stumm auf den Boden starrte. Sie sah so verloren und klein aus.

„Hat er …“ Sie schluckte und hob dann den Kopf, um ihn anzuschauen. „Hat er sie geliebt?“

Luke stöhnte. Sie dachte, Jason hätte nur eine Frau gehabt?

Und vielleicht war das am Schluss auch so gewesen. Luke wusste es jedenfalls nicht. Luke hatte nicht gewollt, dass sein Freund erfuhr, was er für Sam empfand, und hatte immer sein Bestes getan, um dessen Affären nicht zu kommentieren oder zu hinterfragen.

Aber es hatte ihn fast umgebracht, Sam zuzusehen, wie sie Jason zum Abschied küsste, wohl wissend, dass sie dachte, ihr Mann würde zu einem Meeting gehen, während Jason in Wirklichkeit andere Frauen treffen wollte. Jason dann prahlen zu hören, wenn er ins Büro zurückkehrte, war zu viel des Guten gewesen. Nach einem besonders schlechten Tag hatte Luke sich außerstande gesehen, seine Gefühle unter Kontrolle zu halten, und hatte seinem Freund an den Kopf geworfen, was er davon hielt, wie er Sam behandelte.

Jason hatte Lukes Ausbruch der Tatsache zugeschrieben, dass er eine Schwester hatte, und Luke hatte sich nicht die Mühe gemacht, ihn zu korrigieren. Ihm war klar gewesen, dass er eine Grenze überschritten hatte. Danach hatte Jason ihm nie wieder etwas erzählt oder seine Eroberungen erwähnt.

„Nein, ich glaube nicht", murmelte Luke, als er sich zu Sam auf die Couch setzte. In gewisser Weise war es Jason immer nur um sich selbst gegangen.

Sam schüttelte den Kopf. „Aber drei Jahre …" Ihre Augen weiteten sich, als sie sich ihm zuwandte. „Es gab mehr als eine Frau, oder?"

Da er nicht wusste, was er anderes hätte tun können, nickte er.

„Wie viele waren es?"

Er fuhr sich mit einer Hand durch die Haare und zuckte mit den Achseln. „Ich weiß es nicht." Irgendwann hatte es den Anschein gehabt, als hätte es jede Woche eine neue Frau gegeben, aber er war sich sicher, dass Jason in den letzten Jahren einen Gang zurückgeschaltet haben musste, da sich niemand gemeldet hatte, um nach seinem Tod schnelles Geld zu machen. Es sei denn, sie waren alle verheiratet …

Tränen füllten Sams Augen, bevor sie den Blick abwandte. „Ich fühle mich so dumm", sagte sie und ihre

Stimme brach. „Ich meine, ich hätte es wissen sollen. Er war kaum im Büro."

„Ich denke, Jason war sehr gut darin, uns alle an der Nase herum zu führen." Er hätte nie gedacht, dass Jason hinter seinem Rücken das Geld ihrer Kunden überhebeln würde, und doch hatte er es getan. Die Tatsache, dass Lukes Vertrauen in Jason der Grund war, warum er es nicht früher bemerkt hatte, machte die Situation nur noch schlimmer.

„Es ist so verrückt. Ich meine, warum hat er mir überhaupt erlaubt, im Büro zu arbeiten, wenn er mich betrügen wollte?"

Luke zögerte, aber da sie zu ihm gekommen war, um Antworten zu erhalten, sagte er ihr die Wahrheit. „Ich glaube, er wollte dich im Auge behalten. Er hat, ähm … angefangen zu glauben, dass du ihn betrügst."

Es klang lächerlich – sogar in Lukes Ohren. Man musste nur in Sams Augen schauen, wenn Jason im Raum war, um zu wissen, was sie für ihren Mann fühlte. Sie hätte ihn nie betrogen. Außerdem war sie einfach nicht der Typ dazu.

Ihre Augen weiteten sich. „Ich?"

„Du weißt ja, wie Paranoia funktioniert." Irgendwann beginnt der Betrüger zu denken, dass er auch betrogen wird. „Wie hast du es herausgefunden?", fragte er. Sie hatte ihm damals nicht geglaubt, warum glaubte sie ihm jetzt?

Sam schaute zu Boden, während sie mit dem Saum ihres grünen Kleides spielte, und er versuchte, nicht daran zu denken, dass er ihr so nahe war, dass er das Gewebe ihrer Strümpfe sehen konnte, das durchscheinende Material, das in ihm die Sehnsucht erweckte, sie zu berühren – seine Hände über die Beine wandern zu lassen, über die er unzählige Stunden fantasiert hatte. Scham überwältigte ihn. Sie war verletzt und er dachte darüber nach, wie glatt sich ihre Beine anfühlen würden? Angewidert von sich selbst, ballte er seine Hand zur Faust und zwang sich, den Blick abzuwenden.

Die Stille im Raum war ohrenbetäubend. Er glaubte langsam, dass sie seine Frage nicht beantworten würde, als sie anfing zu sprechen.

„Ich wollte mich ihm näher fühlen, also habe ich die Tasche mit den Dingen durchgesehen, die die Polizei aus dem Auto geborgen hat. Sein Telefon war voller Nachrichten von Carla Williams." Sie verzog das Gesicht. „Ich glaube, ich habe sie sogar bei der Beerdigung umarmt."

Mist. Es war schlimm genug, betrogen zu werden, aber mit jemandem betrogen zu werden, den sie wahrscheinlich gut kannte? Es war unvorstellbar. Wie hatten Jason und diese Frau Sam das antun können?

Luke wünschte, er könnte etwas sagen, damit sie sich besser fühlte, aber es war immer Jason gewesen, der mit Worten gut gewesen war – nicht er.

„Es tut mir leid", sagte er schließlich und hatte sich in seinem Leben noch nie so unfähig gefühlt. Er wollte ihr sagen, dass sie eine starke und wunderbare Frau war und dass Jason sie nicht verdient hatte, aber er war sich nicht sicher, wie sie es auffassen würde.

„Nein. Mir tut es leid, dass ich dir nicht geglaubt habe", sagte sie mit plötzlich ernster Stimme, als sie den Kopf hob und ihm in die Augen sah. „Es war einfach so viel einfacher zu glauben, dass du versucht hast, mich loszuwerden." Als er sich daran erinnerte, wie schlecht er sie behandelt hatte, als sie zum ersten Mal in die Firma gekommen war, zuckte er zusammen. Er hatte ihr keinen Grund gegeben, ihm zu vertrauen. „Es fühlt sich an, als hätte ich die letzten fünf Jahre meines Lebens verschwendet", fuhr sie fort.

„Das würde ich nicht sagen. Du hast dich als ziemlich gute Analystin erwiesen."

Sie stöhnte, als sie ihr Gesicht mit ihrer Hand bedeckte, und er erinnerte sich verspätet daran, dass sie anfangs ebenso wenig bei Harkin hatte arbeiten wollen, wie er gewollt hatte, dass sie dort arbeitete. Er hatte ihre Fähigkeit infrage gestellt, dem Team eine Hilfe zu sein – sie verfügte über eine Ausbildung zur Buchhalterin, nicht zur Analystin – und er hatte nicht gewollt, dass Jason sich von ihr ablenken ließ.

Stattdessen war er derjenige gewesen, der abgelenkt worden war.

Er hatte keine Ahnung, wie er sich so von ihr den Kopf hatte verdrehen lassen können. Obwohl er am Anfang ihre Anwesenheit im Büro abgelehnt hatte, hatte sich das schnell in Bewunderung für ihre Arbeitsmoral gewandelt. Irgendwann hatte er sich eingeredet, dass er eine Frau wie sie finden sollte, und ehe er sich's versah, hatte er Sam für sich gewollt.

„Es ist kein Albtraum, oder?", fragte sie, ihre Stimme schmerzhaft leise, als sie sich ihm zuwandte.

Er schüttelte den Kopf und wünschte, es gäbe etwas, was er tun könnte, um ihr den Schmerz zu nehmen, aber das war etwas, das nur die Zeit heilen konnte.

Sie seufzte, als sie aufstand. „Es tut mir leid, dass ich

dich so spät noch belästigt habe, aber du warst der Einzige, mit dem ich sprechen konnte."

Er runzelte die Stirn, als ihm ein Gedanke durch den Kopf schoss. „Du bist nicht selbst hierhergefahren, oder?", fragte er, während er sich ebenfalls erhob.

„Doch, aber es ist okay. Es gab keinen Verkehr."

Es gab keinen Verkehr? War sie wahnsinnig? Sie war nicht in der Lage zu fahren, auch wenn gar keine Autos auf der Straße waren. Erschreckende Gedanken darüber, was ihr hätte zustoßen können, erfüllten seinen Kopf und er war dankbar, dass nichts Schlimmes geschehen war. Er hatte gerade erst Jason verloren. Er war sich nicht sicher, ob er es verkraften könnte, Sam ebenfalls zu verlieren. Obwohl er wusste, dass sie nicht für ihn bestimmt war, war es ihm wichtig, dass es ihr gut ging.

Er wollte zwar nicht mit ihr streiten – vor allem nicht jetzt –, aber gleichzeitig wollte er sie heute Abend nicht allein fahren lassen. „Lass mich dich nach Hause fahren."

„Nein. Das ist in Ordnung. Ich werde in einem Hotel übernachten."

„Dann fahre ich dich dorthin."

„Das musst du nicht, aber ich danke dir für das Angebot. Ich weiß es sehr zu schätzen."

„Ich lasse dich heute Abend nicht fahren, Sam." Er würde sich nie verzeihen, wenn ihr etwas zustieße.

Sie lachte leise. „Mir war nie bewusst, wie sehr du dich um Menschen sorgst." Sie seufzte, als sie einen Moment zu Boden schaute, bevor sie seinen Blick erwiderte. „Es tut mir leid, dass ich dich vor all den Jahren als Lügner bezeichnet habe. Das hast du nicht verdient."

Er fühlte sich schuldig, weil er wusste, dass er ihr nicht aus Herzensgüte von Jasons Affären erzählt hatte. Er hatte sie für sich haben wollen und verdiente ihre Vergebung für seine egoistische Handlung nicht. Aber da es keine Möglichkeit gab, sie zu korrigieren, ohne seine Gefühle für sie zu offenbaren, schwieg er.

Sie blickte zu seiner Tür. „Ist es okay, wenn ich heute Abend hierbleibe? Ich –"

„Natürlich", unterbrach er sie und war dankbar, dass sie nicht mehr fahren wollte.

Angesichts seiner Gefühle für sie, war es wahrscheinlich keine gute Idee, sie so nah bei sich zu haben, vor allem jetzt, da Jasons Geheimnisse nicht mehr zwischen ihnen standen. Aber Luke wusste, dass sie heute Abend vor ihm sicher sein würde. Egal, was er wollte, er würde ihr den Raum geben, den sie brauchte. Und wenn die Versuchung, zu ihr zu gehen, zu groß wurde, würde er ins Büro gehen.

Ihr Augen strahlten vor Erleichterung. „Danke. Ich habe wirklich keine Lust, mich im Moment in eine Lobby voller Menschen zu begeben."

„Das verstehe ich. Ich zeige dir das Gästezimmer."

* * *

Hatte er sie überhaupt je geliebt? Irgendwann mal?

Sam stöhnte, als sie sich auf ihre Seite drehte. Sie war bereits vor einer Stunde ins Bett gekrochen und Jason beherrschte immer noch ihre Gedanken. Sie musste damit aufhören. Offensichtlich hatte ihm nichts an ihr gelegen – zumindest nicht genug, um treu zu sein. Warum verschwendete sie überhaupt noch eine Sekunde daran, an ihn zu denken?

Weil ich ihn liebe.

Das ist der Grund.

Wie dumm sie gewesen sein musste, diesen untreuen Bastard zu lieben. Doch die Liebe verschwand nicht einfach, weil sie entdeckt hatte, dass er sie betrogen hatte. Sie war sich nicht sicher, ob das jemals passieren würde.

Sie seufzte, als sie sich auf den Rücken drehte und an die dunkle Decke starrte. War ihre Beziehung von Anfang an zum Scheitern verurteilt gewesen? Sie konnte nicht anders, als sich an all die Bedenken zu erinnern, die sie gehabt hatte, nachdem sie seinen Antrag angenommen hatte. Dinge, über die sie nie nachgedacht hatte, als sie noch eine lockere Beziehung geführt hatten, hatten plötzlich angefangen, sie zu plagen. Sie machte sich plötzlich Sorgen, ob sie gut genug für ihn sei, ob sie ihn glücklich machen könne und ob andere Frauen ihn anmachen würden. Abgesehen davon, dass er gut aussah und freundlich war, war er auch reich und bekannt. Es gab zwangsläufig Frauen, die sich für ihn interessierten, egal ob er in festen Händen war oder nicht.

Nachdem sie sich wochenlang mit diesen Ängsten verrückt gemacht hatte, hatte sie sich bewusst dazu entschieden, ihm zu vertrauen. Sonst hätte sie sich selbst ein Leben in Trübsal geschaffen, und sie hatte nicht zulassen wollen, dass ihre Unsicherheit ihr die Lebensfreude nahm.

Und dann war er ihr untreu gewesen.

Himmel, sogar Luke hatte ihr gesagt, dass Jason sie

betrog, und anstatt ihm zu glauben, hatte sie ihn einen Lügner genannt. Wie hatte sie so blind gegenüber dem wahren Charakter ihres Mannes sein können? Wie hatte sie nicht sehen können, was direkt vor ihrer Nase war?

Jason hatte nie Dessous für sie gekauft.

Es war dumm, sich darüber zu ärgern, aber sie konnte nicht anders. Im Laufe der Jahre hatte sie oft Dessous gekauft, um ihn im Bett zu überraschen, um den Funken zwischen ihnen am Leben zu erhalten. Und er hatte nie, nicht ein einziges Mal, etwas dergleichen für sie gekauft – für seine *Frau*. Aber er hatte Dessous für Carla gekauft, und vielleicht auch für andere!

Eine weitere Schmerzenswelle traf Sam. Was war verkehrt an ihr, dass Jason nicht an sie gedacht hatte, als er in Dessous-Läden ging? Hatte er sich nicht mehr von ihr angezogen gefühlt? War das der Grund, warum er sich andere Frauen gesucht hatte? War sie nicht sexy genug? Charmant genug?

Was hatte Carla, das sie nicht hatte?

Sie ballte die Hände zu Fäusten, als die Tränen zu kommen drohten. Sie hasste es, dass er ihr das Gefühl geben konnte, eine minderwertige Frau zu sein. Sie hatte nichts falsch gemacht, außer einen schlechten Geschmack bei Männern zu haben. Wenn er aus der Ehe herausgewollt hätte, hätte er um eine Scheidung bitten sollen – anstatt sie zu hintergehen. Stattdessen hatte er sich entschieden, sie wiederholt zu betrügen. Während sie zu Hause gewesen war und die pflichtbewusste Frau gespielt hatte, war er mit allem unterwegs gewesen, was Beine hatte!

War der fehlende Ehevertrag der Grund, warum er sich nicht hatte scheiden lassen wollen?

Jason hatte so viele Anwälte gehabt, irgendjemand hatte ihm sicher geraten, einen Ehevertrag aufzusetzen, doch er hatte sie nie gebeten, einen zu unterzeichnen. Sie hatte das als Zeichen seiner Hingabe an sie gedeutet, aber rückblickend hatte er wahrscheinlich einfach nichts tun wollen, was als ein Mangel an Vertrauen verstanden werden konnte. Er hatte es gehasst, wenn man an ihm zweifelte.

Aber er musste es bereut haben, keinen Ehevertrag zu haben, denn welchen anderen Grund hätte er haben können, mit ihr verheiratet zu bleiben, wenn er das Single-Leben offensichtlich so genossen hatte? Oder hatte ihn die Tatsache erregt, dass er sie betrog?

Sie schüttelte den Kopf. Nachdem sie bis jetzt nicht verstanden hatte, warum einige Frauen versuchten, bei einer Scheidung so viel wie möglich herauszuschlagen, wurde es ihr plötzlich klar. Sie waren verletzt und wütend und suchten nach einem Weg, es den Männern heimzuzahlen, die sie in diese Situation gebracht hatten.

Das Seltsame war, dass sie nicht einmal versucht hätte, ihn vor Gericht zu bringen, wenn er noch am Leben gewesen wäre. Sie hatte genug Zeit mit ihm verschwendet, auch wenn es ihr eine große Befriedigung verschafft hätte, ihm einen Drink ins Gesicht zu schütten. Sie konnte sich förmlich vorstellen, wie besorgt er wäre, dass einer seiner heiß geliebten Anzüge oder italienischen Schuhe Flecken bekommen würde. Oder besser noch, sein Gesicht, wenn sie die Autos zerkratzt hätte, die er so sehr liebte.

Aber er hatte sie sogar dieser Genugtuung beraubt.

Sie hasste es, dass sie nicht einmal ein kleines bisschen Rache bekommen würde. Es war nicht fair, dass er sie, wer weiß wie viele Jahre, betrogen hatte, und einfach so damit davonkam. Wo war die Gerechtigkeit dabei?

Ihre Gedanken drifteten zu Luke. Obwohl er es nie gesagt hatte, war Jason immer eifersüchtig auf Luke gewesen. Nicht nur, dass die Medien Luke bevorzugten, ohne dass er ihnen derart schmeichelte wie Jason, sondern auch Lukes Gewinne für die Firma hatten Jason immer in den Schatten gestellt. Das war wahrscheinlich einer der Gründe, warum Jason sich mehr auf die Wohltätigkeitsarbeit konzentriert hatte. Denn dies war die einzige Arena gewesen, in der er nicht mit Luke hatte konkurrieren müssen. Luke würde sich lieber umbringen, als mit der Elite zu verkehren.

Wie würde Jason sich fühlen, wenn sie mit dem Mann schlief, auf den er so neidisch gewesen war?

Sie konnte sich vorstellen, dass sein Gesicht rot wurde bei dem Gedanken, dass Luke ihm noch einmal eins auswischte, und sie lächelte. Sicher, Jason würde nie davon erfahren, aber es würde sich so gut anfühlen, dieses kleine bisschen Rache zu bekommen – es ihm irgendwie heimzuzahlen.

Nein. Sie konnte – wollte – keinen One-Night-Stand mit Luke haben. Vor heute Abend war sie davon überzeugt gewesen, dass er ein Lügner war, der sie hasste. Selbst wenn sie ihre Verlegenheit, dass sie so lange Zeit das Schlimmste von ihm gedacht hatte, überwinden konnte, würde Luke ihre Avancen keinesfalls akzeptieren. Allein die Vorstellung, wie sehr er lachen würde, hielt sie genau dort, wo sie war.

Dennoch … Luke war ein sehr gut aussehender Mann. Das hatte sie schon immer gedacht, aber ihre Wut auf ihn hatte sie davon abgehalten, es zuzugeben, sogar ihr selbst gegenüber. Ohne diese Wut konnte sie sein gutes Aussehen bewundern. Er hatte heute Abend so herrlich zerzaust und zugänglich ausgesehen, als er neben ihr auf der Couch saß. Sie hätte am liebsten Trost in seinen Armen gesucht und ihn als Puffer gegen die Wahrheit benutzt, die auf sie einhämmerte. Sie stellte sich vor, wie ihre Hände über seine breite Brust wandern würden …

Du liebe Güte. Könnte sie wirklich Sex mit Luke haben? Sie stellte sich vor, wie sich sein nackter Körper an ihrem anfühlen würde, und zitterte bei dem Gedanken.

Ja, sie könnte es auf jeden Fall.

Schmetterlinge flatterten in ihrem Bauch, als die Idee begann, Wurzeln zu schlagen. Sie hatte noch nie einen One-Night-Stand gehabt, aber wenn es jemand verdiente, dann war sie es. Und warum sollte sie es nicht tun? Sie war Single und er auch.

Aber es ging um Luke – Jasons Partner und der Mann, auf den sie seit Jahren wütend war und dem sie immer die eiskalte Schulter gezeigt hatte. Würde er Sex mit ihr als eine Art Rache dafür sehen, wie sie ihn behandelt hatte? Nein, irgendwie wusste sie instinktiv, dass sie ihm vertrauen konnte, dass sie bei ihm sicher wäre. Sie hatte nie gesehen, dass er aus Rache oder verletztem Stolz handelte.

Und die Tatsache, dass er keine Beziehung mit

jemanden einging, arbeitete zu ihren Gunsten. Er würde keine große Sache aus der Affäre machen. Es wäre nur Sex.

Es gab nichts, was sie davon abhielt.

Ihr wurde schwindelig bei dem Gedanken und sie ging in Richtung Wohnzimmer, nur mit dem Hemd bekleidet, das Luke ihr geliehen hatte. Es überraschte sie zu sehen, dass die Lichter noch an waren. Sie blieb nicht stehen, um nachzudenken. Sie würde nur einen Rückzieher machen, wenn sie das tat, und sie wollte die heutige Nacht nicht weiter mit Nachdenken verbringen. Ihr Herz setzte einen Schlag aus, als sie sah, dass Luke hinter dem Esstisch stand und einen Bericht las. Sie würde das schon schaffen.

Sie ging auf ihn zu. Als hätte er es gespürt, schaute er auf. Sein Blick wurde weich, als er sie sah. „Schlafprobleme?"

„Ich –" Sie erinnerte sich daran, dass sie ihn eigentlich verführen wollte, und hielt inne. „Du arbeitest immer noch", sagte sie stattdessen, als sie auf ihn zukam. Sie sollte sich nicht wundern, aber sie tat es. Er verbrachte bereits die meiste Zeit seiner Tageszeit im Büro und wenn er endlich nach Hause ging, arbeitete er weiter? Es war kein Wunder, dass das Unternehmen so erfolgreich war. Der Mann war eine Maschine.

Seine Lippen verzogen sich, während er auf die Papiere schaute. „Ja. Ich versuche nur, etwas herauszufinden."

Schuldgefühle nagten an ihr, dass sie ihn störte, während er offensichtlich bei der Arbeit war. Doch sie zwang sich, diese beiseite zu schieben. Es war drei Uhr morgens. Er sollte im Bett sein – nicht arbeiten. Jason hätte jetzt sicher nicht gearbeitet, wenn er noch am Leben gewesen wäre, und sie erkannte plötzlich, wie unfair Jasons Gewohnheiten gegenüber Luke gewesen waren.

„Naja, du musst das heute Abend nicht fertig machen, oder?", fragte sie mit verführerischer Stimme, während sie eine Hand auf seine Brust legte. Seine sehr harte Brust. Der Gedanke berauschte sie. Ohne ihm die Chance auf eine Antwort zu geben, schlang sie einen Arm um ihn und küsste ihn, bevor sie womöglich den Mut verlor. Seine Lippen waren weich und sein frischer, sauberer Geruch war berauschend. Sie wollte mehr und strich mit ihrer Zunge über seine Lippen.

Scham überfiel sie, als sie merkte, dass er ihren Kuss nicht erwiderte.

Und warum sollte er das auch? Sie war gerade vor seiner Haustür aufgetaucht, hatte all ihre Probleme bei ihm abgeladen und ihn dann gebeten, die Nacht hier verbringen zu dürfen. Und wie bedankte sie sich für seine Freundlichkeit? Indem sie ihn ansprang.

Sie verfluchte sich und wollte sich entschuldigen, als er stöhnte, seine Hand in ihr Haar schob und den Kuss vertiefte. Ihr Verstand verbannte jeden Gedanken außer dem Gefühl seiner Lippen auf ihren und der Art und Weise, wie seine Zunge mit ihrer tanzte. *Ja.* Genau das hatte sie gewollt.

Sie genoss es, wie ihr Körper mit seinem verschmolz, schob sich noch näher an ihn heran, ließ ihre Hände gierig über seinen Rücken wandern und bewunderte die harten Muskeln darunter. Seine Hände wagten sich tiefer und drückten ihren Körper an seinen. Seine Härte streifte sie und Wärme sammelte sich zwischen ihren Beinen.

Da sie nichts zwischen ihren Körpern wollte, begann sie, sein Hemd aufzuknöpfen. Ein elektrisches Prickeln durchfuhr sie, als er eine Reihe von Küssen auf ihrem Hals verteilte und seine Stoppeln erregend an ihrer Haut kratzten. Er fand den empfindlichen Punkt hinter ihrem Ohr und dann, als ob er darauf bedacht wäre, sie in den Wahnsinn zu treiben, saugte er an ihrem Ohrläppchen, biss hinein und fuhr mit der Zunge darüber. Sie stöhnte. *Das war so gut*. Er fühlte sich so gut an.

Sie musste ihn berühren. Sobald sie genug von seiner Brust freigelegt hatte, hörte sie auf, die Knöpfe zu öffnen, ließ ihre Hände über seine Haut wandern und erfreute sich an seinen harten Konturen. Sie verteilte Küsse über seine Brust und er zog sie zu einem weiteren innigen Kuss an sich.

Seine Hände tauchten unter den Saum ihres Hemdes und schickten Wogen der Lust durch sie hindurch, während seine Hände über ihren Bauch streichelten. Mehr ... Sie wollte mehr von seiner Berührung. Mit einer plötzlichen, geschickten Bewegung zog er ihr das Hemd aus. Ihr erster Instinkt war es, sich zu bedecken, aber sie wehrte sich gegen den Impuls. Sie wollte nicht zulassen, dass Zweifel irgendeinen Teil dieser Nacht trüben würden. Diese Nacht gehörte ihr allein und hoffentlich auch Luke.

Lukes Augen verdunkelten sich, als er sie ansah und ihren Atem stocken ließ. Niemand hatte sie jemals so angeschaut – als wäre sie ein Dessert, das er vernaschen wollte – und sie fand die Idee berauschend.

„Schön", raunte er. „Du bist so verdammt schön."
Oh, wow.

Bevor sie antworten konnte, hob er sie hoch, setzte sie auf den Tisch und trat zwischen ihre Beine. Er schlang einen Arm um sie und nahm ihre Brust in die Hand.

„Oh." Verlangen strömte durch ihren Körper, als er ihre Brustwarze mit seiner gierigen Zunge bearbeitete. Sie fuhr ihm mit der Hand durch die Haare, ermutigte ihn, hielt ihn an sich gedrückt, und er biss sie sanft als Antwort. „Oh. Luke."

Sams Stimme brachte Luke in die Realität zurück. Er ließ ihre Brust los und schaute nach oben. Der Anblick ihrer geschwollenen Lippen und der Lust in ihren Augen verschaffte ihm ein pulsierendes Gefühl der Befriedigung. Das hatte er mit ihr angestellt. Er wollte noch mehr mit ihr anstellen, aber etwas hielt ihn auf.

„Ist das deine Art, dich an Jason zu rächen?"

Er war ein Narr, das zu fragen, aber er musste wissen, dass sie zumindest einen Bruchteil dessen fühlte, was er fühlte – dass es hier nicht um Rache ging. Elektrische Funken rauschten durch ihn, als sie ihre Hände über seine Brust wandern ließ. Himmel. Er war wahrscheinlich schon über den Punkt hinaus, an dem er noch umkehren könnte. Er fühlte sich, als müsste er sterben, wenn er nicht bald eine weitere Kostprobe dieser süßen Lippen bekäme.

Aber er würde keine Rolle in einem kranken Rachefeldzug spielen. So kompliziert seine Gefühle bezüglich Jason gerade waren, Luke konnte nicht aus den falschen Gründen mit Sam schlafen. Er verdiente mehr. *Sie* verdiente mehr. Und ihr Schweigen sagte alles. Obwohl er mit Rache als Motivation hätte rechnen müssen, hatte er das Gefühl, als hätte er einen Tritt in die Eingeweide erhalten.

Immer, wenn er sich vorgestellt hatte, das Bett mit ihr zu teilen, hatte sie ihn in seiner Fantasie auch gewollt. Es war ein dummer Anspruch – vor allem, wenn sich alles, was er jemals gewollt hatte, direkt hier vor ihm befand –, aber sie musste ihn um seiner selbst wollen. Er verfluchte sich für seine Dummheit, ließ sie los und wollte einen Schritt zurückgehen, als sie ihn aufhielt.

„Bitte", sagte sie, während sie ihre Arme um ihn schlang und ihre nackten Brüste gegen seine Brust presste. „Ich komme mir vor, als wäre ich keine ganze Frau mehr, und ich hasse es, dass er mir das weggenommen hat. Ich will das. Ich *brauche* das."

Seine Brust zog sich zusammen. Sie hatte ihn noch nie gebraucht, und ihm wurde klar, dass er derjenige sein wollte, der all den Schmerz ausradierte, den Jason ihr zugefügt hatte. Luke nahm ihr Gesicht in seine Hände und küsste sie. Und als ihr Geschmack in seinem Mund explodierte, erkannte er, dass er nie genug von ihr bekommen würde.

Sie löste sich von seinen Lippen, bewegte sich nach unten, verteilte dabei verlockende Küsse auf ihm und leckte über seine Brust. Träumen. Er musste träumen. Das war die einzige Erklärung, die er dafür hatte, dass Sam ihn berührte und küsste. Da er nicht aus diesem köstlichen Traum aufwachen wollte, hob er sie hoch und trug sie in sein Schlafzimmer. Als bekäme auch sie nicht genug von ihm, küsste sie ihn weiter, während ihre Hände ununterbrochen über seine Brust und seinen Rücken flogen. Es war zu viel und doch nicht genug.

Die Sensorlichter schalteten sich ein, als er das Zimmer betrat, und dafür war er dankbar. Er wollte sich keine einzige Sache entgehen lassen. Nachdem er sie aufs Bett gelegt hatte, leckte er ihre Brustwarze, bevor er sie mit den Zähnen reizte. Ihre Augenlider flatterten, als er die Brustwarze in den Mund nahm. Stöhnend wölbte sie sich ihm entgegen und ihre Nägel gruben sich in seinen Rücken. Sein Schwanz wurde noch härter. *Sie war so empfindlich.*

Er küsste sich seinen Weg nach unten und liebte den Klang ihrer erregten Atmung. Er zog ihr das Höschen aus und spreizte ihre langen Beine. Ihm wurde leicht schwindelig, als er sah, wie nass sie war – nass für ihn.

Er musste sie schmecken. Sie stöhnte auf, als er sie leckte. Sie war so süß. Er trank gierig ihren Honig und genoss, wie ihr leises Stöhnen die Luft erfüllte. Und als sie kurz davor war zu kommen, legte er seine Lippen um sie und stöhnte, als sie kam.

Da er wusste, dass er vielleicht nie wieder die Chance bekommen würde, machte er weiter, leckte und saugte und berauschte sich an ihrem Geschmack. Der Klang seines Namens auf ihren Lippen machte ihn noch wilder und er beschleunigte sein Tempo. Ihre Beine begannen zu zittern. Sie kam schon bald ein zweites Mal und schrie seinen Namen.

Er brauchte sie *jetzt.*

Er richtete sich auf und entfernte den Rest seiner Kleidung, dann nahm er ein Kondom. Seine Hände zitterten, als er es überstreifte. Ein Teil von ihm konnte immer noch nicht glauben, dass das gerade tatsächlich passierte – dass es kein Traum war. Nach Jahren des Verlangens war Sam endlich in seinem Bett. Was hatte er eigentlich getan, um das zu verdienen? Ungläubig schaute er auf, um sicherzustellen, dass sie noch da war, und erwischte sie dabei, wie sie ihn beobachtete. Es war nicht nur eine Frau mit ihren Haaren und Augen – es war tatsächlich *sie*.

Benommen sah er das Verlangen in ihren Augen. Ihr gefiel, was sie sah. Der Gedanke, dass Sam ihn auf irgendeine Weise begehrte, war schwindelerregend. Er konnte nicht schnell genug zu ihr zurückkehren. Bald waren seine Hände auf ihr und er küsste sie, als würde er verhungern. Sie stöhnte leise, als er in sie hinein glitt. Es war das schönste Geräusch, was er je gehört hatte. *So gut. So verdammt gut.*

Köstliche Empfindungen strömten durch ihn hindurch, als sie ihren Rhythmus fanden. Ihre Augen schlossen sich, während sie ihre Beine um ihn schlang und sich an ihm rieb. Reine Genugtuung durchfuhr ihn, als er beobachtete, wie sie sich in ihren Gefühlen verlor. Verdammt. Es gab nichts Heißeres als den Anblick einer Frau, die sich der Lust hingibt. Und die Tatsache, dass es Sam war? Es war das Schärfste, was er je gesehen hatte und je sehen würde.

Zu früh näherte er sich dem Höhepunkt. Da er nicht ohne sie kommen wollte, wollte er gerade eine Hand zu ihrer Klitoris gleiten lassen, als sie aufschrie. Das Gefühl, als sie sich um ihn herum zusammenzog, war zu viel. Er kam und ergoss sich in sie.

Er stöhnte und legte seine Stirn auf ihre, wobei er darauf

achtete, dass er sich nicht mit seinem ganzen Gewicht auf sie sinken ließ, während er versuchte, Luft zu holen. Ihre Brüste hoben und senkten sich unter ihrem schweren Atem, ein Anblick, der ihn faszinierte. Er würde nie genug von dieser Frau bekommen.

Er drehte sie herum, zog sie auf sich und ließ dann seine Hand über ihren Arm wandern. Er wusste, dass er sich um das Kondom kümmern sollte, aber er wollte sich noch nicht bewegen. Sie fühlte sich einfach so gut in seinen Armen an. Und vielleicht machte sich ein Teil von ihm Sorgen, dass sie in dem Moment verschwinden würde, in dem er sie losließ. Also blieb er, wo er war, und genoss es, so lange er konnte.

KAPITEL SIEBEN

Sam fühlte sich unglaublich gut und streckte sich, als sie aufwachte. Sie erstarrte, als sie merkte, dass sich unter ihr ein Körper befand. Ein sehr harter.

Luke.

Ihr stockte der Atem, als sie die Augen öffnete und sein attraktives Gesicht sah. Er hatte einen Arm um sie geschlungen und den anderen über seinem Kopf, während er schlief. Sie nutzte die Gelegenheit, ihn anzuschauen, ohne dass er es wusste, und betrachtete seine weichen, dunklen Haare, die starke Nase und die Lippen, die sie letzte Nacht so innig geküsst hatte. Ihr Blick wagte sich tiefer zu seinen Bartstoppeln, und ein Schauer lief durch ihren Körper, als sie sich daran erinnerte, wie sich seine Stoppeln auf ihrer Haut angefühlt hatten, als er sie geküsst hatte.

Scham überfiel sie, als sie sich plötzlich daran erinnerte, wie anhänglich sie gewesen war. Er hatte versucht, sich von ihr zu lösen, doch sie hatte sich an ihn geklammert, als wäre er ihre letzte Hoffnung. Betreten rutschte sie zur Seite, um sich aus dem Bett zu schleichen, als sich seine Arme fester um sie schlossen, und bevor sie sich versah, zog er sie an sich und küsste sie. Ihr Unterleib zog sich vor Verlangen zusammen, doch dann rief sie sich zur Ordnung. Sie beendete den Kuss und war überrascht von dem Feuer in seinen Augen.

„Sag es nicht", warnte er. „Sag mir nicht, dass die letzte Nacht ein Fehler war."

„Das war sie nicht", sagte sie. „Letzte Nacht war …" Sie hatte Mühe, die richtigen Worte zu finden. Es war erstaunlich und überraschend intim gewesen. Vielleicht lag es an allem, worüber sie gesprochen hatten, aber sie hatte sich noch nie jemanden so nahe gefühlt. „Letzte Nacht war genau das, was ich gebraucht habe", sagte sie schließlich, obwohl das bei Weitem nicht ausdrückte, was die Nacht ihr bedeutet hatte.

Sie konnte nicht umhin, sich Gedanken darüber zu machen, wie ihre Beziehung nach dem Sex nun aussehen würde. Sie hatte gehofft, dass sie Freunde sein würden, aber nach der letzten Nacht zweifelte sie, dass ihr dieser Wunsch erfüllt werden würde. Sie würden sich wahrscheinlich einfach wieder meiden, was sie einfach furchtbar fand. Sie hatte ihn gestern Abend nicht nur benutzt, sie hatte wahrscheinlich ihre letzte Chance auf eine Freundschaft mit ihm vertan.

Und aus Gründen, die sie nicht verstand, schien es gerade jetzt äußerst wichtig, ihn als Freund zu haben.

Er schien sich zu entspannen und nickte ihr zu. „Ich möchte sehen, wohin uns das führt."

„Du willst sehen, wohin uns das führt?", wiederholte sie einfältig, bevor ihr die Erkenntnis kam und sie erschrak. Glaubte er, dass er eine Beziehung mit ihr eingehen musste, um jegliche Befangenheit im Büro zu vermeiden? Denn das war die einzige Erklärung, die sie sich vorstellen konnte, warum er versuchte, aus dem Ganzen etwas zu machen, was es nicht war. Die Firma bedeutete Luke alles und sie konnte verstehen, dass er alles vermied, was ihr schaden konnte.

„Luke, wir brauchen das nicht zu tun. Ich denke, wir sind beide reif genug, um daraus nicht etwas zu machen, was es eindeutig nicht ist." Sie wollte nicht, dass er so tat, als würde er etwas empfinden, was nicht vorhanden war. Davon hatte sie bei Jason genug gehabt. „Das letzte Nacht war nur Sex", beteuerte sie ihm und versuchte dann, die Stimmung aufzuhellen. „Unglaublich guter Sex –"

Er presste seine Lippen auf ihre, bevor sie mehr sagen konnte. Der Kuss war heiß und verlangend, und sie wusste, dass sie jetzt süchtig war. Sie würde nie genug von seinen Küssen bekommen. Seine Härte grub sich in sie.

„Fühlt sich das für dich nur nach Sex an?", fragte er mit flammendem Blick.

Ihr stockte der Atem, als er sich fluchend von ihr löste. Verloren saß sie da und beobachtete, wie er am Bettrand saß und sich mit einer Hand durch die Haare fuhr. Ihre Kehle wurde trocken, als sie beobachtete, wie sich die Muskeln in seinem Rücken bei jeder Bewegung dehnten. Warum musste er so sexy sein? Obwohl sie wusste, dass sie so schnell wie möglich weglaufen sollte, wollte sie nur ihre Arme um ihn schlingen und ihn wieder ins Bett locken. Sie konnte sich nichts Besseres vorstellen, als den Tag in Lukes Bett zu verbringen.

„Erzähl mir nicht, dass dir der gestrige Abend nichts bedeutet hat", sagte er schließlich, als er sich ihr zuwandte.

Ihre Kehle schnürte sich zusammen, als sie erkannte, dass er gestern Abend wirklich etwas empfunden hatte, denn sonst würde er das nicht so beharrlich beteuern. Wärme breitete sich langsam in ihr aus und legte sich beruhigend über die Wunden von Jasons Rücksichtslosigkeit, die noch so frisch und offen waren.

Aber egal, wie verlockend es war, alle Vorsicht in den Wind zu schießen und willkommen zu heißen, was Luke ihr anbot, wusste sie, dass sie bei Weitem nicht in der richtigen geistigen Verfassung war, um eine Beziehung zu beginnen. Und er hatte etwas Besseres verdient.

Sie schüttelte über ihre eigene Unzulänglichkeit stumm den Kopf. „Es tut mir leid, Luke. Ich bin einfach noch nicht bereit für eine neue Beziehung." So, wie sie sich jetzt fühlte, war sie sich nicht sicher, ob sie es überhaupt jemals sein würde. Obwohl sie wusste, dass nicht alle Männer wie Jason waren, bezweifelte sie, dass sie bereit wäre, noch einmal ein solches Risiko einzugehen. Der Schmerz, das Gefühl, nicht genug zu sein, tat zu sehr weh.

Lukes Kiefer spannte sich an, als er wegschaute.

„Ich auch nicht", sagte er nach einem Moment, bevor er aufstand und wegging.

Sie spürte den starken Drang, ihm zu folgen, alle Vorsicht zu vergessen und dem nachzugeben, was sie beide verzweifelt wollten, bevor sie sich daran erinnerte, dass keine seiner Beziehungen jemals länger als eine einzige

Nacht gedauert hatte. Himmel. Nach all den Jahren, in denen sie ihn kannte, bezweifelte sie, dass sie ihn jemals zweimal mit derselben Frau gesehen hatte. Er würde ihrer früher oder später überdrüssig werden und sie wusste instinktiv, dass sie daran zerbrechen würde.

Seufzend ob der Sinnlosigkeit dieser Situation ging sie ins Badezimmer, um sich frisch zu machen, bevor sie sich anzog.

* * *

Dumm. Dumm. Dumm.

Luke schlug den Deckel der Kaffeemaschine zu. Was hatte er sich gedacht? Dass Sam nach einer Nacht plötzlich merkte, dass er der richtige Mann für sie war? Dass sie plötzlich seine Gefühle erwidern würde, nachdem sie ihn so lange gehasst hatte? Verrückt. Er musste ohne Zweifel wahnsinnig sein. Das war die einzige Erklärung dafür, dass er ihr vorgeschlagen hatte, ihnen eine Chance zu geben.

Wütend verstärkte er seinen Griff um die Kanne, als er Wasser in die Maschine goss. Es spielte keine Rolle, dass sie ihn letzte Nacht geküsst hatte, als ob sie sich nach ihm sehnte, oder dass sie sich so richtig in seinen Armen angefühlt hatte. Sie hatte nicht nur ihren Mann verloren, sondern sie hatte auch gerade herausgefunden, dass dieser verlogene Bastard sie betrogen hatte. Natürlich war sie nicht bereit für eine neue Beziehung.

Oh, aber das hielt Luke weder davon ab, sie vollen Herzens zu begehren, noch davon sich zu wünschen, dass er ihre Meinung ändern könnte. Er verspürte

Gewissensbisse, dass er gestern Abend Jasons Affären als Ausrede benutzt hatte, um sich nicht schuldig zu fühlen. Nur weil Jason Sam betrogen hatte, bedeutete das nicht, dass sie Freiwild war. Was es noch schlimmer machte, war das Wissen, dass er sie nicht einmal in der vergangenen Nacht gehabt hätte, wenn da nicht sein Egoismus gewesen wäre, Sam von Jasons Affären zu erzählen. Doch er ging davon aus, dass er noch hart dafür bezahlen würde.

Sie für eine Nacht gehabt zu haben und nie wieder in der Lage zu sein … Er stöhnte. Er hatte es immer für die reinste Hölle gehalten, Sam dabei zuzusehen, wie sie Jason schöne Augen machte, aber dies war eine Million Mal schlimmer. Zu wissen, wie herrlich ihre Lippen schmeckten, aber sie nie wieder küssen zu können? Das war geradezu unerträglich.

„Hey." Er schaute auf und spürte, wie sein Herz einen Schlag aussetzte, als er sah, wie Sam in einem seiner Hemden in die Küche kam. Sie hatte es nur leicht zugeknöpft und der Saum endete nur eine Handbreit über ihren Hüften, was ihm einen Blick auf ihre langen Beine verschaffte.

„Ich hoffe, du hast nichts dagegen. Ich habe mir eines deiner Hemden ausgeliehen."

Da sie keine Kleidung mitgebracht hatte, hatte er ihr ein Hemd gegeben, bevor sie ins Bett gegangen war. Er wollte, dass sie sich wohlfühlte, und wahrscheinlich gefiel ihm auch der Gedanke, dass etwas von ihm ihre Haut berührt. Er hätte nie gedacht, dass er sogar das Vergnügen haben würde, es ihr auszuziehen. Himmel, sie konnte sich jederzeit eines seiner Hemden ausleihen, solange er sie darin sehen konnte.

„Ja. Natürlich", murmelte er, als er versuchte, nicht darüber nachzudenken, wie einfach es wäre, ihr dieses Hemd vom Körper zu reißen. Sie hatte nur ein paar Knöpfe geschlossen. Er müsste lediglich daran ziehen und es wäre weg. Aber sie wollte ihn nicht und er musste lernen, damit zu leben. Wieder einmal.

Er ballte die Hände zu Fäusten und beugte sich über die Kaffeemaschine. „Kaffee?", fragte er so lässig wie möglich.

Wenn jemand Schuld hatte, dann er selbst. Er hätte sich gestern Abend besser im Griff haben sollen. Aber wie konnte er? Nach all den Jahren hatte er die Frau seiner Träume endlich in seinen Armen gehalten und er hatte sie gewollt. So sehr.

„Ja. Vielen Dank."

Er goss zwei Tassen Kaffee ein und gab Milch in die eine. Sie runzelte die Stirn, als sie den Becher mit der Milch entgegennahm.

„Woher weißt du, wie ich meinen Kaffee mag?"

Er wusste alles über sie, aber da das komisch klingen würde, zuckte er mit den Achseln. „Wie lange arbeiten wir schon zusammen?"

„Nicht mal Jason wusste es", erwiderte sie leise, während sie in ihre Tasse schaute.

Er wollte sagen, dass dies ein Zeichen war, ihm die Chance zu geben zu zeigen, dass er nicht wie Jason war, aber er wollte sie nicht ersticken. Stattdessen sagte er scherzhaft: „Vielleicht solltest du das bei deinem nächsten Kerl zur Voraussetzung machen."

„Wahrscheinlich." Sie lachte, als sie ihre Tasse an die Nase hob und seufzte. „Das riecht göttlich. Vielen Dank."

Er lächelte. „Er schmeckt noch besser."

Sie grinste und blies in ihre Tasse, um den Kaffee abzukühlen. Der Anblick ihrer geschürzten Lippen weckte seinen Schwanz und er zwang sich, den Blick abzuwenden. Würde er jemals aufhören, sie zu wollen? War das überhaupt möglich? Er begehrte sie schon so lange, dass es sich für ihn einfach ganz natürlich anfühlte. Das war wahrscheinlich der Grund, warum er sich nie bei einer anderen Frau auf eine Beziehung eingelassen hatte. In seinem Herzen gab es nur Platz für eine – und das war Sam.

„Möchtest du zum Frühstück bleiben? Maria –"

„Eigentlich sollte ich mich anziehen und gehen", unterbrach Sam. „Aber vielen Dank für das Angebot."

„Natürlich", sagte er und versuchte, den Schmerz nicht allzu sehr an sich heranzulassen. Es sah so aus, als wären sie wieder da, wo sie angefangen hatten. Dass sie ihn mied.

Das war großartig. Verdammt noch mal großartig.

Sam saß im Hotelzimmer und starrte auf den Fernseher. Sie bekam kaum etwas von dem Film mit. Nachdem sie Lukes Wohnung verlassen hatte, war sie einkaufen gegangen. Sie hatte gedacht, wenn sie sich einen Actionfilm anschauen würde, würde sie das von allem ablenken, aber sie konnte sich einfach nicht genug konzentrieren, um ihn zu genießen.

Alles, worüber sie nachdenken konnte, war Jason und wie dumm sie gewesen war. Die ganze Zeit hatte er sie betrogen und sie hatte nicht einmal gemerkt, dass irgendetwas nicht stimmte! Wie konnte sie so blind, so vertrauensvoll sein?

Sie hatte sich nie aufgeregt, wenn er mit den Jungs abhängen wollte, und ihn sogar unterstützt, wenn er in der Stadt aktiver werden wollte. Oh, wie er sie ausgelacht haben musste! Es war fast so, als hätte sie ihm mit all ihren Versuchen, eine gute Ehefrau zu sein, einen Freipass gegeben, sie zu betrügen.

Sie schwor sich, dass sie sich niemals wieder so von einem anderen Mann täuschen lassen würde, wenn sie anfing wieder auf Dates zu gehen. Sie würde sich nicht wieder zu dem Hampelmann machen lassen, zu dem Jason sie gemacht hatte.

Falls sie sich jemals wieder mit jemanden verabreden würde!

Da sie wusste, dass Luke der einzige Grund war, warum sie darüber nachdachte, sich wieder auf jemandem einzulassen, stöhnte sie. Obwohl sie sein Angebot, zu sehen, „wohin die Dinge sie führen würden", abgelehnt hatte, hatte sie es nicht aus dem Kopf bekommen können. Sie war sehr versucht gewesen, Ja zu sagen, aber sie wusste, dass sie keine Chance hatte, sein Interesse aufrechtzuhalten. Wie auch? Sie war nicht einmal in der Lage gewesen, ihren eigenen Mann zu halten! Außerdem war in ihrem Kopf gerade ein solches Durcheinander. Sie konnte Luke nicht mit sich nach unten ziehen.

Ein Teil von ihr konnte immer noch nicht glauben, dass

sie ihn so benutzt hatte. Sie hatte noch nie so etwas getan, und dass es Luke gewesen war, machte die Dinge noch schlimmer. Er war so gütig – nicht nur, als er ihr vor all den Jahren von Jason erzählt hatte, sondern auch, als er gestern für sie da gewesen war.

Er hatte sogar angeboten, sie nach Hause zu fahren, und anstatt alles zu schätzen, was er für sie getan hatte, hatte sie ihn benutzt. Scham erfüllte sie, als sie sich daran erinnerte. Sicher, der Sex war der beste, den sie je gehabt hatte, aber er hatte auch ruiniert, was der Beginn einer neuen Freundschaft gewesen wäre. Wie wollte sie ihm jemals wieder unter die Augen treten? Was musste er von ihr halten?

Sie hätte letzte Nacht zu Hause bleiben oder besser noch, direkt ins Hotel fahren sollen. Was genau hatte sie sich erhofft? Dass Luke ihre Anschuldigungen bestreiten würde? Dass er eine Entschuldigung für all die Bilder und Nachrichten parat hatte, die sie auf Jasons Handy gesehen hatte?

Anstatt all dies hinter sich zu lassen, hatte sie es mit Luke lediglich noch schlimmer gemacht!

Sam griff nach der Fernbedienung und schaltete den Fernseher aus. Sie musste anfangen, über die Zukunft nachzudenken und darüber, wo ihr Leben von hier aus hinführen sollte. Sie würde damit beginnen, eine neue Wohnung zu suchen, weil sie auf gar keinen Fall in dem Haus bleiben würde, das sie mit Jason geteilt hatte. Das Haus, das einst all ihre Träume von einer Familie und dem gemeinsamen Altwerden mit ihm verkörpert hatte, war nun ein Beweis dafür, wie leichtgläubig sie gewesen war.

Sie konnte dort nicht leben. Stattdessen würde sie sich eine Wohnung in der Stadt suchen – weit, weit, weit weg von diesem Haus.

Sie scrollte durch die Kontakte auf ihrem Handy, bis sie einen Makler fand, mit dem sie befreundet war. Sie hielt inne, bevor sie die Nummer wählte. Einen Makler anzurufen, um nach einer Wohnung zu suchen, klang wie etwas, was Jason getan hätte. Er kümmerte sich nie um die kniffligen Details, wenn er sie jemand anderem überlassen konnte. Er musste lediglich mit den Fingern schnippen und die Leute sprangen.

Da sie nichts mit Jason gemeinsam haben wollte, dachte sie darüber nach, wie sie vor Jason nach Wohnungen gesucht hatte. Sie erinnerte sich, dass sie zuerst online nachgeschaut hatte, und nahm sich vor, dort anzufangen. Auch wenn sie nichts sah, was ihr gefiel, wäre sie zumindest besser darauf vorbereitet, was sie wollte. Entschlossen öffnete sie den Browser auf ihrem Handy und startete eine Suche nach verfügbaren Wohnungen in Manhattan.

Und diese Entscheidung, so klein und unbedeutend sie auch sein mochte, gab ihr neuen Mut. Als übernähme sie nach einer sehr langen Zeit, in der sie geschlafen und jemand anderen die Entscheidungen für sich hatte treffen lassen, endlich die Verantwortung für ihr eigenes Leben.

KAPITEL ACHT

„Guten Morgen, Mrs. C."

Der Gruß des Wachmanns am Montagmorgen ließ Sam innehalten. Sie war das ganze Wochenende nervös gewesen, auf die Arbeit zu gehen. Einerseits hasste sie den Gedanken, weiter an dem Fonds zu arbeiten, den Jason geschaffen hatte und dass ihr Leben von diesem Lügner diktiert wurde. Aber andererseits liebte sie ihren Job und fühlte sich, als ob sie ihn in gewisser Hinsicht gewinnen lassen würde, wenn sie den Fonds verließ. Sie musste das tun, was für sie am besten war, und durfte nicht zulassen, dass ihre Wut über Jason zu vorschnellen Entscheidungen führte – wie die, Luke am Freitagabend zu verführen. Stattdessen versuchte sie, die Dinge durchzudenken, bevor sie Maßnahmen ergriff.

Aber Rubens herzlicher Gruß zementierte die Tatsache, dass sie für alle hier immer Jasons Frau sein würde.

Es spielte keine Rolle, dass sie sich den Buckel krumm schuftete, um die beste Analystin zu sein, die sie sein konnte. Sie blieb immer die Frau, die den Job bekommen hatte, weil ihr Mann der Chef war. Himmel, sie verdankte Jason sogar ihr Büro mit seinem perfekten Blick auf Bryant Park, den sie so sehr liebte. Selbst nach all den Beförderungen, die sie bei Anderson bekommen hatte, hatte sie sich dort ein Zimmer mit einem anderen Buchhalter teilen müssen.

Und sie wollte nicht einmal an die lange Sicherheitsprozedur denken, die sie gerade umgangen hatte, und an den privaten Aufzug, den sie betreten würde. Es schien, als ob ihr Leben eine Liste von Privilegien war, die sie bekommen hatte, weil sie Jason geheiratet hatte.

Seufzend blieb sie stehen und lächelte den Wachmann an. „Guten Morgen, Ruben.“

„Haben Sie das Spiel gestern Abend gesehen?“

„Nein, aber ich habe gehört, dass es in Verlängerung ging.“

Ruben schüttelte den Kopf. „Sie haben ein gutes Spiel verpasst, Mrs. C. Hill hat fünfundzwanzig Punkte gemacht.“

„Bei seinem Gehalt sollte er dreißig machen.“ Sie interessierte sich nicht wirklich für den Profisport, aber sie hatte sich ein paar Dinge von Jason angeeignet. Seit sie den Namen eines Spielers vor Ruben korrigiert hatte, hatte der Wachmann begonnen, auch mit ihr über Sport zu reden.

Ruben lächelte. „Es ist erst sein zweites Jahr. Warten Sie noch ein Jahr und er wird vierzig machen!“

„In Ordnung. Ich merke es mir“, sagte sie, als sie in den privaten Aufzug stieg, ihr Herz schwer angesichts des Wissens, dass Jason alles hier befleckt hatte. Sogar ihr

Gespräch mit dem Wachmann war auf Jason zurückzuführen. Wie konnte sie hier weiterarbeiten, wohl wissend, dass Jason ihr hier praktisch alles vorgekaut hatte? Sie wäre nie sie selbst, wenn sie bliebe.

Ihre Wut kehrte zurück, als der Aufzug nach oben fuhr. Und gleich nachdem er gestorben war, hatte sie gedacht, sie wolle unbedingt weiter am Fonds arbeiten, um sein Andenken zu wahren! Wenn sie diese Nachrichten nie gefunden hätte, nie von seinem Betrug erfahren hätte, hätte sie weiterhin die Rolle einer treuen Witwe gespielt.

Mit plötzlicher Klarheit erkannte sie, dass sie nicht mehr bei Harkin arbeiten konnte. Ihre Liebe zu ihrem Job und ihre Freundschaft mit den Mitarbeitern würden immer von Jason überschattet sein – und davon, wie er ihre Existenz im Unternehmen kontrolliert hatte. Ja, sie hatte es zugelassen, aber sie würde es nicht wieder tun. Sie hatte jetzt die Wahl und sie wollte, nein *musste* sie selbst sein. Völlig losgelöst von ihm. Und das bedeutete, Harkin zu verlassen.

Ihr fiel ein Stein vom Herzen, obwohl die Entscheidung sie traurig stimmte. Sie würde sobald wie möglich mit Luke darüber sprechen, dass sie das Unternehmen verlassen wollte.

„Luke! Du bist genau der, den ich sehen wollte."

Lukes Herz setzte einen Schlag aus, als er sich zu Sam umwandte. Er hatte sie nicht gesehen, seit sie am Samstagmorgen seine Wohnung verlassen hatte, und er hatte sie vermisst – ihre dunklen, seidigen Haare, in die er gerne seine Hände schob, ihre schönen braunen Augen, die vor Verlangen gefunkelt hatten, als sie sich vereinigt hatten ... Bitte mach, dass sie mir eine Chance gibt. Er würde nie wieder um etwas anderes bitten.

„Hey, Sam."

„Können wir irgendwo privat reden?"

Obwohl sein Herz wie verrückt pochte, blieb er äußerlich ruhig. Hoffentlich.

„Sicher." Er ließ seinen Blick durch den Gang schweifen. Der Sitzungssaal war leer, doch die durchsichtigen Glaswände erlaubten keine Privatsphäre und er sehnte sich danach, sie zu küssen – sie wieder in den Armen zu halten.

„Lass uns in mein Büro gehen", sagte er. Es war zwar nicht nah, aber zumindest hätten sie etwas Privatsphäre. Er widersetzte sich dem Drang, seinen Arm um sie zu legen, als sie sich auf den Weg dorthin machten. Denn normalerweise hätte er das nicht getan und er bezweifelte, dass sie ihre Beziehung vor den Angestellten offenlegen wollte.

Als seine Bürotür geschlossen war, wandte Sam sich ihm zu. „Ich möchte Jasons Hälfte des Unternehmens verkaufen."

Sein Kopf wirbelte herum, als hätte sie ihn geschlagen. *Sie will verkaufen?*

In diesem Gespräch ging es nicht darum, dass sie ihm eine Chance gab. Es ging darum, dass sie die einzige Verbindung, die er zu ihr hatte, kappen wollte. Ihm wurde bei dem Gedanken schwer ums Herz.

Sie würde sich von allen Erinnerungen an ihr altes Leben trennen – auch von der Erinnerung an ihn.

Ihre plötzliche Entscheidung zu verkaufen war ein Beweis dafür, dass er nur ein netter Zeitvertreib gewesen war, ein Mittel für sie, sich besser zu fühlen, nachdem sie Jasons Lügen entdeckt hatte. Die Erkenntnis, dass ihr die gemeinsame Nacht nicht so viel bedeutet hatte wie ihm, schmerzte ihn.

Es war die beste Nacht seines Lebens gewesen.

Im selben Moment erkannte er, dass ihr Ausscheiden aus dem Unternehmen seinem Image schaden würde. Die Presse ließ es bereits so aussehen, als wüsste er nicht, was er tat – ein Journalist hatte sogar unterstellt, dass Jason der Kopf hinter Harkin gewesen sei, und seinen Lesern geraten, ihr Geld aus dem Unternehmen zu ziehen. Sie würden Sams Ausscheiden als Zeichen dafür interpretieren, dass auch sie kein Vertrauen in ihn hatte, Harkin führen zu können.

Er schüttelte den Kopf. „Sam –"

„Fünfzig Millionen", sagte sie leise, aber fest.

Fünfzig Millionen? Das war weniger als das, was sie in einem Jahr an Verwaltungsgebühren verdienten. Sie schien wirklich gehen zu wollen, wenn sie nicht einmal um ein Jahreseinkommen bat.

„Die Hälfte an mich", fuhr sie fort. „Und die andere Hälfte im Laufe der nächsten Jahre stückchenweise an ein paar Wohltätigkeitsorganisationen."

Selbst bei allem, was vor sich ging, dachte sie immer noch an andere Menschen. Er hätte gelacht, wenn er sich nicht so elend gefühlt hätte.

Er brauchte Zeit zum Nachdenken und setzte sich an

seinen Tisch. In Zeiten wie diesen wünschte er sich, Schnaps in seinem Büro zu haben.

„Es tut mir leid, Sam, aber ich kann jetzt einfach nichts riskieren", sagte er, als er sich gefasst hatte. „Vielleicht in ein paar Monaten." Er musste sicherstellen, dass sich das Geschäft stabilisierte, bevor er sich zu großen finanziellen Entscheidungen verpflichtete.

„Ich bleibe nicht, Luke", sagte sie mit einer Heftigkeit, die ihn überraschte. Als hätte sie erkannt, wie hart ihre Stimme geworden war, hielt sie inne und sprach sanfter weiter. „Ich kann hier nicht weiterarbeiten, wo mich alles an ihn erinnert."

„Es tut mir leid, Sam", sagte er und ignorierte ihren Frust über Jason. Er hasste es, dass die Erinnerungen an Jason sie immer plagen würden, hasste den Gedanken, dass Jason noch mehr nahm als das, was er dieser erstaunlichen Frau bereits genommen hatte. „Aber ich zahle nicht fünfzig Millionen für die Hälfte eines Unternehmens, das vielleicht in einem Jahr nicht einmal mehr existiert." Er wusste, dass er es ihr schwer machte, aber das Unternehmen musste oberste Priorität haben.

„Ist es wirklich so schlimm?", fragte sie, während sie ihm gegenüber Platz nahm.

„Du weißt, was für ein Schlag das Cervco-Fiasko im letzten Jahr gewesen ist. Jasons Tod hat es einfach noch schlimmer gemacht." Er seufzte, bevor er hinzufügte: „Und es gibt noch einen anderen Grund, warum ich dich jetzt nicht auszahlen kann. Kurz nach Jasons Tod habe ich erfahren, dass er den Fonds überschuldet hat. Wir haben einen großen Teil der Bestände liquidiert, aber wir haben noch einen langen Weg vor uns. Ich hatte vor, unsere Barreserven einzusetzen, falls etwas schiefgeht."

Naja, was von ihren Barreserven übrig blieb. Mit all den Rückzahlungen, zu dem das Unternehmen gezwungen war, war ihre Cash-Holding, die immer stärker gewesen war als die meisten in ihrer Branche, angespannt.

„Es tut mir leid, dass ich es dir nicht früher gesagt habe, aber ich wollte nicht, dass du schlecht von ihm denkst." Emotionen blitzten in ihren Augen auf und er konnte nur vermuten, dass sie wahrscheinlich darüber nachdachte, wie sie angesichts all dessen gehen konnte. Um ihre Sorgen zu lindern, sagte er: „Gib mir sechs Monate. Wenn bis dahin alles gut ist, kaufe ich dir deinen Teil ab." Der Gedanke an ihr Ausscheiden machte ihn unruhig, aber er verstand, dass das etwas war, was sie tun musste, um nach vorn schauen zu können. Er betete nur, dass sie erkennen würde, wie sehr sie ihre Arbeit liebte, und sich entschloss zu bleiben.

Sie zögerte, bevor sie schließlich nickte.

„Und hast du etwas dagegen, zwei Wochen während des Übergangs zu bleiben?", fragte er, wohl wissend, dass ihr Ausscheiden Chaos mit sich bringen würde. Obwohl sie hauptsächlich als Analystin im Unternehmens-schuldenfonds arbeitete, hatte sie auch in fast jeder anderen Abteilung des Unternehmens einen Finger.

„Ich ... Natürlich." Dankbarkeit und Erleichterung strahlten aus ihren Augen, doch er wusste, dass er sich falsche Hoffnungen machte, wenn er glaubte, dass sie ihre Meinung ändern würde. Sie würde gehen, sobald sie konnte, ohne einen einzigen Blick zurückzuwerfen.

„Wie soll das über die Bühne gehen? Willst du eine

benötigte Auszeit als Grund für deine Entscheidung angeben?"

„Warum nicht." Sie zuckte mit den Achseln und runzelte die Stirn. „Vielleicht können wir sagen, dass ich beschlossen habe, mich aus dem Unternehmen zurückzuziehen, um mich auf die Wohltätigkeitsarbeit zu konzentrieren?"

„Sicher. Mit all den Spenden, die du im Sinn hast, bezweifle ich, dass das jemand hinterfragen würde. Ich muss nur mit Hank sprechen, bevor wir etwas verkünden. Können wir heute darüber sprechen, wie wir deine Verantwortungen aufteilen sollen?" Angesichts der Situation, in der Harkin sich jetzt befand, wollte er keine neuen Leute einstellen.

„Sicher."

Ein schweres Gewicht legte sich auf Lukes Schultern und drückte ihn zu Boden. Er hatte keine Gelegenheit, einfach mal durchatmen zu können. Zuerst das Cervco-Fiasko und dann Jasons Tod. Und als wäre das nicht genug, ging Sam jetzt auch noch. Und obwohl sich ihr Ausscheiden nicht so schlimm auf das Geschäft auswirken würde wie die ersten beiden Punkte, war es für ihn persönlich verheerend. Sie zu sehen war schon immer einer der Lichtblicke in seinem Leben gewesen. Er konnte sich nicht vorstellen, sie nicht hier zu haben. Er wollte es sich nicht vorstellen.

Aus Sorge, sich selbst zum Narren zu machen, wenn er versuchte, ihre Meinung zu ändern, räusperte er sich, als er aufstand. „Ich habe eine Kundenbesprechung in wenigen Minuten. Ich werde später in deinem Büro vorbeischauen, damit wir alle Details ausarbeiten können."

„Klar. In Ordnung."

Er lächelte grimmig, als er sie zur Tür brachte. Er brauchte einen Drink. Vielleicht würde er den Kunden in die Bar auf der Straße mitnehmen. Obwohl er sich während der Arbeitszeit nicht betrinken konnte, könnte ein Drink ihm helfen, den Schmerz über Sams Ausscheiden zu betäuben.

„Bist du dir sicher, dass du nicht mit den Praktikanten sprechen willst?", fragte Ross Sam am nächsten Tag, nachdem sie ihm gesagt hatte, dass sie den Workshop für Finanzanalyse nicht mehr geben könne. Sie würden ihren Abschied im Laufe des heutigen Tages ankündigen, aber sie hatte den Analysten schon vorwarnen wollen, da das Praktikumsprogramm nächste Woche begann.

Sie hatte den Einführungskurs in den letzten zwei Jahren gegeben und geplant, dies auch in diesem Jahr zu tun. Aber da sie ging, musste Ross den Kurs entweder selbst übernehmen oder jemand anderen finden, der ihm half.

„Ich bin mir sicher." Sie wäre zwar immer noch in der Firma, wenn das Programm begann, aber sie dachte, es wäre am besten, den Praktikanten gar nicht erst zu begegnen. Sie wollte nicht, dass sie sich an sie gewöhnten und sich dann im Stich gelassen fühlten, wenn sie ging. Außerdem war sie sich sicher, dass ein oder zwei der anderen Analysten es genießen würden, Mentor für die Praktikanten zu spielen, wenn ihnen die Chance gegeben würde. Obwohl die Analysten des Unternehmens keine Menschen waren, die sich gern um andere kümmerten, bezweifelte sie, dass es ihnen etwas ausmachen würde, einen oder zwei Praktikanten zu haben, die zu ihnen aufsahen.

„Wie wäre es, wenn du mal auf einen Plausch vorbeischaust?", fragte Ross.

Sams Lippen formten sich zu einem kleinen Lächeln. Der Mann machte sich immer solche Sorgen. Er freute sich nicht einmal darüber, wenn die Fondsmanager auf Grundlage seiner Empfehlung eine Aktie kauften. In der Regel machte er sich am Ende nur Sorgen über die Wertentwicklung der Aktie und darüber, ob der Manager die Aktie „zu früh" gekauft hatte.

„Ich bin mir sicher, dass du das schon hinbekommst", sagte sie zu ihm. „Wenn du wirklich mit ihnen überfordert sein solltest, dann hol dir jemanden, der dir hilft. Ich bin sicher, Joanne oder Chris würden das gern tun."

Er schnappte sich ein Notizbuch und einen Stift. „Warum nutzen wir das EBITDA nicht?", fragte er, während er mit der Hand abwinkte. „Ich meine, ich weiß warum, aber ich mag die Art und Weise, wie du es ausdrückst."

Sie wusste, dass das Ignorieren von EBITDA gegen das ging, was viele Wirtschaftsschulen lehrten, aber für sie bedeutete es nur eine Menge aufgeblasener Zahlen.

„Weil es keinen Grund gibt, es zu benutzen", sagte sie. „Es lässt die Einnahmen nur größer erscheinen, als sie wirklich sind. Zinsen, Steuern …" Sie verstummte, als sie sah, wie er wie ein Verrückter mitschrieb. „Soll ich dir lieber eine E-Mail schicken?"

Die Erleichterung in seinen Augen war fast greifbar. „Ja, bitte."

Sie lachte. „Okay. Ich werde etwas zusammenstellen und es dir am Ende des Tages zusenden." Sie ergriff seine Hand und drückte sie beruhigend. „Entspann dich. Du wirst das ganz toll machen."

„Du hast leicht reden", sagte er anklagend. „Ich kann immer noch nicht glauben, dass du mich im Stich lässt."

Sie widerstand dem Drang, die Augen zu verdrehen. Er tat so, als würde sie ihn mit einem Haufen Kleinkinder zurücklassen.

„Sie werden nur zu fünft sein." Er stöhnte, und sie lachte wieder. „Ruf mich an, wenn du etwas brauchst."

Sie spürte ein vertrautes Summen durch ihren Körper rauschen, als sie den Gang betrat. Sie würde das vermissen, dachte sie, als sie in ihr Büro zurück ging. Anstatt sich gestärkt zu fühlen, weil sie ihr Leben zurückbekam, fühlte sie sich, als würde sie die Mitarbeiter im Stich lassen, die für sie zu einer Familie geworden waren. Obwohl Hedgefonds-Manager und Analysten nicht gerade für ihre Wärme bekannt waren, war sie einiger von ihnen nahegekommen, möglicherweise weil sie sie nicht als Konkurrenz gesehen hatten.

Sie war die Frau des Chefs gewesen, vor der erwartet worden war, dass sie gehen würde, sobald die Kinder kamen, und sie hatte dasselbe angenommen. Sich ihre Arbeitszeit frei einteilen zu können, war ein wichtiger

Grund gewesen, warum sie Jasons Angebot, in das Unternehmen einzutreten, überhaupt angenommen hatte. Sie hatte gedacht, dass sie ihre Arbeitszeiten im Griff hätte und trotzdem für ihre Kinder da sein würde, falls sie sie brauchten.

Da ihre beiden Eltern Vollzeitjobs gehabt hatten, war keiner von ihnen jemals zu einem ihrer Klavierabende oder einer ihrer anderen Schulaktivitäten erschienen. Sie hatte ihre Klassenkameraden immer beneidet, wenn deren Eltern gekommen waren, um sie zu unterstützen, und gewusst, dass sie, wenn sie Mutter wäre, all das tun wollte – für Spiele da sein, sie zum Üben antreiben und sogar bei den Hausaufgaben helfen.

Aber es hatte nie Kinder gegeben.

Jason hatte irgendwie immer einen Weg gefunden, es hinauszuzögern. Zuerst hatte er gesagt, dass er eine Flitterwochen-Periode ohne Kinder haben wollte, was sie für romantisch gehalten hatte. Als sie dann letztes Jahr wieder nachgehakt hatte, hatte er behauptet, dass er zu beschäftigt mit Arbeit sei, um eine Familie zu gründen – wenn er Kinder habe, wolle er, dass sie oberste Priorität hätten.

Sie hatte ja nicht geahnt, dass er die Zeit gehabt hätte. Er hatte nur andere Prioritäten. Sie ballte die Hände zu Fäusten, als sie an all die Jahre dachte, die sie an ihn verschwendet hatte. Unabhängig davon, was sie für ihren Job und die Menschen dort empfand, war es definitiv die richtige Entscheidung, neu anzufangen.

Als sie sich ihrem Büro näherte, kam sie auf eine Idee und machte sich auf den Weg zum Empfang. Sie lächelte, als sie die Tür öffnete und die junge Blondine hinter der Rezeption sah. „Hey, Theresa. Bestell bitte Mittagessen für das ganze Büro." Hoffentlich konnte das Essen die Nachricht, dass sie ging, mildern.

„Sicher. Wo?"

„Such es dir aus."

Theresas Augen weiteten sich. „Im Ernst?"

„Ja. Lass es mich einfach nicht bereuen."

„Keine Sorge. Wow. Danke, Samantha!"

„Gern geschehen", sagte sie und freute sich, heute jemanden glücklich gemacht zu haben. Schuldgefühle plagten sie bei dem Gedanken, dass das Glück wahrscheinlich nur von kurzer Dauer sein würde. Sie konnte sich Theresas Gesicht bereits vorstellen, wenn Luke später die Ankündigung machen würde.

Mit etwas Glück würde ihr Abschied die junge Rezeptionistin nicht so schmerzen. Wer wusste es schon? Vielleicht hatte Sam überschätzt, wie nah sie den Mitarbeitern wirklich stand. „Und bitte bezahl von meinem persönlichen Konto."

Ja, das Mittagessen wäre eine gute Möglichkeit, die Nachrichten zu mildern und ihr schlechtes Gewissen zu beruhigen.

KAPITEL NEUN

Luke hatte am nächsten Morgen gerade das Geschäft betreten, als er Hank auf sich zukommen sah. Die Miene seines COOs war düster. Instinktiv wusste Luke, was das Problem war.

„Wir haben einen weiteren Kunden verloren", sagte er vorausgreifend, als Hank vor ihm stehen blieb. Er wusste, dass der momentane Geschäftsverlauf zu gut war, um wahr zu sein. Sie hatten seit letzter Woche keine Kunden mehr verloren und er hatte gehofft, dass es vorbei war.

„Wir haben heute sogar zwei verloren."

Verdammt. Wie viel mehr würden sie verlieren? Es war schwer genug, mit dem geringen Kapital zu arbeiten, das sie übrig hatten, ganz zu schweigen davon, wie demoralisierend die Lage für die Manager war. Er sah bereits einige von ihnen kurz vor dem Zusammenbruch stehen.

„Wen?", fragte er.

„Eine der Pensionskassen aus New Jersey und NorCal."

„Bitte sag mir nicht, dass es die Lehrer sind." Der Pensionsfonds der New Jerseyer Lehrerschaft war rund achtzig Millionen wert.

„Nein. Es ist Dayner."

Luke wurde es etwas leichter zumute. Dayners Pensionsfonds lag wahrscheinlich bei maximal zwanzig Millionen, aber NorCal war viel größer – dreimal so groß. Sie konnten es sich nicht leisten, weitere Kunden zu verlieren, oder es würde Kürzungen geben. Als er gestern Abend die Zahlen durchgegangen war, hatte er gesehen, dass das Unternehmen kaum Gewinn machen würde, selbst wenn sie ähnliche Renditen hätten wie im letzten Jahr. Mit dem Verlust dieser beiden Kunden wäre Harkin fast in den roten Zahlen, wenn sie nicht ihre Ausgaben reduzieren würden, die vor allem aus Lohnabrechnungen bestanden. Und er wollte niemanden wegen etwas feuern, das nicht deren Schuld war. Es war eine Sache, einen Mitarbeiter zu entlassen, weil er nicht gut war, aber es wegen etwas zu tun, über das sie keine Kontrolle hatten? Das war undenkbar.

„Öffne den Fonds für neue Kunden", wies er seinen COO an. Da er keine riskanteren Investitionen tätigen wollte, nur weil sie mehr Geld zu verwalten hatten, hatten sie Harkin vor zwei Jahren für neue Investoren geschlossen. In der Hoffnung, dass sich die Dinge wieder fangen würden, hatte Luke sich damit zurückgehalten, den Fonds zu öffnen, nachdem Jason gestorben war. Er wollte nicht, dass sich das Gerücht verbreitete, dass sich Leute zurückzogen, und die Kunden, die bei ihnen geblieben waren, ebenfalls anfingen, sich Sorgen zu machen. Aber es war ein Risiko, das sie eingehen mussten, wenn er nicht wollte, dass das Unternehmen massenhaft Leute entlassen musste.

Ein Schauer lief ihm über den Rücken, als er daran dachte, dass niemand bei ihnen investieren wollte, bevor er sich schnell zur Ordnung rief. Er reagierte über. Natürlich würde es immer noch Leute geben, die mit Harkin investieren wollten. Wer würde das nicht wollen nach all den Jahren solider Renditen? Er brauchte nur ein paar Monate, damit die Leute sahen, dass sie überreagiert hatten, und dann wäre alles in Ordnung. Es musste in Ordnung sein.

„Tu es so unauffällig wie möglich", sagte er zu Hank.

„Natürlich."

Und das war nur die Spitze des Eisbergs. Es gäbe bald mehr zu befürchten, wenn NorCal bei einem anderen Fonds unterzeichnete. Da es eine große Leistung war, einen Kunden von Harkin Capital Management abzuwerben, würde der neue Fonds es zweifellos an die große Glocke hängen, so wie Jason überall in der Presse gewesen war, als sie NorCal von Tyco Enterprises abgeworben hatten.

Hank zögerte, bevor er sprach. „Hast du darüber nachgedacht, den Fonds zu sperren?"

Luke blinzelte überrascht. Obwohl er darüber nachgedacht hatte, konnte er nicht glauben, dass Hank ihm diese Frage stellte. Wenn ihre Kunden daran gehindert wurden, ihr Geld abzuheben – selbst wenn es nur vorübergehend war –, würde dies seinen Job, ganz abgesehen von dem aller anderen, noch viel schwieriger machen, da man sich dann auch noch mit wütenden Kunden herumschlagen musste.

Hank musste sich wirklich Sorgen um Harkin machen, um einen *solchen* Ratschlag zu geben.

„Habe ich, habe mich aber dagegen entschieden", antwortete Luke. „Selbst wenn wir Rekordrenditen für unsere Kunden erzielen, sobald wir den Fonds sperren, würden sie uns bei der ersten Gelegenheit verlassen." Obwohl es nicht so war, als würden ihre Kunden das Geld tatsächlich brauchen, wollte niemand, dass ihm der Zugang zu seinen Geldern verwehrt wurde.

In der Hoffnung, Hanks Sorgen zu lindern, zwang Luke ein Lächeln auf sein Gesicht, bevor er sich auf den Weg zu seinem Büro machte. „Danke, dass du mich auf dem Laufenden gehalten hast. Ich gehe davon aus, dass wir dieses Mal mehr ausländische Investoren als Pensionsfonds bekommen werden." Er würde lieber die Rentenkonten hart arbeitender Amerikaner aufbauen als die der bereits Reichen im Ausland, aber wer betteln muss, darf nicht wählerisch sein.

Hank runzelte die Stirn, als er ihm folgte. „Nur du würdest in solchen Zeiten so darüber denken."

Seine Antwort erinnerte Luke daran, dass sie aus unterschiedlichen Verhältnissen stammen. Obwohl Hank nicht wie Jason aus reichem Elternhaus kam, war seine Familie auch nicht arm gewesen. Hank wusste nicht, wie es war, mehr als vierzig Jahre zu arbeiten und nur eine Betriebsrente zu erhalten, auf die er sich im Ruhestand verlassen konnte. Er verstand nicht, dass die höheren Renditen, die sie für die Pensionskassen erzielten, für diese

Rentner einen großen Unterschied machten. Sie könnten ein oder zwei Jahre früher in Rente gehen, die Ausbildung ihrer Kinder finanzieren oder sogar ihre Arztrechnungen bezahlen.

„Es ist nichts falsch daran, Menschen helfen zu wollen." Luke dachte darüber nach, dass sein Vater nicht so lange so hart hätte arbeiten müssen, wenn die Hedgefonds-Manager, die für seine Rente zuständig waren, nicht so schlecht gearbeitet hätten. Ohne die Hedgefonds, die sich immer gegenseitig mit großen Renditen überboten, wäre sein Vater im Alter von vierundsechzig Jahren in Rente gegangen, anstatt bis zum Umfallen in der Fabrik zu arbeiten.

„Und so zahlen sie es uns zurück", sagte Hank, wobei er in Richtung Handelshalle gestikulierte.

Wie Jason war Hank immer eher dafür gewesen, sich an reiche Kunden zu halten. Es gab viel weniger Papierkram und Anforderungen und sie konnten sich unter die Reichen und Mächtigen mischen. Aber was nützte es, die Reichen noch reicher zu machen? Am Ende des Tages füllten sie nur die bereits vollen Kassen.

„Komm", sagte Luke. „Es ist nicht so, dass die Pensionskassen die Einzigen sind, die sich zurückgezogen haben." Einige ihrer wohlhabenden Kunden waren ebenfalls gegangen. Es war lediglich die Größe einiger dieser Pensionsfonds, die es so aussehen ließen, als wären sie die größten Missetäter.

Vielleicht hätte er sich vor zwei Jahren nicht so stark gegen Jason stellen sollen, als der Harkin für neue Kunden öffnen wollte. Dann würden sie sich vielleicht jetzt nicht in einer so schwierigen Position befinden.

Aber dann hätten sie noch mehr Mitarbeiter gehabt, um die er sich Sorgen machen musste, und der Schaden, den Jason mit seiner Überschuldung hätte anrichten können, hätte erheblich schlimmer ausfallen können. Lukes Kopf pochte. Sie hatten Glück, dass sie sich gerade jetzt in einer Hausse befanden, sonst wäre es die Hölle gewesen.

„Ja. Aber es sind die Pensionskassen und die Gewerkschaften, die uns im Moment die größten Probleme bereiten." Hank schüttelte den Kopf. „Ich werde mit Betty über die Öffnung der Mittel sprechen."

Luke seufzte, als er seine Tür öffnete. Zumindest wusste er, dass er Hank vertrauen konnte, dass er das tat, was ihm gesagt wurde. Hank mochte nicht mit allem einverstanden sein, was Luke tat, aber er würde ihm nicht so trotzen, wie Jason es getan hatte.

Wie so oft wanderten seine Gedanken zu Sam, als er sich in seinem Büro niederließ. Sie war noch nicht einmal richtig weg und er vermisste bereits ihr Lächeln und den Klang ihrer Stimme. Er hatte keine Ahnung, in welchem Zustand er sich in ein paar Monaten befinden würde.

Sie waren nie wirklich Freunde gewesen und hatten außerhalb der Arbeit nie viel Kontakt gehabt und es war Luke klar, dass er Glück hätte, wenn er eine gelegentliche Nachricht von ihr bekäme. Er fragte sich kurz, ob er den Rückzug der Kunden als Ausrede benutzen könnte, um sie länger als die zwei Wochen zu behalten, um die er sie gebeten hatte. Doch dann schämte er sich für den Gedanken. Sie tat ihr Bestes, sich mit seinem Angebot zu arrangieren, und jetzt dachte er daran, die Situation aufgrund seiner eigenen egoistischen Bedürfnisse zu verschlimmern.

Erschrocken darüber, wie versucht er war, ihren Abschied hinauszuzögern, griff er zum Telefon. Er würde nicht riskieren, darauf zu warten, dass sie ins Büro kam, um ihr zu sagen, dass er ihre Hälfte sofort kaufen würde. Denn dann hätte er seine Meinung inzwischen ändern können. Obwohl vielleicht nicht das Beste für das Unternehmen, war eine saubere Trennung das Beste, was er für sich und für sie tun konnte. Sie trieb ihn zur Verzweiflung und er ahnte, dass er alles tun würde, was er konnte, um sie in seiner Nähe zu halten, wenn die Zeit gekommen wäre, ihr ihre Hälfte abzukaufen. Mit ihrem Ausscheiden hätte Harkin endlich seine volle Aufmerksamkeit. Er würde nicht ständig an sie denken und sicherlich nicht alle paar Stunden eine Kaffeepause machen, in der Hoffnung, einen Blick auf sie zu erhaschen.

Er runzelte die Stirn, als das Telefon klingelte. Vielleicht war es gut, dass Sam ihm einen Korb gegeben hatte. Er hatte im Moment nicht wirklich Zeit für eine Beziehung, aber er hatte es einfach nicht verhindern können, sie um eine Beziehung zu bitten. Nach nur einer Nacht mit Sam wollte er mehr.

„Luke?"

Verlangen stieg in ihm auf, als er seinen Namen von Sams Lippen hörte, und er wusste, dass er die richtige Entscheidung traf. So wie das Unternehmen im Moment dastand, konnte er es sich nicht leisten, auf irgendeine Art abgelenkt zu sein. Er blockte die Stimme aus, die ihm sagte, dass er einen Fehler machte, und sagte unverblümt: „Ich kaufe deinen Anteil auf. Ich werde die Papiere vorbereiten lassen, bevor du heute gehst."

„Warte – ernsthaft? Danke, Luke."

„Gleichfalls", sagte er und versuchte, die Erleichterung in ihrer Stimme zu überhören. Sie wollte wirklich aussteigen. „Ich weiß, dass du mehr verlangen könnest."

„Du hast es verdient. Ich weiß, wie viel Arbeit du in das Unternehmen gesteckt hast."

„Jason hat das auch getan", fühlte er sich gezwungen zu sagen. Obwohl er immer noch wütend auf Jason war, weil er das Geld ihrer Kunden überhebelt hatte, wusste er, dass es ohne Jason gar kein Unternehmen gegeben hätte, um das man sich Sorgen hätte machen müssen. Luke selbst hätte weder den Mut und die Mittel gehabt, um direkt nach dem College einen Fonds zu gründen, noch hätte er die Geduld und die Verbindungen zu den Kunden besessen.

„Wenn ich Jasons Eltern meine Beteiligung gegeben hätte, hätten sie sie mir einfach zurückgegeben."

Sie hatte wahrscheinlich recht. Jasons Eltern liebten Sam und es war nicht so, dass sie das Geld brauchten. Da Jasons Vater aus einer der ältesten – und reichsten – Familien Amerikas stammte und seine Mutter eine Treuhandfonds-Erbin war, hatten sie mehr als genug Geld, um zehn Leben lang damit auszukommen.

„Schickst du mir so schnell wie möglich die Liste der Wohltätigkeitsorganisationen, für die du spenden möchtest, sowie einen vorläufigen Zeitplan?"

„Ich – natürlich. Ich hatte wirklich nicht erwartet, dass das so bald sein würde, aber danke. Ich weiß es sehr zu schätzen."

„Ist doch nur eine Kleinigkeit", log Luke. „Ich werde John den Vertrag entwerfen lassen."

Sein Kopf klärte sich, als er auflegte. Sicher, er hatte seine Arbeit nur schwieriger gemacht, indem er sich bereit erklärte, noch mehr Geld aus dem Unternehmen zu ziehen, aber er wusste, dass er mit der Situation umgehen konnte. Er würde ein paar mehr Investoren hereinlassen, anfangen, einen weiteren Pensionsfonds oder auch zwei zu hofieren, und sich auf den Ausbau der Vermögenswerte konzentrieren, die sie hatten. Es würde eine Herausforderung werden, aber er hatte es schon einmal getan.

Doch während sein Kopf klar war, waren seine Emotionen ein einziges Durcheinander. Und dafür hatte er keine Lösung, also schob er diese Sorgen beiseite und konzentrierte sich auf die Arbeit.

Sams letzter Tag im Unternehmen.

Lukes Brust zog sich zusammen, als er zusah, wie Sam ein gerahmtes Foto in einen Karton legte. Er konnte nicht glauben, dass sie tatsächlich ging. Ein Teil von ihm hatte wohl auf ein Wunder gehofft. Darauf, dass sie erkennen würde, dass sie ihren Job liebte und sich entschloss, zu bleiben, oder dass etwas (irgendetwas) geschehen würde, was sie dazu brachte, ihre Meinung zu ändern, aber es war alles nur Wunschdenken gewesen.

Da er nicht wusste, wann er sie wiedersehen würde, nahm er sich Zeit, um sie genau anzuschauen. Ihren ganzen

Körper, von ihren weichen, dunklen Haaren bis hin zu den fesselnden Kurven, die ihr schwarzes Kleid so gut zur Geltung brachte. Und es war nicht nur das Äußere, das er mochte. Sie war innerlich noch schöner.

Im wahren Samantha-Stil spendete sie nicht nur die Hälfte des Erlöses aus dem Verkauf ihres Anteils an der Firma, sondern hatte von dem Geld, das sie noch in Harkin investiert hatte, ein Stipendium in Jasons Namen gegründet. Selbst wenn Harkin nur die Rendite des Marktes einbringen würde, würde das Geld, das sie für das Stipendium vorgesehen hatte, ausreichen, um die gesamten Studiengebühren von fünf neuen Studenten pro Jahr für eine sehr lange Zeit zu decken.

Obwohl sie wahrscheinlich sagen würde, dass sie das Stipendium für Jasons Eltern aufgestellt hatte, wusste er es besser. Sie machte vielleicht nicht so viel Aufhebens darum wie Jason, aber sie liebte es, Menschen zu helfen.

Als er merkte, dass er sie anstarrte, klopfte er sanft an ihre offene Tür. Sie wandte sich schnell zu ihm um und er zwang sich zu lächeln, während er seine Hand in seine Gesäßtasche steckte. „Danke, dass du mit den Jungs alles durchgegangen bist."

„Gern geschehen."

Seine Lippen verzogen sich. Er hatte gehört, wie bereits mehrere Personen versucht hatten, ihr Schuldgefühle einzureden, damit sie blieb. Da er wusste, wie nahe sie allen stand, konnte er sich vorstellen, wie schwer der Abschied für sie sein musste. Die Tatsache, dass sie dennoch ging, unabhängig davon, was sie den Menschen hier gegenüber empfand, ließ ihn ahnen, wie ernst es ihr damit war.

„Oh. Das habe ich fast vergessen." Sie drehte sich um und nahm einen Manila-Umschlag von ihrem Schreibtisch. „Hier sind alle meine Schlüssel und Kreditkarten", sagte sie, als sie ihm den Umschlag überreichte. „Ich habe die Karten bereits storniert, aber ich wollte sie dir geben, nur für den Fall, dass du sie benötigst. Die meisten Schlüssel sind beschriftet, aber es gibt ein paar, von denen ich keine Ahnung habe, wofür sie sind." Sie zuckte mit den Schultern. „Sie haben sich im Laufe der Jahre einfach angesammelt."

„Danke", murmelte er, während er mit dem Finger über den Rand des Umschlags fuhr. Er wusste, dass er dankbar sein sollte, dass sie so rücksichtsvoll war, an alles zu denken, aber stattdessen konnte er nur darüber nachdenken, dass sie ihm damit noch weniger Ausreden gab, sie später zu kontaktieren.

Er schüttelte den Gedanken ab und fragte: „Was wirst du jetzt tun?" Er konnte sich nicht vorstellen, dass sie untätig zu Hause saß. Sie arbeitete viel zu gern, um lange still sitzen zu können.

„Nun, zuerst dachte ich, ich würde zu Anderson zurückkehren. Mein alter Manager ist jetzt der Leiter der Abteilung und ich bin ziemlich sicher, dass er mich einstellen würde."

Sein Herz blieb bei ihren Worten stehen und sie fügte schnell hinzu: „Mach dir keine Sorgen. Als ich letzte Woche die Firma betreten habe, habe ich gemerkt, dass ich das nicht tun kann."

„Es tut mir leid, Sam, aber du weißt, dass es wirklich schlecht für das Unternehmen aussehen würde, wenn du woanders anfängst, oder?" Der Grund, den sie für ihren Abschied angegeben hatte, war, sich auf die Wohltätigkeitsarbeit konzentrieren zu wollen, also war es nicht so, als ob sie einfach in einem anderen Unternehmen arbeiten konnte.

„Ich weiß. Aber ich weiß gerade gar nicht, was ich tun werde. Ich sehe mich einfach nicht in einem Wohltätigkeitsgremium. Schon vor all dem Zeug mit Jason war das nie meine Szene."

Es war auch nicht seine, und er versuchte nicht darüber nachzudenken, wie ähnlich sie sich waren. Er runzelte die Stirn, als ihn eine plötzliche Erkenntnis traf.

„Warum hast du nie Geld bekommen, um es zu verwalten?" Wäre sie jemand anderes gewesen, wäre sie inzwischen mindestens zur Junior-Portfoliomanagerin befördert worden.

„Ich ..." Sie zuckte mit den Achseln. „Es ist einfach nie dazu gekommen. Du weißt, dass ich rein zufällig in diese Branche geraten bin." Sie hielt inne, als ob sie darüber nachdenken würde. „Du denkst wirklich, ich könnte eine Managerin sein?"

Er konnte es nicht ausstehen, dass sie eine solche Frage stellen musste. Hatte Jason ihr nie gesagt, wie gut sie war? Obwohl sie nicht die Ausbildung hatte, die die anderen Analysten hatten, war sie genauso gut wie alle anderen. Noch besser, dachte er, obwohl er wahrscheinlich voreingenommen war. Er liebte alles an ihr – auch die Berichte, die sie geschrieben hatte. Er liebte es zu sehen, wie ihr Hirn arbeitete, und er liebte die Tatsache, dass er ihre Stimme fast hören konnte, wenn er ihre Berichte las.

Er ballte die Hände zu Fäusten, als er daran dachte, dass Jason ihr Vorankommen gehemmt hatte, bevor er sich selbst verfluchte. Es war egal, was Jason getan haben mochte oder nicht, denn Sam ging. Sie kehrte Harkin den Rücken zu, ohne einen einzigen Blick zurückzuwerfen. Anstatt also das zu sagen, was er hatte sagen wollen, nickte er knapp. „Ja. Das denke ich."

Sie strahlte. „Danke. Nicht, dass ich es will, aber es bedeutet mir viel, dass du denkst, ich könnte eine sein." Sie zuckte mit den Achseln und legte eine Hand auf ihre Kiste. „Ich habe gerade eine Wohnung an der Ecke Forty-Ninth und Lex bekommen, in die ich dieses Wochenende ziehen werde", sagte sie nach einem Moment und er versuchte nicht darüber nachzudenken, wie nahe sie ihm sein würde. Es war ja nicht so, als würde sie ihm noch mehr spätnächtliche Besuche abstatten.

„Du verkaufst das Haus?"

„Ja. Ich dachte, es wäre am besten. Es ist ein wenig groß für eine Person."

Wut brandete in ihm auf bei dem Gedanken daran, dass sie wegen Jason so viele Dinge wegwarf, die sie geliebt hatte – ihren Job, ihr Haus … Er wollte ihr sagen, dass Jason es nicht wert war, aber er wusste, dass das etwas war, woran sie allein arbeiten musste.

„Willst du heute Abend mit mir zu Abend essen?", fragte er, bevor er sich selbst stoppen konnte. Egal, wie oft er sich selbst gesagt hatte, dass es einfacher sein würde, sie zu vergessen, sobald sie weg war, hatte er es nicht eilig, sie so schnell gehen zu sehen. Wenn er ehrlich zu sich selbst war, wollte er sie nicht vergessen. Jedes Mal, wenn er in den letzten zwei Wochen an sie oder an jene Nacht gedacht hatte, hatte er das Gefühl gehabt, als gehörten sie zusammen.

Sie lächelte und seine Brust fühlte sich plötzlich leichter an. „Du hast um acht Uhr ein Meeting mit Clarence Myers."

Mist. Das hatte er ganz vergessen. Für eine Sekunde überlegte er, das Meeting abzublasen, bevor sich Schuldgefühle einschlichen. Bei all den Kunden, die sie verloren hatten, konnte er es sich nicht leisten, noch weitere vor den Kopf zu stoßen. „Naja, dann ein anderes Mal."

„Klar", antwortete sie, ohne eine Alternative vorzuschlagen, und er wusste, dass sie nur höflich war. Sie hatte nicht wirklich vor, sich mit ihm zu treffen.

Enttäuscht verfluchte er sich. Was hatte er erwartet, nachdem sie ihm bereits einen Korb gegeben hatte? Anstatt in der Hoffnung auf das Unmögliche Zeit zu verschwenden, sollte er sich auf sein Meeting vorbereiten.

Mit diesem Gedanken im Hinterkopf zog er sich zur Tür zurück. „Okay, na dann, ich schätze, wir sehen uns."

KAPITEL ZEHN

Erleichterung durchflutete Sam, als sie eine Woche später beobachtete, wie ihr Chauffeur den Arbeitern half, das letzte von Jasons Autos auf einen Lastwagen zu laden. *Die Garage war endlich leer.*

Jim, einer der Mitarbeiter der Wohltätigkeitsorganisation, kam auf sie zu, als sie fertig waren. „Nochmals vielen Dank, Mrs. Collins. Das wissen wir sehr zu schätzen."

„Das ist kein Problem. Ich bin froh, dass die Autos von Nutzen sein können." Sie wollte einfach alles loswerden, damit sie das Haus zum Verkauf anbieten konnte.

Was einst ihr Traumhaus gewesen war, fühlte sich jetzt wie eine Versinnbildlichung all ihrer gescheiterten Träume an. Das Zimmer, das sie als Babyzimmer geplant hatte, war abgerissen worden und war nun Teil eines Kinosaals, den Jason gebaut hatte. Der Raum, den sie als Kinderspielzimmer vorgesehen hatte, war in Jasons Homeoffice umgewandelt worden. Sogar der Platz im

Hinterhof, wo sie eine Rutsche und ein Dschungel-Parcours hatte hineinstellen wollen, war zementiert worden, damit dort ein Pavillon gebaut werden konnte.

Und obwohl sie jedes Mal, wenn irgendetwas umgebaut worden war, die Farbe und andere dekorative Elemente hatte auswählen dürfen, war es immer Jasons Idee gewesen, überhaupt umzubauen. Das Einzige, das sie gewollt und bekommen hatte, war der schmale steinerne Fußweg, der sich entlang des Grüns zog, für die Zeit, wenn ihre Eltern zu Besuch waren.

Trotz des Aufwands hatten sie sie nicht oft besucht, weil sie sich im Haus nicht wohlgefühlt hatten. In Wahrheit war es jedoch Jason gewesen, in dessen Gesellschaft sie sich nicht wohlgefühlt hatten. Sie hatten nämlich kein Problem, sie zu besuchen, nachdem Jason gestorben war. Obwohl er nie unhöflich ihnen gegenüber gewesen war, hatte er auch nicht bemüht, ihnen das Gefühl zu geben, willkommen zu sein. Er hatte ständig über Orte und Dinge gesprochen, die sie sich nicht leisten konnten.

Und die Mahlzeiten!

Ihre Schuldgefühle verschärften sich, als sie sich an den Tag erinnerte, als sich ihre Eltern den ganzen Abend lang mit ihrem Essen hatten herumquälen müssen. Die Speisekarte war auf Französisch, also hatten sie beschlossen, der Empfehlung des Kellners zu folgen, die sich als Schweinefüße herausgestellt hatte. Als sie sich später Jason anvertraut hatte, hatte er erwidert, dass sie den Kellner hätten fragen sollen, was genau das wäre, oder etwas anderes von der Speisekarte hätten bestellen müssen.

Es schien damals so logisch, aber sie erkannte jetzt, was für ein Feigling sie gewesen war.

Sie hätte etwas sagen sollen, nachdem sie erkannt hatte, dass Jason immer Restaurants aussuchte, in denen ihre Eltern sich nicht wohlfühlten, aber sie hatte Streit vermeiden wollen – vor allem, da er derjenige gewesen war, der bezahlte. Es war auch bei allen Hausrenovierungen so gewesen. Sie hatte seinen Ideen nie etwas entgegnet, vor allem, da sie noch viel Platz hatten.

„Das ist die größte Spende, die wir je erhalten haben", sagte Jim und lenkte ihre Aufmerksamkeit in die Gegenwart zurück. „Selbst wenn wir bei der Auktion nur die Hälfte des Wertes der Autos bekommen, würde der Erlös immer noch ausreichen, alle unsere Ausgaben für ein Jahr zu decken."

Es war eine gute Sache, dass sie nicht der Versuchung nachgegeben hatte, die Autos, die Jason so sehr geliebt hatte, zu zerkratzen, nachdem sie sein Handy gefunden hatte. Sie wäre dann nicht in der Lage gewesen, auch nur eines von ihnen zu spenden, oder jeder hätte sofort gesehen, was sie wirklich für ihren Mann empfand.

Anfangs hatte sie darüber nachgedacht, die Autos ihrem Schwiegervater zu überlassen. Aber wenn man bedachte, dass Jason bei einem Autounfall ums Leben gekommen war, hatte sie es nicht für angemessen gehalten. Außerdem waren die meisten Wohltätigkeitsorganisationen, an die sie gespendet hatte, die, die auch Jason unterstützt hatte. Sie war sich sicher, dass seine Eltern damit einverstanden wären.

Ein kleiner Teil von ihr wollte die Wohltätigkeitsorganisationen, an denen Jason beteiligt gewesen war, nicht weiter unterstützen, aber sie wusste, dass das nicht richtig wäre. Nur weil er mit jemandem aus dem Vorstand einer Wohltätigkeitsorganisation geschlafen hatte, bedeutete das nicht, dass das bei den anderen auch so war. Außerdem konnte sie eine ganze Wohltätigkeitsorganisation nicht wegen der Taten einer Person bestrafen, vor allem, wenn sie der Gemeinschaft so viel Gutes taten.

„Und nach den Anrufen zu urteilen, die wir bekommen haben, wird dies sicherlich unsere größte Auktion aller Zeiten sein", fuhr Jim fort. „Die Leute fordern bereits die Vorqualifikationen."

„Das ist toll. Ich bin froh, dass die Autos gut genutzt werden."

„Wir machen uns jetzt besser mal auf den Weg." Er nahm ein Blatt Papier von seinem Notizblock und reichte es ihr. „Hier ist die Quittung für die Spende, obwohl ich sicher bin, dass Connie im Februar eine aufgeschlüsselte Liste für das gesamte Jahr senden wird."

„Danke."

„Nein. *Ich* habe zu danken", sagte er und drückte den Notizblock an seine Brust. „Sie haben keine Ahnung, wie viel uns diese Spende bedeutet. Die Kinder ..." Als fiele es ihm schwer, die richtigen Worte zu finden, schüttelte er den Kopf.

Sie lächelte. „Diesen Kindern nach der Schule einen Ort zu bieten, an dem sie sich aufhalten können, ist mehr als genug." Sie wusste nicht, was sie und ihre Schwester getan hätten, wenn es nicht Gemeindezentren wie das, das diese Wohltätigkeitsorganisation betrieb, gegeben hätte. Da beide

Eltern eine Vollzeitstelle hatten, waren sie und ihre Schwester jeden Tag nach der Schule in ihr örtliches Gemeindezentrum gegangen. Das Zentrum hatte ihnen nicht nur einen sicheren Aufenthaltsort geboten, bis ihre Eltern sie abholten, es war auch ein zweites Zuhause für sie gewesen.

Als Jim aufbrach, um sich den Jungs anzuschließen, die am Lastwagen standen, drehte sie sich um und erblickte den kleinen Bach, der durch den japanischen Garten lief, und merkte plötzlich, wie sehr sie all dies vermissen würde. Sie hatte quasi einen privaten Park im hinteren Teil ihres Anwesens. Sie liebte es, nach dem Abendessen hier spazieren zu gehen, und genoss es, im Freien zu lesen, wenn sie die Chance hatte.

Sie runzelte die Stirn, als sie merkte, dass ihr Garten größer war als der Park, in den ihre Mutter sie und ihre Schwester mitgenommen hatte, als sie klein gewesen waren. Himmel, wie verwöhnt sie war! Vielleicht wäre ein Umzug in die Stadt in mehr als einer Hinsicht gut für sie.

Sie hörte das Geräusch eines ankommenden Autos und als sie sich umdrehte, sah sie Nina hinter dem Steuer. „Was machst du hier?", fragte Sam, sobald Nina aus dem Auto gestiegen war. Obwohl sie sich freute, ihre Freundin zu sehen, war es eine ziemlich lange Strecke – vor allem mit dem ganzen Verkehr.

„Ich muss mir ein Kleid ausleihen. Andrew kommt –"

„Such dir einfach eins aus", sagte Sam mit erhobener Hand. Obwohl sie Ninas Freund nie kennengelernt hatte, hatte Sam in den letzten Wochen genug von ihm gehört, um ihn bereits zu mögen.

Erleichterung ließ Ninas Augen strahlen. „Danke", murmelte sie, als sie sie umarmte. „Du bist ein Schatz."

„Du hättest mich bitten sollen, ein paar Kleider in meine Wohnung mitzunehmen", sagte Sam, als sie sich voneinander lösten. „Das hätte dir die Fahrt erspart."

„Ich weiß, aber ich fühle mich auch so schon schlecht genug, weil ich immer deinen Schrank plündere." Nina zuckte mit den Schultern. „Ich würde dir ja eine Auswahl von mir anbieten, aber mein Schrank ist im Vergleich zu deinem leer. Außerdem hätte ich diese heißen Kerle verpasst." Sie nahm ihre Sonnenbrille ab und beobachtete, wie die Männer den Lastwagen schlossen. Sam lachte. Die Frau kannte kein Schamgefühl.

„Sie holen zwei von Jasons Autos für eine Wohltätigkeitsauktion ab", erklärte sie.

Ninas drehte sich ruckartig um. „Warte – du gibst zwei davon weg?"

„Ich habe sie alle weggegeben." Sie wollte nichts von Jason haben.

Nina wedelte mit ihrer Sonnenbrille. „Ich hasse es, dir das zu sagen, Sam, aber Jason hat wahrscheinlich über die Preise einiger dieser Autos gelogen. Ich glaube nicht, dass er jemals weniger als eine halbe Million für eines ausgegeben hat."

„Darüber mache ich mir im Moment keinen Kopf", sagte Sam und hoffte, dass sie sich nicht wie eine dieser reichen Frauen anhörte, die nie über den Preis von irgendetwas nachdachten. Obwohl Nina eine erfolgreiche Anwältin war, war eines dieser Autos leicht das Fünffache ihres Jahresgehalts wert.

Nina drückte ihren Arm. „Du hast recht. Es tut mir leid."

Verdammt. Sie hatte nicht angenommen, dass sich ihre Freundin deshalb schlecht fühlte. „Schon in Ordnung", sagte sie schnell. „Und vielen Dank, dass du es mir gesagt hast. Ich werde das im Hinterkopf behalten, wenn ich den Rest seiner Sachen durchgehe", wich sie aus.

„Wie geht es dir?", fragte Nina, als sie ihre Hand nahm.

Der sorgenvolle Blick brachte Sam dazu, sich zu versteifen. Sie war nicht bereit für noch mehr Leute, die versuchten, sie zu trösten, indem sie nette Dinge über Jason sagten. Seit sie von dem Betrug erfahren und beschlossen hatte, ihn für sich zu behalten, hatte sie das Gefühl, eine Lüge zu leben. Die Menschen sprachen ihr immer noch ihr Beileid aus und lobten ihn in den höchsten Tönen, während sie nur auf ihn wütend sein wollte, weil er ein verlogener Betrüger war.

Aber die Wahrheit zu enthüllen würde Jasons Eltern schaden und das brachte sie nicht fertig. Sie hatten sie immer wie ein Familienmitglied behandelt und sie liebten ihren einzigen Sohn. Sie würde nie etwas tun, um ihre Erinnerungen an ihn zu beschmutzen.

„Okay", sagte Sam. „Wie geht es Miranda?", lenkte sie ab.

„Fang gar nicht erst mit meiner Schwester an. Sie hat sich entschieden, nach L.A. zu ziehen, weil ihr Freund – ihr Freund, den sie wohlgemerkt erst seit zwei Wochen kennt – dort einen Job bekommen hat. Sie kann wirklich so eine –" Ninas Griff wurde plötzlich fester, und Sam bemerkte, dass ihre Freundin etwas hinter ihrem Rücken entdeckt hatte.

Sie drehte sich um, und sah, wie Jim in den Lastwagen stieg.

„Hmm … Ich frage mich, ob sie auch Bücher abholen."

„Du kannst ja gern fragen." Sam lachte, als sie ihrer Freundin die Spendenquittung mit dem Namen der Wohltätigkeitsorganisation und deren Adresse und Telefonnummer zeigte. „Obwohl ich denke, dass es Andrew eventuell stören könnte."

„Hmpf! Manchmal frage ich mich, ob er mich überhaupt noch wahrnimmt. Er ruft kaum an, wenn er nicht in der Stadt ist."

Sams erster Gedanke war, dass er möglicherweise verheiratet war, bevor sie sich selbst verfluchte, weil sie gleich vom Schlimmsten ausging. Nur weil Jason fremdgegangen war, bedeutete das nicht, dass alle anderen es auch taten. Außerdem, so wie sie Nina kannte, war sie sich sicher, dass ihre Freundin ihn nach dem ersten Date genau durchleuchtet hatte. Sie hätte bemerkt, wenn er verheiratet war oder wenn es Fotos von ihm mit einer anderen Frau gäbe.

„Er ist wahrscheinlich beschäftigt", sagte Sam schließlich. Hoffentlich war Andrew es wert, dass sie ihn in Schutz nahm. Nina hatte es nicht verdient, wieder mit einem gebrochenen Herzen zu enden.

Der Lastwagen fuhr los, und die beiden Männer winkten im Vorbeifahren. Nina sog scharf die Luft ein. „Diese Grübchen!"

Sam verdrehte die Augen. „Hast du dich nicht letztes Jahr von einem Buchhalter getrennt, weil er Grübchen hatte?"

„Weil sie ihm nicht gestanden haben. Nicht so wie bei Mr. Wow da drüben. Heiliger Bimbam." Nina fächelte sich mit der Hand Luft zu. „Ich kann nicht glauben, dass Grübchen bei einem Mann so heiß aussehen können."

Es waren gutaussehende Männer, aber sie waren nicht mit Luke vergleichbar. Sie waren jugendlich gutaussehend. Wo Luke ganz Mann war, waren sie dünn, wo Luke starke Muskeln hatte … Sie stöhnte innerlich. Sie musste aufhören, an ihn zu denken. Sie war nicht in der Lage, eine Beziehung einzugehen, und Luke wäre nicht der richtige Mann für sie, selbst wenn sie bereit wäre.

Er hatte etwas Dunkles und Grüblerisches an sich, was zusammen mit seinem Reichtum dazu führte, dass die Frauen ihn umschwärmten, und sie hatte nicht vor, all das noch einmal durchzustehen. Sie wollte sich nicht fragen müssen, ob er gerade mit einer anderen Frau zusammen war, wenn er auf Arbeit war. Und obwohl sie wusste, dass Luke nicht der Typ war, der Frauen betrog, ging er auch keine langfristigen Beziehungen ein. Er würde ihrer überdrüssig werden, ehe sie sich's versah, und wo bliebe sie dann am Ende?

„Komm. Lass uns gehen, um dir ein Kleid auszusuchen", sagte Sam und hoffte, ihre Gedanken von dem Weg abzubringen, auf dem sie sich bewegten. Sie wusste, dass ihre vertrauensvolle Natur sie in diese Lage gebracht hatte, aber sie konnte es nicht ausstehen, wie zynisch sie wurde. „Danke für all deine Hilfe, Charles", sagte sie zu ihrem Chauffeur, als sie an ihm vorbeikamen.

„Kein Problem, Ma'am", sagte er und tippte an seinen Hut.

Sam öffnete die Haustür und ging die Marmortreppe hinauf. Eine Atmosphäre der Leere schien das Haus zu beherrschen, und ihr wurde plötzlich bewusst, dass die Leere immer da gewesen war. Sie hatte sie nur einfach nicht sehen wollen.

Obwohl noch voll möbliert, kam ihr das Haus eher wie ein Modell aus einem Katalog als wie ein Zuhause vor. Es gab keine persönlichen Dinge und es wirkte fast klinisch rein. Es war fast so, als hätten sie nie dort gelebt … Ihre Kehle schnürte sich bei dem Gedanken zusammen, dass sie eine derart leere Existenz toleriert hatte. Schlimmer noch, sie hatte sich die ganze Zeit eingeredet, dass sie glücklich war.

„Oh, das ist neu", sagte Nina, als sie an einer Zeichnung der Central Station vorbeikamen. „Warte – sind die Bilder auch für wohltätige Zwecke gedacht?"

„Nein. Ich habe sie einem Museum geliehen." Es war ihr nie fair erschienen, dass sie all diese Meisterwerke für sich behielten, also hatte sie sie an ein Museum ausgeliehen, damit andere sich auch an ihnen erfreuen konnten. Das Museum war so dankbar, dass es ihr einige Originale von einer aufstrebenden lokalen Künstlerin gegeben hatte.

„Das war nett von dir", sagte Nina. „Ich bin sicher, dass viele Kunststudenten begeistert sein werden, die Originale zu sehen."

„Ich hoffe es. Es war immer Jasons Plan gewesen, die Gemälde irgendwann zu spenden, aber dann habe ich von der Picasso-Ausstellung gehört." Sie hatte Jasons Mutter gefragt, was sie mit den Gemälden machen solle, wenn die Leihfrist abliefe. Als jemand, der im Kuratorium eines

Museums saß, wusste Jessica, was für die Bilder am besten war, anstatt sie nur als Steuerabzug zu betrachten, wie Jason es tun würde.

Sie gingen in ihr Schlafzimmer und Nina quietschte, als sie auf den offenen Schrank zueilte. „Dieses rote Kleid ist wunderschön."

Zehn Minuten später sah Sam zu, wie Nina sich vor dem Spiegel drehte und wendete, um zu sehen, ob das rote Kleid, das sie trug, ihren Hintern zu groß aussehen ließ. Sam fand, dass dies das einzig Gute war, was ihre Ehe mit sich gebracht hatte – Nina Kleidung leihen zu können. Da Jason nie wollte, dass sie das gleiche Kleid zweimal trug, hatte sie viel zu verschenken.

„Also hatte Jason seine Angelegenheiten wohl alle schon geregelt, sodass du das Haus so schnell zum Verkauf anbieten kannst", sagte Nina, als sie wieder vor den Spiegel trat und das Kleid betastete.

Obwohl sie wusste, dass es Frauen gab, die gerne einen reichen, toten Ehemann hätten, und es niemanden gab, der um sein Stück vom Kuchen kämpfte, hätte Sam das alles lieber gar nicht durchgemacht. Sie hätte viel lieber eine Ehe wie ihre Eltern, in der man sich bedingungslos liebte.

Nina sah erschrocken aus und wandte sich schnell zu ihr um. „O Mann. Ich rede schon wieder Unsinn, nicht wahr?"

Sam schüttelte den Kopf. „Nein. Du hast recht. Es war sehr umsichtig von Jason, dass er einen Trust gegründet hat, sodass nichts in den Nachlass ging." *Es war das einzig*

Richtige, was er getan hatte. „Ich möchte nicht einmal darüber nachdenken, was passiert wäre, wenn er es nicht getan hätte."

Sie seufzte, als sie auf den Boden schaute. „Er hat mich betrogen", gab sie mit sanfter Stimme zu.

Sie hatte nicht geplant, es Nina zu erzählen, aber ihr wurde klar, dass sie ihre engste Freundin nicht belügen mochte. Und im Hinterkopf wusste sie, dass es nicht nur Jasons Eltern waren, um die sie sich Sorgen machte, wenn die Wahrheit herauskam. Sie machte sich auch Sorgen um sich selbst.

Sicher, die Medien könnten ihr das Leben zur Hölle machen, aber sie war mehr besorgt darüber, was Freunde und Familie von ihr halten würden. Viele Leute hatten gedacht, dass sie mit Jason über ihrem Stand geheiratet hatte. Wenn sie zugab, dass Jason sie betrogen hatte, würden sie wahrscheinlich denken, dass sie bekommen hatte, was sie verdiente, weil sie ihn wegen seines Geldes geheiratet hätte. Niemand würde dabei jedoch in Betracht ziehen oder sich Gedanken darüber machen, dass sie Jason geliebt hatte.

„Oh, Liebes", sagte Nina, als sie sich zu ihr auf das Bett setzte und sie umarmte. „Deshalb hast du das Unternehmen verlassen, nicht wahr? Und deshalb verkaufst du das Haus."

Sams Kehle schnürte sich zusammen. Sie nickte. Sie wollte nur ein klares Ende von all dem.

„Dieser Bastard!", sagte Nina. „Ich weiß nicht, wie du es geschafft hast, seine Autos nicht zu zerkratzen."

Ein Lachen stieg in Sams Kehle auf und sie war plötzlich froh, dass sie ihrer Freundin die Wahrheit gesagt hatte.

Nina wurde ernst. „Er hatte dich nicht verdient. Das weißt du doch, nicht wahr?"

„Ich weiß, aber manchmal ist es schwer, das zu schlucken." Als sie nach einer Woche im Hotel ins Haus zurückgekehrt war, hatte sie erneut einen Blick auf Jasons Telefon geworfen und ihr war schlecht geworden, als sie gesehen hatte, mit wie vielen Frauen Jason sich getroffen hatte. Schlimmer noch war die Erkenntnis, dass sie sich selbst auf mögliche Ansteckungen testen lassen musste. Obwohl sie zum Glück gesund war, konnte sie das Gefühl nicht verdrängen, dass sie Jason vollkommen egal gewesen war.

„Es gibt nichts, über das du dir Gedanken machen musst", sagte Nina. „Es gibt Männer, die gehen fremd, egal, mit wem sie zusammen sind, einfach weil sie es können."

„Ich denke, es ist einfach schwer, dass ich nicht mit ihm darüber sprechen kann. Es ist, als ob ich so niemals damit abschließen kann." Stattdessen pochten hundert Fragen in ihr. Hatte er geplant, sich scheiden zu lassen? Oder hatte er sich damit begnügt, andere Frauen hinter ihrem Rücken zu treffen? Hatte sie oder eine dieser anderen Frauen ihm tatsächlich etwas bedeutet? Oder musste er nur sein Ego befriedigen? Obwohl die Antworten im großen Ganzen keine Rolle spielten, wollte sie es trotzdem wissen.

„Manchmal ist Rache besser als eine Sache einfach abzuschließen."

Als sie sich an die Rache erinnerten, die Nina an einem

Freund genommen hatte, den sie ertappt hatte, wie er sie mit einer anderen Frau betrog, lächelte Sam. Nina hatte jemanden angeheuert, der in die Wohnung kam, die sie sich mit Paul geteilt hatte, um Pauls hohe Punktzahl in einem Videospiel zu schlagen, während er nicht zu Hause war. Danach hatte sie einfach ihren Namen neben den Highscore gesetzt, hatte ihre Sachen genommen und war gegangen. Später hatte sie ihre Hälfte der Wohnung an einen Mitarbeiter vermietet, der vehement die Meinung vertrat, dass gewalttätige Videospiele eine Bedrohung für die Gesellschaft darstellten.

„Schade, dass du schon alle seine Autos weggegeben hast", fuhr Nina fort. „Es hätte Spaß gemacht, mit einem Baseballschläger drauf zu hauen." Sie schnippte plötzlich mit den Fingern. „Hey – wie wäre es, wenn du mit einem Konkurrenten schläfst?", fragte sie und sah sie an. Als Sam die Augenbrauen hob, sackten Ninas Schultern nach unten. „Ja. Das dachte ich mir schon. Die sind wahrscheinlich sowieso alle alt und hässlich." Dann hob sie den Kopf. „Hey – wie wäre es, wenn wir in einen Club gehen? Das haben wir schon seit Ewigkeiten nicht mehr getan."

„Weil wir so langsam für Clubs zu alt sind", sagte Sam trocken. Sie konnte sich nicht einmal daran erinnern, wann sie das letzte Mal in einem Club gewesen war.

„Das ist Blödsinn. Du weißt, dass man nie zu alt für einen Club ist."

Sam lächelte. „Danke für das Angebot, aber ich habe hier noch viel zu tun." Sie wollte nicht öfter zum Haus fahren müssen, als es notwendig war. „Lass uns nächste Woche ausgehen, damit ich alles über dein Date mit Andrew erfahre."

Ninas Rachsucht erinnerte Sam daran, dass sie die Geschädigte war. Sie vergaß das oft und dachte über all die Dinge nach, die sie falsch gemacht hatte. Ihre Eltern hatten sie dazu erzogen, Verantwortung für ihre Handlungen und Entscheidungen zu übernehmen, und genau das hatte sie getan. Zur Genüge. Aber Nina hatte sie daran erinnert, dass Jason ihre Liebe und Loyalität so behandelt hatte, als wären sie nichts wert, und Sam sollte das nicht vergessen.

„Ich bin sicher, dass ich dich früher anrufen werde, aber okay. Das geht auch. Also, wegen des grünen Kleides …"

KAPITEL ELF

Luke rollte mit den Schultern, als er das wöchentliche Treffen zwischen den Portfoliomanagern und den Analysten beendete. Glücklicherweise war die heutige Besprechung besser verlaufen als die der vergangenen Wochen. Der neue Geldzustrom hatte die Moral erheblich gestärkt.

„Ich schicke dir den Bericht vor fünf Uhr", sagte Ross zu ihm.

„Danke", sagte Luke, als er aufstand. Er schaute sich um und sah, dass die meisten Leute den Sitzungssaal bereits verlassen hatten. In den fünf Wochen nach Sams Ausscheiden hatten sie ein paar neue Investoren gewinnen können und hatten es geschafft, mehr von der Gefahr einzudämmen, die Jasons Überschuldung mit sich gebracht hatte. Das Unternehmen stand immer noch nicht auf sicheren Füßen, was Luke bevorzugt hätte, aber es sah definitiv besser aus. Er öffnete die Glastür, um Ross zuerst hinausgehen zu lassen.

Als er ihm folgen wollte, kam Chris auf ihn zu. „Du wirst Sams Büro nicht ernsthaft an Dean geben, oder?", fragte der Juniormanager und Luke seufzte. Es gab eine Zeit, in der die Leute ihn um eine Beförderung oder um mehr Geld gebeten hatten, das sie verwalten konnten, aber heutzutage schienen alle Leute entweder Jasons oder Sams Büro zu wollen.

„Ich habe noch nicht entschieden, was ich mit Sams und Jasons Büros machen werde", antwortete er. Obwohl er wusste, dass sie nicht zurückkommen würden, fühlte es sich einfach nicht richtig an, eines ihrer Büros wegzugeben. Für ihn gehörten die Räume für immer den beiden.

Und tief innen hoffte er immer noch, dass Sam zurückkommen würde. Er verstand ihre Gründe für den Abschied, aber er wusste auch, wie sehr sie es liebte, im Unternehmen zu arbeiten. Sie würde es früher oder später vermissen und wenn sie es tat, wollte er bereit sein.

„Ich will Sams Büro", kündigte Chris an und starrte ihn an. „Du weißt, dass ich es verdient habe."

„Was gefällt dir an deinem nicht?" Er wusste nicht, wie groß es war, aber es war möglich, dass Chris' Büro größer war als das von Sam.

„Es hat keinen Blick auf den Bryant Park."

Luke schüttelte ungläubig den Kopf. Die Machermentalität war eine Eigenschaft, die alle ihre Manager hatten, und obwohl das gut für ihre Arbeit war, konnte sie manchmal geradezu nervig sein.

„Ich gehe wieder an meine Arbeit, und ich schlage vor, dass du dasselbe tust."

Ohne auf eine Antwort zu warten, verließ Luke den Sitzungssaal.

Als er eine Minute später hinter seinem Schreibtisch saß, erkannte Luke, dass Jason die Situation anders gehandhabt hätte. Jason hätte auch Nein gesagt, hätte dies aber auf jene charmante Art und Weise getan, die den anderen lächelnd zurückließ und ihm das Gefühl gab, gewonnen zu haben. Luke dachte darüber nach, wie er Chris' Bitte anders hätte behandeln können, als sein Telefon piepte und seine Gedanken unterbrach.

Er schaute auf den Bildschirm. *Sam.* Er wischte schnell über die Oberfläche des Telefons und versuchte, das hektische Schlagen seines Herzens zu ignorieren. Er wusste, dass einige der Mitarbeiter ihr manchmal noch Fragen stellten, doch seitdem sie gegangen war, hatte er nichts von ihr selbst gehört und er hatte sie vermisst.

Hast du am Samstag Zeit zum Mittagessen?

Hatte sie ihre Meinung geändert und wollte ihm doch eine Chance geben? Hoffnung keimte in ihm auf.

Ja. Ist alles in Ordnung?

Er würde nicht zu voreilig sein. Nachdem er sie wochenlang nicht gesehen hatte, hatte er erkannt, dass er sie auf jede nur erdenkliche Weise in seinem Leben haben wollte. Er würde die Sache nicht vermasseln, indem er sie zu etwas drängte, wozu sie nicht bereit war. Auch wenn es nur Freundschaft wäre, würde er sich zwingen, das zu akzeptieren.

Alles ist prima. Ich wollte nur fragen, ob du zum Mittagessen kommen kannst.

Ja. Ich kann dich um elf abholen.

Prima! Bis dann!

Lächelnd legte er sein Handy beiseite. Der realistischeren Seite von ihm war klar, dass er sich keine allzu große Hoffnung machen durfte. Sie hatte sich vor ein paar Wochen nicht für eine Beziehung interessiert und es war unwahrscheinlich, dass sie ihre Meinung so schnell geändert hatte. Aber gleichzeitig konnte er sich nicht davon abhalten zu hoffen, dass es doch der Fall war, und er wusste, dass der Samstag nicht schnell genug kommen konnte.

* * *

Ist das für ein Mittagessen mit einem Freund unangemessen?

Sam betrachtete das sexy blaue Kleid, bevor sie den Kopf schüttelte. Es war zu kurz. Definitiv nicht angemessen. Sie hing das Kleid wieder in den Schrank und stöhnte, als sie merkte, dass sie bereits ein Drittel ihrer Kleider aussortiert hatte. Das war verrückt. Sie hatte früher schon mit Luke gegessen. Warum war sie plötzlich so kritisch wegen dieses Mittagessens?

Weil sie miteinander geschlafen hatten. Und er ihr ständig im Kopf herumspukte.

War er ein Freund oder doch mehr? Wenn sie ganz ehrlich zu sich selbst war, musste sie zugeben, dass sie Luke anziehend fand und nichts dagegen hätte, eine Beziehung mit ihm anzufangen. Aber gleichzeitig wusste sie, dass sie immer noch nicht bereit für eine Beziehung war. Obwohl sie sich wieder mehr im Gleichgewicht und mehr wie sie selbst fühlte, waren die Bitterkeit und die Schmerzen immer noch da und machten ihr manchmal zu schaffen.

Andererseits wusste sie und das war ihr Dilemma, dass sie wirklich einen Freund wie Luke gebrauchen konnte. Da sie oft von Leuten umgeben war, die nur nett zu ihr waren, weil sie etwas wollten, war es befreiend, mit jemandem zusammen zu sein, der kein geheimes Anliegen hatte, sondern einfach nur nett war.

Verdammt. Sie hoffte, dass sie die Beziehung zu ihm nicht vermasselt hatte. Sie hatte ihn zum Mittagessen eingeladen, um ein Gefühl dafür zu bekommen, wo sie standen, und zu versuchen, die aufkeimende Freundschaft zwischen ihnen zu festigen.

Denn gleichgültig, was sie sich bezüglich Luke auch eingeredet haben mochte, er war wirklich einer der Guten. Sie hatte nie gesehen, dass er das Unternehmen oder die Menschen ausnutzte, die zu ihm kamen und ihn um Hilfe baten, und er spendete aus dem einfachen Grund, weil er spenden wollte, und nicht, um seine Steuerabzüge zu maximieren oder bessere PR zu bekommen.

Frustriert über ihre Unsicherheit bezüglich ihrer Garderobe und das Gefühl, dass sie aus nichts einen Elefanten machte, nahm sie die erste Jeans heraus, die sie sah, sowie die Bluse, die daneben lag. Das passierte, wenn sie nicht arbeitete. Sie machte sich Gedanken über die dümmsten Dinge.

Ein paar Minuten später trug sie gerade Lippenstift auf, als die Türklingel schellte. Trotz der Schmetterlinge, die in ihr tobten, zwang sie sich, den Lippenstift ruhig beiseitezulegen, und warf einen letzten Blick in den Spiegel, bevor sie sich auf den Weg ins Wohnzimmer machte.

Ihr Herz setzte einen Schlag aus, als sie Luke auf dem kleinen Bildschirm neben der Tür erblickte. Er sah so gut aus. Die Erinnerung daran, wie sich sein raues Kinn auf ihrer Haut angefühlt hatte, jagte Schauer über ihre Wirbelsäule. Sie stellte sich vor, ihn wieder zu berühren, mit den Fingern entlang seiner …

Reiß dich zusammen, Sam.

Als sie ihre lüsternen Gedanken abgeschüttelt hatte, öffnete sie die Tür und war beeindruckt, wie dunkel seine Augen waren. Ihre Kehle schnürte sich zusammen. „Hey. Ähm … Lass mich schnell meine Tasche holen."

„Ich habe dir ein paar Kekse mitgebracht", sagte er, indem er ihr eine Tüte überreichte. Erst da bemerkte sie die vertraute braune Tüte, die er in der Hand hielt. Sie war so auf ihn fokussiert gewesen, dass sie für nichts anderes Augen gehabt hatte.

„Oh. Vielen Dank." Die Tüte war noch warm und sie war gerührt. Er hatte sich nicht nur daran erinnert, wie sehr sie die Kekse von Nadine liebte, er hatte auch extra welche für sie besorgt.

„Ich bringe sie schnell rein."

Sie ließ die Tür los und brachte die Kekse auf den Tisch neben ihrer Couch. Als sie sich umdrehte, sah sie, dass Luke eingetreten war und sich in ihrem Wohnzimmer umsah. Sie ahnte, wie klein es ihm erscheinen musste. Obwohl ihre Wohnung geräumig und für New Yorker Maßstäbe definitiv groß war, konnte sie sich nicht mit der Größe seines Zuhauses messen, dessen

Wohnzimmer allein fast so groß war wie ihr ganzes Apartment.

Und sicher, sie hätte eine Wohnung wie seine bekommen können, aber sie wollte nicht mehr von Jasons Geld ausgeben, als sie musste. Zumindest nicht für sich selbst. Sie hatte kein Problem damit, Dinge für ihre Familie zu kaufen. Und auch wenn sie wusste, dass nichts davon wettmachen konnte, dass sie sie während ihrer Ehe praktisch im Stich gelassen hatte, wollte sie es dennoch versuchen.

„Eine schöne Wohnung hast du", sagte Luke schließlich.

Als sie die Aufrichtigkeit in seiner Stimme hörte, schaute sie sich in dem von ihr eingerichteten Raum um und lächelte.

„Danke. Sie gefällt mir."

Es war nicht schick, aber von der Couch bis zum Esstisch gehörte alles ihr. Sie hatte sogar das Bücherregal selbst zusammengebaut.

„Irgendwelche Vorschläge, wo wir essen wollen?", fragte Luke.

Weil er über ihre Wohnung nicht die Nase gerümpft oder gesagt hatte, dass er einen Designer habe, den er empfehlen könne, wie Jason es sicherlich getan hätte, ließ sie sich von einem Impuls mitreißen. „Ich bin mir nicht sicher, ob du es kennst, aber es gibt in der Stadt ein Restaurant namens Flanigan's."

„Ich kenne es."

„Wirklich?" Es war ein Restaurant, das für seine billigen Speisen bekannt war. Sie konnte sich nicht vorstellen, dass Luke an einem solchen Ort aß.

Er zuckte mit den Achseln. „Es war eines der wenigen Restaurants, die ich mir im College leisten konnte.“

„Ging mir genauso. Ich habe vergessen, dass wir auf das gleiche College gegangen sind.“ Und offenbar die gleichen Geldprobleme hatten. Sie nahm ihren Mantel von dem Garderobenständer. „Ich war schon seit Ewigkeiten nicht mehr dort. Ich weiß, dass ich mir wahrscheinlich nur vormache, dass das Essen dort gut ist, aber ich will trotzdem hin.“

„Ich weiß, was du meinst. Früher habe ich ihre Sandwiches geliebt.“

„Ich habe einmal versucht, sie mit nach Hause zu bringen“, sagte sie, während sie ihre Tür verschloss. Es hatte Zeiten gegeben, da hatte sie es einfach sattgehabt, sich stets zu fragen, ob etwas Bio, Freiland oder Vollkorn war. Manchmal wollte sie einfach etwas Leckeres, auch wenn es schlecht für sie war. „Aber es ist einfach nicht dasselbe, wenn es nicht mehr heiß ist.“

Er lachte, als sie sich auf den Weg zum Aufzug machten. „Das hätte Jason garantiert gefallen.“

„Ich habe es getan, während er weg war“, gab sie zu. „Ich habe mich für so schlau gehalten. Da Jason nicht mehr wollte, dass ich dort esse, bin ich dorthin, als er mit einem Kunden unterwegs war.“

Luke runzelte die Stirn. „Er hat dir vorgeschrieben, wo du essen sollst?“

„Ja. Er wollte nicht, dass seine Frau in einem solchen Ambiente gesehen wird.“ Sie war wütend auf ihn gewesen, hatte aber versucht, es aus seiner Sicht zu betrachten. Er hofierte Kunden, die Millionen von Dollar auf dem Konto hatten, und seine Frau ging zum Abendessen in so eine Spelunke? Obwohl sie es trotzdem nicht ganz verstanden hatte, hatte sie schließlich nachgegeben. Und ohne, dass sie es bemerkt hatte, hatte sich dieses Nachgeben allmählich auch auf andere Dinge ausgeweitet. Irgendwann hatte sie aufgehört, in ein Restaurant oder an einen Ort zu gehen, der nicht seinen Kriterien entsprach. Mit ihren Kleidern und Freunden war es genauso gewesen.

„Das überrascht mich nicht", sagte Luke. „Er hat mich dazu gedrängt, mir eine neue Garderobe zu besorgen, damit ich vorzeigbar aussah, wenn wir potenzielle Kunden trafen."

Ihre Augenbrauen hoben sich, als sie weitergingen. „Ich kann mir nicht vorstellen, dass jemand – nicht einmal Jason – dir sagt, was du tun und lassen sollst."

„In gewisser Weise wollte ich es auch. Ich wollte zu den Reichen gehören. Nachdem ich die meiste Zeit meines Lebens arm gewesen war, war für mich quasi ein Traum in Erfüllung gegangen. Es hat sich angefühlt, als ob ich es endlich geschafft hätte." Er zuckte mit den Achseln. „Aber ich wurde dessen ziemlich schnell überdrüssig und habe mich dann vermehrt um die Investitionen gekümmert."

„Wie kam es, dass du dich für Investitionen interessiert hast?", fragte sie, als sie an den Aufzügen ankamen, und drückte den Abwärtsknopf. Sie wusste alles darüber, wie er und Jason sich bei Brown und Hale kennengelernt und den Fonds ins Leben gerufen hatten, aber sie wusste kaum etwas über Lukes Leben vor dieser Zeit.

„In meiner Jugend hatte ich in den Nachrichten von der Börse gehört, aber ich habe nie wirklich darüber nachgedacht, bis ein Lebensmittelhersteller eine Fabrik in der Nähe eröffnete, als ich in der 10. Klasse in der High School war. Sie waren von einer kleineren Halle quer durch die Stadt dorthin gezogen und mir wurde klar, dass ihr Geschäft gut laufen musste, damit sie sich vergrößern konnten. Ich hatte ein wenig Geld von der Arbeit in einem Autohaus gespart und ein paar Aktien des Unternehmens gekauft." Er grinste sie an, als sie den Aufzug betraten. „Das war damals sehr einfach. Ich habe weder telefoniert noch einen Jahresbericht erstellt."

Sie lachte. „Und ich dachte, meine Schwester und ich waren für unser Alter besonders findig, als wir für Konzertgeld Arbeiten korrigiert haben."

„Das seid ihr auch gewesen. Ich kann mir nicht vorstellen, dass viele Teenager so etwas tun würden." Er warf ihr einen bewundernden Blick zu. „Wie war es bei dir? Wie kommt es, dass du dich für Buchhaltung interessierst?"

„Meine Geschichte ist nicht halb so interessant wie deine", sagte sie und begann ihm zu erzählen, wie sie sich der Buchhaltung zugewandt hatte, nur weil sie in Mathematik gut, in fast jedem anderen Fach aber schrecklich schlecht gewesen war.

Ihr Gespräch löste die schlimmsten ihrer Ängste. Für einen Mann, der normalerweise keinen Small Talk machte, plauderte Luke locker mit ihr. Das bedeutete doch, dass sie nicht zu viel vermasselt hatte, indem sie mit ihm geschlafen hatte, oder?

* * *

Sam betrat das vertraute Restaurant und blinzelte, als sie die heruntergekommenen Lederbänke und die verdächtig dunklen Wände sah. *War es hier schon immer so düster gewesen?*

Nein. Auf keinen Fall. Das Flanigan's war eins ihrer Stammlokale gewesen, wo sie ihre Hausaufgaben erledigt hatte, als sie auf dem College gewesen war. Sie wäre nicht dorthin gegangen, wenn es so dunkel gewesen wäre, egal wie gut die Roastbeef-Sandwiches waren. Wie hätte sie sonst sehen sollen, was sie schrieb?

Es lag wahrscheinlich daran, dass sie heute schon so zeitig hier waren, dass heute alles so anders aussah. Da sie damals tagsüber Unterricht und Arbeit hatte, war sie immer spät abends hierhergekommen. Die andere Tageszeit würde auch erklären, warum das Restaurant nicht so voll war, wie es an einigen Abenden sein konnte, obwohl es immer noch voll genug war. Da sie wusste, dass es nutzlos war, sich darüber Gedanken zu machen, suchte sie nach einem freien Tisch – oder einfach nach einem freien Stuhl.

„Tut mir leid", sagte sie, als sie nichts entdecken konnte. „Ich hatte nicht erwartet, dass es zu dieser Tageszeit so voll sein würde. Wollen wir einfach draußen bestellen und essen?"

„Klar."

Als sie sich auf den Weg durch die Menge machten, bemerkte Sam automatisch die Blicke, die ihnen folgten. Oder, um genau zu sein, die Luke folgten. Sie musste zugeben, dass er umwerfend gut aussah. Ob er einen Anzug trug oder Shorts, er hatte einfach etwas an sich, das ihn immer sexy aussehen ließ. Doch darüber wollte sie nicht einmal nachdenken, also zwang sie den Gedanken aus ihrem Kopf und stellte sich ans Ende der Schlange.

Sie ahnte, dass dies ein weiteres Beispiel dafür war, wie sehr Luke sich von Jason unterschied. Er war bereit, sich anzustellen. Jason hingegen ging meist direkt an der Schlange vorbei und geradewegs zur Rezeption. Er musste nicht einmal eine Reservierung haben. Er bekam einen Tisch im selben Moment, in dem ihn der Oberkellner sah. Sam hatte Jason oft dafür gerügt, dass er sich nicht darum gekümmert hatte, einen Tisch zu reservieren, aber nachdem er sich zwar einige Male daran gehalten, es dann aber doch wieder vergessen, hatte sie aufgegeben. Da sie wusste, wie geschmacklos Jason die Speisekarte an der Wand gefunden hätte, lächelte sie. Ihr Lächeln wurde noch breiter, als sie merkte, dass sich daran nichts geändert hatte.

„Was nimmst du?", fragte Luke, sich zu ihr neigend.

„Das Tri-Tip", antwortete sie und sah ihm in die Augen. „Und du?"

„Das Brisket."

Mmm. Das Brisket hier war auch gut. Luke lachte, als er ihr Gesicht sah. „Wollen wir die Sandwiches teilen?"

„Nein, danke." Es war schon schwer genug, keine Soße auf ihre Kleidung zu tropfen, während sie auf einer Bank aßen. Sie wollte nicht einmal darüber nachdenken, wie viel schwieriger es wäre, die Sandwiches zu zerschneiden, ohne dass die Soße überall hinlief. Diese Schätze waren fest eingewickelt.

„Schade. Ich habe mich auf den Tri-Tip gefreut."

Und sie wollte wirklich das Brisket. „Wir würden uns wahrscheinlich überall mit Soße bekleckern", warnte sie.

„Ich habe nichts dagegen."

Sie strahlte. Jason hätte nie erlaubt, dass ein einziger Fleck seine Kleidung verschandelte, wenn er es hätte verhindern können, und ihr gefiel der Gedanke, ein wenig mit Luke herumzukleckern. In mehr als einer Hinsicht. „Okay, aber sag nicht, dass ich dich nicht gewarnt habe."

Nachdem sie den Anfang der Schlange erreicht und ihre Bestellung aufgegeben hatten, öffnete Sam ihre Tasche, um ihr Portemonnaie herauszuholen.

„Lass mich", sagte Luke, während er seine eigene Geldbörse hervorzog.

Sam runzelte die Stirn, als sie dem Kassier ihre Kreditkarte hinhielt. „Ich war diejenige, die dich eingeladen hat."

„Ich bin nun mal ein Mann. Tu mir den Gefallen, okay?"

„Das ist verrückt. Ich durfte sogar das Restaurant auswählen." Da der Kassierer ihre Karte immer noch nicht angenommen hatte, wandte sie sich ihm zu und flehte ihn stumm mit den Augen an. Nach einer gefühlten Ewigkeit streckte er seine Hand aus. Doch dann hielt er inne und sah Luke an, der ihm auch eine Karte hinhielt. Sie stöhnte innerlich. Wenn Luke ihm seinen unbeugsamen Blick zuwarf, war die Wahrscheinlichkeit gering, dass der Mann ihre Karte nehmen würde. Himmel. Sogar sie hasste es, diejenige zu sein, der *dieser* Blick galt.

„Streiten wir wirklich darüber, wer für ein Acht-Dollar-Sandwich bezahlen wird?", fragte Luke.

Die Absurdität der Frage brachte sie laut zum Lachen. Als sie den Blick des Kassierers auf sich spürte, verbarg sie ihr Lachen schnell mit einem Husten. Nein. Es war definitiv nicht der richtige Zeitpunkt, sich plötzlich ein Gewissen daraus zu machen, wer für die Mahlzeiten bezahlte.

Aber sie wollte sich wie ein selbstständiger Mensch fühlen. Ihre eigene Wohnung zu haben und die Dinge in den letzten Wochen selbst zu erledigen, war unglaublich befreiend gewesen, und sie wollte nicht damit aufhören. Doch sie wusste, wann sie einer Auseinandersetzung besser aus dem Weg ging.

„Na gut." Sie steckte die Karte wieder in ihre Tasche. „Danke."

Luke schüttelte den Kopf und murmelte etwas über verrückte Frauen. Sie dachte bei sich, dass er recht hatte. Es war nicht ungewöhnlich gewesen, dass eine Mahlzeit über tausend Dollar gekostet hatte, wenn sie alle drei gemeinsam essen gegangen waren, und sie stritt hier wegen sechzehn Dollar?

„Das habe ich schon lange nicht mehr getan", gab sie zu, als sie zur Seite traten, um auf ihre Bestellung zu warten.

„Was? Ein Date gehabt?"

Ihr Herz setzte kurz aus, als sie daran dachte, dass es sich hier um ein richtiges Date handelte. Sie hatte sich oft gefragt, was passiert wäre, wenn sie sein Angebot, eine Beziehung mit ihm einzugehen, nicht abgelehnt hätte. Sicher, sie hätte nicht sehr lange gedauert, aber es wäre spannend gewesen, wie lange es auch gehalten hätte. Sie schaute ihn an und verfluchte sich schnell, als sie seinen fragenden Blick auffing. Natürlich meinte er es nicht *so*. Er meinte nur eine Verabredung, bei der man miteinander Essen ging.

„Nein, ich meine mit einem Freund essen zu gehen",

stellte sie klar. Im Büro waren alle immer so beschäftigt und Jason hatte immer einen vollen Terminkalender gehabt. „Ich habe vergessen, wie das funktioniert. Nina und ich wechseln uns immer ab und die meisten Mahlzeiten mit Jason wurden der Firma in Rechnung gestellt, es sei denn, es war ein besonderer Anlass." Ihre Lippen kräuselten sich. „Sind es wirklich acht Dollar?"

„Da bin ich überfragt."

Sie lachte. „Wann hast du dir das letzte Mal die Preise auf einer Speisekarte angesehen?"

„Letzte Woche."

Ihre Augenbrauen hoben sich und er zuckte mit den Achseln.

„Adam hat zu lange gebraucht, um zu entscheiden, was er bestellen wollte. Ich dachte, es wäre unhöflich, mein Handy herauszuholen."

Sie hatte nie gesehen, dass er sein Handy herausnahm, wenn sie essen gegangen waren, und sie merkte plötzlich, wie seltsam das war. Er war, was das Geschäft betraf, immer genau informiert, und es wäre nicht verwunderlich, wenn jemand wie er an seinem Telefon klebte, wenn er physisch nicht im Büro war. Aber so war er nicht. Er schenkte den Menschen immer seine volle Aufmerksamkeit.

„Ich habe mir die Preise auf einer Speisekarte schon lange nicht mehr angeschaut", gab sie zu. Es war verrückt. Als sie jung war, hatte sie immer auf die Preise schauen müssen, um sicherzustellen, dass sie sich das leisten konnte, was sie hatte haben wollen. Es hatte sogar Zeiten gegeben, in denen sie nicht in bestimmte

Restaurants hatte gehen können, weil sie sich diese nicht leisten konnte. Jetzt konnte sie überall hingehen, wo sie wollte, jederzeit.

Es war verrückt. Sie sah Finanzdaten auf der Suche nach den geringsten Diskrepanzen fast auf den Pfennig genau durch und machte sich nicht einmal die Mühe, den Preis der Mahlzeit anzuschauen, die sie bestellte?

„Es geht nicht immer um den Preis", betonte Luke. „Ich bezweifle, dass du aufhören würdest, die Schokolade bei Gerard zu kaufen, wenn sie ihre Preise verzehnfachen würden."

„Woher wusstest du, dass ich Gerard mag?" Er wusste auch, dass sie die Kekse von Nadine mochte.

„Du vergisst, dass wir zusammengearbeitet haben. Es gab Zeiten, da bin ich an deinem Büro vorbeigegangen und habe dich eine Schokolade aus einer wohlbekannten silberfarbenen Schachtel essen sehen."

„Ich belohne mich gerne mit Schokolade."

Seine dunklen Augenbrauen hoben sich. „Um acht Uhr morgens?"

Sie zuckte mit den Schultern. „Es ist eine Belohnung für das frühe Aufwachen." Er lachte, und sie fuhr fort: „Du weißt nicht, wie es ist, wenn man pendelt. Manchmal hätte ich Charles am liebsten gebeten, kehrt zu machen." Selbst ein eigener Chauffeur änderte nichts an der Frustration, wenn man im Verkehr stecken blieb.

Sie stieß ihn an, als er ihr ein wissendes Lächeln schenkte. „Warte nur ab. Eines Tages wirst auch du in einem Vorort leben und dann wirst du verstehen, wie es sich anfühlt." Obwohl sich ihr bei dem Gedanken an ihn mit einer anderen Frau der Magen umdrehte, wollte sie nicht zu genau darüber nachdenken.

Luke grinste sie an, als jemand ihre Nummer aufrief. „Ich glaube nicht, dass wir uns Sorgen darüber machen müssen, dass das geschieht, es sei denn, du hast dich endlich entschieden, mich aus meinem Elend zu erlösen und mich zu heiraten."

Sie lachte, während sie ihm zum Tresen folgte. Sie hatte nicht gewusst, dass er so ein Witzbold sein konnte.

Nachdem sie ihre Speisen und Getränke bekommen hatten, gingen sie nach draußen und fanden in einem Park ganz in der Nähe eine leere Bank. Als ob ein wenig mehr Abstand zwischen ihnen helfen würde, die Anziehungskraft zu bekämpfen, die sie ihm gegenüber verspürte, legte sie die Tasche zwischen sich und ihn. Er folgte dem Beispiel und stellte ihre Wasserflaschen daneben. Sie nahm an, dass sie, obwohl sie beide bereitwillig die Speisen des Restaurants verzehrten, die Sauberkeit des Wasserspenders nicht testen wollten.

Der vertraute Geruch der Sandwiches stieg ihr verlockend in die Nase, als sie die Tüte öffnete. Sie wollte endlich herausfinden, ob das Sandwich in ihrer Vorstellung besser war als in der Realität oder nicht. Sie nahm die Sandwiches und schnitt sie dann vorsichtig durch, wobei sie versuchte, nicht zu viel Soße herauskleckern zu lassen. Dann wickelte sie eines in eine Serviette und reichte es Luke. „Viel Glück."

Es war gut, dass er keinen seiner Anzüge trug, denn dann hätte sie sich furchtbar gefühlt, wenn er sich bekleckert hätte. Sie wickelte eine weitere Serviette um die zweite Hälfte, nahm einen Bissen und stöhnte. Sie hatte vergessen, wie gut diese Barbecue-Sauce war. Das Sandwich war vielleicht weder BIO noch aus Vollkorn, aber, oh, wie sie es vermisst hatte. Sie nahm einen weiteren Bissen, dann noch einen.

Nach einer Weile merkte sie, dass von Luke kein Laut kam. Sie wischte sich den Mund ab. Als sie sich ihm zuwandte, erblickte sie einen merkwürdigen Ausdruck auf seinem Gesicht. Ihr schnürte sich die Kehle zu. Sie bezweifelte, dass die glamourösen Frauen, mit denen er ausging, ihn in heruntergekommene Bars brachten und kleckernde Sandwiches aßen. Und obwohl sie wusste, dass sie sich zu viele Gedanken machte, war sie sich der Situation plötzlich überdeutlich bewusst. Sie wollte ihn fragen, warum er nicht aß, als er eine Hand ausstreckte, um mit seinem Daumen über ihren Mund zu streichen. Ihr Herzschlag beschleunigte sich und sie schob seine Hand beiseite, um ihren Mund mit einer Serviette abzuwischen.

„Du isst ja gar nicht", murmelte sie.

Er sah aus, als würde er etwas sagen wollen, bevor er den Kopf schüttelte. „Ich habe nur an etwas gedacht."

Er hob sein Sandwich und etwas Soße tropfte auf seine Khakis. Ihre Wangen wurden rot, als sie ihr Sandwich beiseitelegte. „Es tut mir leid. Ich hätte sie besser einwickeln sollen." Sie öffnete ihre Tasche und holte ein feuchtes Tuch heraus, bevor sie sich ihm näherte. Sie zog den Stoff seiner Hose straff und wischte die Soße ab. Dann faltete sie das Tuch und rieb noch einmal über die Stelle, in der Hoffnung, den Fleck zu entfernen.

Nach ein paar Tupfern gab er ein kehliges Geräusch von

sich, ergriff ihre Hand und schickte elektrische Schauer über ihren Arm. „Lass mich das machen. Vielen Dank."

Ihre Wangen wurden rot, als sie plötzlich erkannte, wie nah sie seinem Penis gewesen war. „Natürlich", sagte sie, während sie das Tuch schnell losließ.

Während er den Fleck bearbeitete, nahm sie einen Schluck aus ihrer Wasserflasche und bemühte sich, ihn nicht anzuschauen. Angesichts der Richtung, in die ihre Gedanken in letzter Zeit abdrifteten, war sie sich sicher, dass sie auf etwas starren würde, das sie nicht begaffen sollte.

„So", sagte er einen Augenblick später.

Sie blickte nach unten und atmete erleichtert auf, als sie sah, dass der Fleck fast verschwunden war. „Zumindest sieht es besser aus", sagte sie. „Hoffentlich wird Maria mich nicht umbringen, wenn sie das sieht." Seine Haushälterin und seine Köchin führten ein strenges Regiment.

Er schnaubte. „Maria liebt dich. Wenn überhaupt, würde sie mir wahrscheinlich die Schuld geben." Er wickelte eine weitere Serviette um das Sandwich und als er es zum Mund führte, konnte sie nicht anders, als zu bemerken, wie groß seine Hände waren.

Sie zwang sich wegzuschauen und fühlte, wie ihre Kehle trocken wurde, als sie die Muskeln an seinem Hals arbeiten sah. Wie konnte sie finden, dass er sexy aussah, wenn er aß? Während sie ihre Aufmerksamkeit wieder auf ihr eigenes Sandwich richtete, verfluchte sie sich innerlich. Sie hatte ihn zum Mittagessen eingeladen, um zu versuchen, das zu retten, was sie hoffnungsvoll für den Beginn einer neuen Freundschaft gehalten hatte. Aber anstatt das zu tun, glotzte sie ihn an, als wäre er ihr Dessert. Verrückt. Sie war definitiv verrückt.

„Danke für das Mittagessen", sagte Sam, als sie wenige Stunden später aus dem Aufzug in ihrem Mehrfamilienhaus stiegen. Luke hob den Blick von ihrem perfekt geformten Hintern, sah, wie sie ihren Schlüssel aus der Tasche holte, und seufzte erleichtert auf. Gott sei Dank hatte sie ihn nicht erwischt, wie er sie angestarrt hatte. Er hätte wirklich nicht auf ihren Hintern schauen sollen, aber Himmel, diese Jeans stand ihr gut.

„Das war doch gar nichts", murmelte er, als er seine Hände in die Taschen schob.

Sam lachte, als sie ihre Tür öffnete. „Dein Nichts war der meiste Spaß, den ich seit Ewigkeiten gehabt habe."

Er lächelte und versuchte, sich das nicht zu Kopf steigen zu lassen. Wahrscheinlich langweilte sie sich, da sie die meiste Zeit zu Hause war. „Ich hatte auch Spaß." Nachdem sie gegessen hatten, hatten sie einen Spaziergang durch den Park der Universität gemacht und etwas daran hatte sich genau richtig angefühlt. Er wollte nicht, dass der Tag zu Ende ging. „Lass mich wissen, falls du jemals etwas im Büro benötigst, was dir bei deinen Investitionen hilft."

Sie hatte erwähnt, dass sie seinen Ratschlag befolgt und mit dem Handeln begonnen hatte. Er konnte nicht anders, als glücklich zu sein, dass sie nicht nur etwas tat, was sie liebte, sondern auch so viel von ihm hielt, dass sie seinen Vorschlag in Erwägung gezogen hatte. Obwohl er mit

Sicherheit seinerseits weit mehr über sie nachdachte, war es doch ein Anfang.

„Danke. Ich weiß es zu schätzen." Sie klimperte mit dem Schlüssel in ihrer Hand. „Also ... vielleicht wiederholen wir das ja irgendwann?" Ihr Lächeln ließ seine Brust allerlei verrückte Dinge tun und er merkte plötzlich, dass sie allein waren. Sein Blick fiel auf ihre Lippen und er musste den Drang unterdrücken, sie in die Arme zu nehmen und zu küssen. Er musste lediglich einen Schritt nach vorn tun und er könnte die süßen Lippen kosten, die er den ganzen Tag angeschaut hatte.

„Ich werde dir eine Nachricht schreiben." Er trat einen Schritt zurück und brachte etwas Abstand zwischen sie und sein wildes Verlangen. Er würde zweifellos etwas extrem Dummes tun, wenn er noch eine Sekunde länger bei ihr bliebe. Sie war einfach verlockender, als gut für ihn war. Er hatte gedacht, er könnte seine Gefühle in Schach halten. Während des Mittagessens hatte er auf irgendwelche Anzeichen geachtet, dass sie mehr von ihm wollte als nur Freundschaft, doch leider hatte es keine gegeben. Und obwohl er das erwartet hatte, tat die Enttäuschung immer noch weh.

„Alles klar."

Seine Brust schmerzte bei der Erkenntnis, dass er die Zeit, die er mit ihr verbrachte, begrenzen musste. Er konnte keine Einladungen zum Mittagessen von ihr mehr annehmen und sollte ihr auf keinen Fall eine Nachricht schreiben. Er würde nie über sie hinwegkommen, wenn er es täte.

„Ich sollte gehen", sagte er und nickte Richtung Gang.

„Ich habe noch einiges zu tun, um auf dem neusten Stand zu sein. Es war schön, dich wiederzusehen."

„Ja. Ich habe mich auch gefreut."

Er lächelte düster und ging.

* * *

Hey, hast du Lust, am Samstag auszugehen?

Lukes Brust zog sich zusammen, als er Sams Nachricht anschaute. Es war fast zwei Wochen her, dass sie zusammen zum Mittagessen gegangen waren, und auch wenn er froh war, dass sie es so genossen hatte, dass sie es wiederholen wollte, durfte er sich das nicht noch einmal antun. Er wollte mehr, als sie ihm geben konnte, und das wäre nicht fair ihnen beiden gegenüber.

Und doch zögerte er, ihr eine Absage zu schicken.

Vor einem Jahr war er bei der Gelegenheit, mehr Zeit mit ihr zu verbringen, ganz aus dem Häuschen gewesen. Es hatte keine Rolle gespielt, dass sie verheiratet war und er sich lediglich Freundschaft erhoffen konnte. Er hatte alles genommen, was er bekommen konnte. Aber jetzt, da Jason nicht mehr zwischen ihnen stand, reichte ihm Freundschaft nicht mehr. Er wollte *alles*.

Und da sie ihm nicht geben konnte, was er wollte, musste er aufhören, sich selbst etwas vorzumachen. Er musste sie ziehen lassen. Er würde nie über sie hinwegkommen, wenn er es nicht tat.

Die Enttäuschung setzte sich tief in seinem Bauch fest, aber er wusste, dass es das Richtige war. Er hatte sie nicht aus dem Kopf bekommen, als sie mit Jason verheiratet war, und jetzt, da sie Single war, war es geradezu unmöglich.

Tut mir leid, Sam. Ich bin beschäftigt.

Egal, wie sehr es schmerzte, er würde ihr seine Gefühle nicht aufdrängen. Was würde es schon bringen? Sie wusste bereits, was er für sie empfand, und sie war nicht interessiert.

Als klar wurde, dass er nichts weiter hinzufügen würde, antwortete sie eine Minute später.

Das ist okay. Ich hoffe, du hast ein schönes Wochenende!

Ja, klar. Als ob er ohne sie ein schönes Wochenende haben könnte. Er hatte sein Arbeitspensum verdoppelt, um seine Gedanken von ihr abzulenken, aber es hatte nicht funktioniert. Er dachte immer noch ständig an sie.

Er legte sein Telefon nieder und fuhr sich mit einer Hand übers Gesicht, während er weiter auf den Bildschirm starrte. Er hasste den Gedanken, dass er sie mit seiner Absage verletzt haben könnte, aber sich zu distanzieren war seine einzige Hoffnung, über sie hinwegzukommen.

KAPITEL ZWÖLF

Einen Monat später befand sich Luke gerade auf dem Weg zu seinem Büro, als Hank sich zu ihm gesellte.

„Peter arbeitet jetzt bei Blue Asset Management", sagte sein COO, als er ihm einen Ausdruck überreichte.

„Freut mich für ihn", antwortete Luke instinktiv, ohne stehen zu bleiben. Peter war nicht glücklich gewesen, als Luke George bevorzugt hatte, um Jasons Fonds zu führen, aber George war wirklich die bessere Wahl. Er war nicht nur der begabtere Analyst, sondern auch ein besserer Teamplayer. Er scheute sich nicht zu sagen, was er zu sagen hatte, und war immer bereit zuzuhören, wenn jemand nicht mit ihm übereinstimmte. Peter hingegen war ein Einzelspieler. Er behielt ständig Dinge für sich und machte sich nie die Mühe, jemandem mit einer gegensätzlichen Sichtweise Gehör zu schenken – vor allem den Nachwuchskräften nicht.

„Sollte es nicht", sagte Hank, und deutete mit dem Kinn

auf das Papier, das er Luke gegeben hatte. „Lies das bitte mal."

Seufzend blickte Luke auf den Artikel.

Top Harkin Manager tritt Blue Asset Management bei Scheiße.

Er überlegte, welche Kunden Peter betreut hatte und fluchte erneut, als ihm klar wurde, wie groß einige der betreffenden Konten waren. Das konnte er jetzt nicht gebrauchen.

„Zumindest wissen wir, dass wir uns davor bewahrt haben, einen großen Fehler zu machen, indem wir George gefördert haben", sagte er und versuchte, die Situation zu entschärfen. „Peter hatte nicht einmal den Mumm, seinen eigenen Fonds zu gründen."

Hank lächelte nicht. „Lies weiter", sagte er grimmig.

Luke richtete seinen Blick wieder auf den Artikel und ahnte Schlimmes, als er Sams Namen sah. Der Artikel unterstellte, dass Sam gegangen war, weil sie nicht mit der Richtung einverstanden war, in die er das Unternehmen steuerte. Zusammen mit dem Ausscheiden von Peter erweckte der Zeitungsartikel den Anschein, als würden die Leute das sinkende Schiff verlassen.

Mist.

Er hätte wissen müssen, dass es zu früh war, Sam auszuzahlen.

Er sah Hank an. „Was ist dein Plan?"

„Oh, jetzt habe ich also deine Aufmerksamkeit."

Luke seufzte. Hank ritt immer noch auf der Tatsache herum, dass Luke nicht früher bereit gewesen war, sich mit ihren Kunden zu treffen, obwohl er sich mittlerweile große

Mühe gab, diesen Fehler auszubügeln. „Wirst du mir das jetzt jedes Mal unter die Nase reiben?“

Hank grinste. „Wahrscheinlich. Du irrst dich fast nie. Ich muss das genießen, solange ich kann.“

Luke schüttelte den Kopf. „Du hast einen Plan, nicht wahr?“ Sein COO hatte immer einen Plan.

„Ja, aber er wird dir nicht gefallen“, warnte Hank, als sie in einen leeren Flur traten. „Am besten wäre es, wenn du und Sam zusammen an einer Art Gala oder Ball teilnehmen würdet, damit jeder sehen kann, dass es kein böses Blut zwischen euch gibt.“

Lukes Herzschlag beschleunigte sich bei dem Gedanken, Sam wiederzusehen. Er hatte sie nicht angerufen und ihr auch keine Nachricht geschickt, seit sie ihn das letzte Mal zum Mittagessen eingeladen hatte, aber sie geisterte ihm ständig im Kopf herum. Er fragte sich immer wieder, wo sie war, was sie tat, mit wem sie zusammen war …

„Du weißt ja, wie die Presse ist“, fuhr Hank fort. „Wenn sie bestimmte Leute eine Zeit lang nicht zusammen sehen, deutet das für sie auf Reibereien und Streit hin.“ Luke machte sich nicht die Mühe zu erwähnen, dass sie sich gemeinsam in der Öffentlichkeit gezeigt hatten. Die Presse hatte sie einfach nicht gesehen. „Hör zu, ich weiß, wie sehr du diese Dinge hasst, aber es ist viel besser, als wenn Sam einfach nur eine Stellungnahme abgibt.“

Luke nickte. „Ich werde sehen, was ich tun kann. Die Gala des Kinderhilfswerkes steht in Kürze an. Ich werde sie fragen, ob sie dafür schon eine Verabredung hat.“

„Wirklich? Das ist schon alles?“, fragte Hank ungläubig.

„Du wirst mir nicht sagen, dass Galas Zeitverschwendung sind? Dass du lieber mit Haien schwimmen würdest, als von einem Haufen Pressefuzzis interviewt zu werden?"

Lukes Lippen zuckten. Obwohl er solche Veranstaltungen hasste, würde er die Unbequemlichkeit gern auf sich nehmen, nur um eine Ausrede zu haben, Sam wiederzusehen. Er hatte sie seit Wochen nicht mehr gesehen, und ehrlich gesagt vermisste er sie so sehr, dass es wehtat.

„Nein. Ich werde nicht mit dir streiten", murmelte Luke. „Es ist ein guter Plan. Außerdem weiß ich jetzt, was passiert, wenn ich nicht auf dich höre. Wie geht es übrigens Barbara und den Kindern?"

Hank erstarrte und Luke wusste, dass er den Mann überrascht hatte. Seit er gemerkt hatte, dass seine Mitarbeiter mit ihm nicht zufrieden waren, hatte Luke sich bemüht, mehr mit ihnen zu sprechen. Aber er ahnte, dass seine Bemühungen nicht ausreichten, da die Leute immer noch überrascht waren, wenn er sich nach ihnen und ihren Familien erkundigte.

„Es geht ihnen gut", sagte Hank nach einem Moment. „Barbara und ich haben uns Sorgen gemacht, wie Nathan ein weiteres Kind in der Familie aufnehmen würde, aber er benimmt sich bereits wie ein großer Bruder. Gestern hat er mir erklärt, dass ich die Windel seines kleinen Bruders wechseln müsse, weil sie stinkt."

Luke lachte. Er erinnerte sich an die Zeit, als er die Windeln seiner Schwester hatte wechseln müssen, und wie dankbar er gewesen war, als Anna schnell herangewachsen war. „Wie alt ist Nathan?"

„Er wird nächsten Monat drei", sagte Hank und überraschte ihn damit. Das bedeutete, dass Nathan geboren worden war, nachdem Hank bei der Firma angefangen und Luke bis vor Kurzem nichts von dem Kind gewusst hatte.

Obwohl Sam gesagt hatte, dass Hank nicht zu den Leuten gehörte, die in jedem Gespräch ihre Familie erwähnten, schien es, als hätte er in den sieben Jahren, in denen sie bereits zusammenarbeiteten, sein Kind mindestens einmal erwähnen sollen. Er fragte sich automatisch, was er außerdem nicht wusste.

Hank schüttelte den Kopf. „Manchmal ist es schwer zu glauben, wie schnell die Zeit vergeht."

„Er wird schon bald die ersten Herzen brechen."

„Ich möchte im Moment nicht einmal an die erste Klasse denken."

Obwohl Luke nichts über Kinder wusste, war es schön jemanden dabei zu sehen, wie er Freude am Vater sein hat.

Er nickte Hank zu. „Danke, dass du mich über den Artikel informiert hast. Ich werde Sam gleich anrufen."

Aufgeregt ging er weiter und holte sein Handy hervor. Es war Wochen her, dass er Sams Stimme gehört hatte, und er sehnte sich danach. Er war abhängig von ihr wie ein Junkie und begriff plötzlich, dass es sinnlos war, sich von ihr fernzuhalten. Er hatte sie einfach nur noch mehr vermisst.

Das Telefon klingelte an seinem Ohr und er lächelte. In etwas mehr als einer Woche würde er Sam wieder in den Armen halten.

* * *

„Du hättest mich das bezahlen lassen sollen, Sam. Du hast schon das Abendessen und die Show übernommen."

Die Worte ihrer Schwester ärgerten Sam. Die Tatsache, dass Cindy dachte, dass es außergewöhnlich war, gemeinsam zu einer Show zu gehen, war ein Beweis dafür, wie sehr Sam es in den letzten Jahren zugelassen hatte, dass sie sich voneinander entfremdeten. Schlimmer noch war, dass ihre Mutter sie ausdrücklich gebeten hatte, Cindy im Auge zu behalten, als sie in die Stadt gezogen war. Und anstatt das zu tun, hatte Sam ihre Schwester praktisch sich selbst überlassen. Obwohl Cindy für sich selbst sorgen konnte, hätte Sam sich dennoch die Mühe machen sollen, ihre Schwester ab und zu auszuführen. Aber sie war so in Jasons Welt gefangen gewesen, dass sie darüber vergessen hatte, die Rolle der großen Schwester zu übernehmen. Komplett vergessen.

„Das ist nicht der Rede wert", murmelte Sam, als sie die Rechnung unterschrieb.

„Aber ich *will* einfach auch einmal bezahlen. Du machst und kaufst immer alles Mögliche für mich."

Sam lachte, als sie die beiden Latte Macchiato entgegennahm und das überfüllte Café nach einem leeren Tisch durchsuchte.

„Du weißt, dass das nicht stimmt", sagte sie und atmete erleichtert auf, als sie einen leeren Tisch weiter hinten entdeckte.

„Doch", widersprach ihre Schwester, während sie ihr folgte. „Du hast für mein Aufbaustudium bezahlt."

„Nur was nach den Stipendien noch offen war", sagte Sam, als sie die beiden Kaffeetassen vorsichtig auf dem

Tisch absetzte und Platz nahm, während Cindy das Gebäck auf den Tisch stellte.

„Du hast mir meine Traum-Espressomaschine gekauft und mich sogar auf eine Luxuskreuzfahrt geschickt."

„Das war für deinen Abschluss – bei dem ich übrigens nicht anwesend war." Sie hatte Jason zu einem Power-Frühstück begleitet, das länger gedauert hatte als erwartet. Da sie gewusst hatte, wie eng die Terminplanung gewesen war, hätte sie eigentlich nicht zu dem Frühstück gehen sollen, aber Jason hatte ihr versichert, dass sie die Abschlussfeier nicht verpassen würde.

Cindy winkte ab. „Was hättest du tun sollen? Du warst beschäftigt. Außerdem hast du es zum Festessen geschafft und das ist das Wichtigste."

Die Worte ihrer Schwester verstärkten Sams Schuldgefühle. Sie war Cindy eine derart schlechte Schwester gewesen, dass es ihr zum Zeitpunkt ihres Abschlusses so ziemlich klar gewesen war, dass sie nichts von Sam erwarten konnte. Denn wie zur Hölle konnte ein Abendessen der wichtigste Teil eines Abschlussfestes sein?

Sam erinnerte sich daran, wie sie stundenlang geredet hatten, als sie aufs College gekommen war. Sie waren sich damals so nah gewesen und heutzutage hatte sie Glück, wenn sie einmal in der Woche miteinander sprachen.

Sam lehnte sich zu ihrer Schwester. „Ich weiß einfach, dass ich dir in den letzten Jahren eine ziemlich beschissene Schwester gewesen bin, und es wiedergutmachen möchte."

Nun, da sie mit klarem Verstand auf ihr Leben blicken konnte, erkannte sie, wie sehr sie zugunsten ihrer Beziehung zu Jason die Verantwortung gegenüber ihren

Freunden und ihrer Familie vernachlässigt hatte – wie sehr sie sich von seiner Welt gefangen genommen lassen hatte. Und sie war nicht stolz darauf.

Cindy schüttelte den Kopf. „Du bist zu hart zu dir selbst. Du warst immer da, wenn es darauf ankam."

Sam war sich dessen nicht ganz sicher, aber sie wollte von nun an eine bessere Schwester sein – und nicht nur dann, wenn es *ihr* gerade in den Kram passte.

„Warte mal. Ist das dein Motiv für heute Abend? Wiedergutzumachen, dass du mich vernachlässigt hast?"

„Ich wollte mir auch das Musical anschauen", log Sam und Cindy lachte.

„Ich hätte wissen sollen, dass etwas dahintersteckt, als du mich eingeladen hast. Ich weiß, wie sehr du Musicals hasst, aber ich konnte nicht Nein sagen. Ich wollte mir das Stück schon seit Ewigkeiten ansehen, aber die Tickets sind so teuer."

Sam ahnte, dass dies eine weitere gute Sache war, die ihre Ehe mit sich brachte. Sie konnte teure Broadway-Tickets kaufen und ihre Schwester damit bestechen, Zeit mit ihr zu verbringen. Sam nahm einen Schluck von ihrem Kaffee und seufzte. Der war wirklich gut. „Wie heißt dieses Café gleich noch mal?"

„Deux Pains", antwortete Cindy. „Warum?"

Kopfschüttelnd nahm Sam ihr Handy zur Hand und machte sich schnell eine Notiz darin. „Ich habe mich nur gefragt, ob es sich um eine Aktiengesellschaft handelt oder nicht." Achselzuckend steckte sie ihr Handy wieder in die Tasche. „Es liegt nicht nur an der guten Lage, dass es so überfüllt ist", sagte sie, während sie ihren Blick über die

Tische schweifen ließ und die bunte Menschenmenge betrachtete. Das Café war für alle da, von Studenten bis hin zu Geschäftsleuten. „Der Kaffee – und ich nehme auch an, das Essen – ist wirklich gut." Es waren Unternehmen wie diese, die das Potenzial hatten zu wachsen.

„Du kannst es einfach nicht lassen, oder?", sagte Cindy lachend. „Sogar wenn du isst, arbeitest du."

„Sorry. Ich habe angefangen, ein wenig zu investieren." Als sie sich daran erinnerte, dass ihre Schwester Luke ein paar Mal begegnet war, fragte sie sich plötzlich, was ihre Schwester von ihm hielt, bevor sie den Gedanken schnell abschüttelte. Es war egal, was Cindy von Luke hielt, weil Sam Luke nicht wiedersehen würde.

„Oh! Das ist genial! Kann ich anfangen, den Leuten von dir zu erzählen?"

„Entschuldige. Was?"

„Von deinen Investitionen", stellte Cindy klar. „Die Leute – wie zum Beispiel die Jacksons – fragen immer nach Investitionen mit Harkin, aber da ich weiß, dass sie die Anforderungen für den Hedgefonds nicht erfüllen, sage ich ihnen einfach, dass er für neue Kunden geschlossen ist."

Sam lächelte über die Bedächtigkeit ihrer Schwester. Sie hatte die Wahrheit gesagt, ohne die Gefühle von irgendjemandem zu verletzen. Die SEC hatte strenge Regeln, wer in Hedgefonds investieren konnte, unter Berücksichtigung des Nettovermögens und der Gehälter der jeweiligen Personen. Sie wollten sicherstellen, dass die Investoren die Risiken, die sie eingingen, kannten und bewältigen konnten. Und obwohl Sam wusste, dass das, was die Nachbarn ihrer Eltern zu investieren bereit waren, für diese kein kleiner Betrag war, bezweifelte sie sehr, dass das Rentnerehepaar die Anforderungen der SEC erfüllen würde.

„Dann fragen sie mich nach Aktientipps, wovon ich absolut keine Ahnung habe." Cindy zuckte mit den Achseln und deutete auf Sam. „Es wäre toll, wenn ich sie an dich verweisen könnte."

„Das kann ich nicht machen. Ich mache das jetzt erst seit knapp einem Monat." Sogar Luke und Jason hatten für ein paar Jahre lediglich ihr eigenes Geld investiert, bevor sie begonnen hatten, das Geld anderer Leute zu verwalten.

Aber die Idee war auf jeden Fall faszinierend. Sie liebte den Gedanken, eine hart arbeitende Familie zu unterstützen, ihre Ersparnisse zu vergrößern, anstatt den reichen Kunden des Hedgefonds zu helfen, noch reicher zu werden.

„Aber ist das nicht das, was du bei Harkin gemacht hast?"

„Ich habe Unternehmen recherchiert, aber die Käufe und Verkäufe habe ich nie wirklich gemanagt."

„Ich dachte immer, das wäre der leichte Teil."

„Ich werde darüber nachdenken", versicherte Sam. Es war eine Sache, mit ihrem eigenen Geld zu handeln, um zu sehen, ob sie ein anständiges Einkommen erzielen könnte, und eine ganz andere, die Lebensersparnisse von jemand anderem zu verwalten. Sie müsste einen viel konservativeren Weg gehen als den, den sie für sich selbst wählen würde, wenn sie sich dazu entschloss. Obwohl ihr Portfolio größtenteils mit stabilen Unternehmen gefüllt war, hatte sie auch ein paar Joker darin, die großes Potenzial nach oben … und auch nach unten hatten.

Sie musste sehen, wie ihre Investitionen sich entwickelten, und sich überlegen, dass sie dies wirklich tun wollte, bevor sie sich bereit erklärte, mit dem Geld von jemand anderem zu handeln. „Aber in der Zwischenzeit sagst du ihnen, dass sie in Indexfonds investieren sollen." Historisch gesehen war dies der beste Weg. Nur die Besten der Besten konnten den Markt Jahr für Jahr schlagen.

„Glaube mir, das habe ich schon, aber du weißt ja, wie die Menschen sind."

Sie nickte. „Ich weiß. Die Leute sind immer darauf bedacht, so schnell wie möglich Geld zu machen –" Sie wurde durch das Klingeln ihres Telefons unterbrochen und seufzte. Das war hoffentlich keine weitere Reporterin, die ihre neue Nummer herausgefunden hatte, denn dann würde sie ausrasten.

Sie nahm ihr Handy zur Hand und fühlte, wie ihr Herz einen Schlag aussetzte, als sie Lukes Namen sah. Obwohl er ihr ständig im Kopf herumspukte, hatten sie nicht wirklich mehr miteinander gesprochen, seit er ihre Einladung zum Mittagessen abgelehnt hatte. Das Seltsame war, dass sie eigentlich gedacht hatte, er hätte das gemeinsame Ausgehen genossen, aber da hatte sie sich offensichtlich geirrt.

„Willst du nicht rangehen?", fragte Cindy.

Sam wusste, dass sie ein Feigling war, aber sie hasste es, dass er sie so durcheinanderbrachte. Sie sollte eigentlich über Männer hinwegkommen, doch stattdessen schien sie sich gleich in den nächstbesten Kerl verliebt zu haben.

„Ich – natürlich." Es könnte etwas im Büro oder ein Problem mit einer der Spenden sein. „Es tut mir leid", murmelte sie und deutete auf das Telefon. „Es ist Luke."

Cindy winkte ab. „Natürlich."

Sam lächelte dankbar, drückte sich das Telefon ans Ohr und meldete sich. „Hallo, Luke."

„Hey, Sam. Hast du schon eine Verabredung für die Gala des Kinderhilfswerks?", fragte er ohne Einleitung. Sie musste lächeln. Das sah ihm so ähnlich. Er kam immer direkt zum Punkt, ohne seine Zeit mit Small Talk zu verschwenden.

„Nein." Eigentlich hatte sie nicht zur Gala gehen wollen. Da daran aber größtenteils ihre Angst schuld war, auf eine der Frauen zu stoßen, mit denen Jason eine Affäre hatte, hatte sie sich letztendlich doch dazu durchgerungen. Nicht, dass sie Carla konfrontieren wollte. Sie musste sich einfach beweisen, dass sie sich nicht versteckte. Außerdem erwarteten ihre Schwiegereltern, dass sie dort sein würde. Es sollte eine Art Ehrung für Jason geben.

„Wollen wir zusammen dorthin gehen?"

Ihr Herz hüpfte bei dem Gedanken, Luke wiederzusehen, bevor sie die Stirn runzelte. „Aber du hasst diese Veranstaltungen." Der einzige Grund, warum er in der Vergangenheit ähnliche Veranstaltungen besucht hatte, bestand darin, dass Jason ihm quasi die Pistole auf die Brust gesetzt hatte. Nun, da Jason weg war, hatte sie angenommen, er würde all seine Smokings verbrennen.

„Ja, aber Jason soll im Laufe des Abends geehrt werden", sagte er.

Natürlich. Es war verrückt anzunehmen, dass seine

Einladung etwas mit ihr zu tun hatte. Er hatte mehr als deutlich gemacht, dass er kein Interesse daran hatte, mit ihr befreundet zu sein.

Es entstand eine kurze Pause, bevor er hinzufügte: „Außerdem hatte ich gehofft, die Gerüchte zu zerstreuen, dass es irgendwelche Reibereien zwischen uns gäbe."

„Was für Gerüchte?"

„Dass du gegangen bist, weil du mit der Art und Weise, wie ich das Unternehmen leite, nicht einverstanden warst. Es gab einen Artikel in der *Times*."

Schuldgefühle überkamen sie bei dem Gedanken, dass er dieses Problem nicht gehabt hätte, wenn sie bei Harkin geblieben wäre. „Das tut mir so leid, Luke." Sie hätte nicht darauf drängen sollen, das Unternehmen zu verlassen, aber sie war verzweifelt gewesen.

„Entschuldigen Sie", unterbrach sie eine Stimme. „Darf ich diesen Stuhl nehmen?"

Sam schaute auf und ihr Blick fiel auf einen Mann im Anzug, der auf den Stuhl neben ihr deutete. Cindy legte das Croissant, das sie aß, auf den Teller und antwortete: „Ja", als Luke fragte: „Wer ist das?"

Ein Schauer lief Sams Wirbelsäule herunter. Bildete sie sich das nur ein oder klang er eifersüchtig?

Der Gedanke hatte sich kaum geformt, als sie sich bereits selbst verfluchte. Ihr sollte der Gedanke, dass er eifersüchtig war, nicht gefallen, denn das war er nicht. Warum konnte sie das nicht in ihren Dickschädel bekommen?

„Es ist nur ein Typ von einem anderen Tisch", sagte sie beiläufig. „Aber all das tut mir wirklich leid. Ich hätte nicht so energisch sein sollen, als es darum gegangen ist, mich auszubezahlen."

„Ist schon in Ordnung. Ich hätte an deiner Stelle wahrscheinlich dasselbe getan." Die Tatsache, dass er versuchte, ihr ein besseres Gefühl zu geben, machte es noch schlimmer. Aber sie ahnte, dass er genau so jemand war. Sie war einfach all die Jahre zu blind gewesen, um es zu sehen. „Himmel. Es tut mir leid, Sam, aber ist das nicht Carlas Spendengala? Vergiss, was ich gesagt habe. Ich möchte nicht, dass du dich unwohl fühlst."

„Mach dir keine Sorgen", versicherte sie ihm. „Ich wollte trotzdem hingehen, und ich würde lieber mit dir gehen, wenn ich die Wahl hätte." Egal, wie sehr sie sich einzureden versuchte, dass es egal war, dass eine der Frauen, mit der Jason geschlafen hatte, bei der Gala sein würde – es stimmte einfach nicht und es wäre schön, nicht allein dort auftauchen zu müssen.

„Danke, Samantha. Ich weiß das sehr zu schätzen."

„Willst du, dass ich eine Art Stellungnahme abgebe?"

„Nein. Ich gehe davon aus, dass es ausreichen sollte, gemeinsam zur Gala zu erscheinen, um Gerüchte zu zerstreuen. Eine Stellungnahme wäre übertrieben."

Er hatte wahrscheinlich recht. Eines der Dinge, die sie als Analystin beobachtete, war, wie das Management eines Unternehmens mit bestimmten Situationen umging. Wenn es so aussah, als ob sie etwas überkompensieren würden, dann in der Regel, weil sie genau das taten.

„Ist alles in Ordnung?", fragte Cindy, als sie eine Minute später aufgelegt hatte.

Seufzend legte Sam ihr Telefon beiseite. „Luke steckt in

Schwierigkeiten, weil ich Jasons Hälfte der Firma an ihn verkauft habe."

„Mist."

„Ja. Er hofft, dass es dazu beitragen wird, die Gerüchte zu zerstreuen, wenn die Presse uns bei einer Gala zusammen sieht."

Cindy lachte. „Warum sollte es gut für ihn sein, wenn du dich in der Öffentlichkeit abfällig über ihn äußerst?"

„So etwas mache ich nicht."

Ihre Schwester zuckte mit den Schultern. „Normalerweise nicht, aber Luke ist eine Ausnahme. Ich habe ihn nur ein paar Mal getroffen, und meistens hattest du etwas Schlechtes über ihn zu sagen, oder sogar zu ihm."

Sam zuckte bei der Erinnerung daran zusammen, wie schlecht sie Luke über die Jahre behandelt hatte. Sie hatte gedacht, er wäre der Bösewicht, obwohl er in Wirklichkeit der Beste der Besten war.

„Ich habe einen Fehler gemacht", gab sie zu. „Er ist ein guter Kerl."

„Das bezweifle ich, aber ich verstehe es. Du warst noch nie die Art von Person, die etwas Schlechtes über jemanden sagt, bis auf diesen Luke. Es war nur eine Frage der Zeit, bis du wieder zu deinem normalen Selbst zurückkehrst. Ich bin nur überrascht, dass es so lange gedauert hat. Und jetzt iss dein Croissant. Ich will nicht zu spät zu der Show kommen."

Sam aß schnell ihr Croissant und leerte ihre Tasse, aber als sie das Café verließen, beschlichen sie Schuldgefühle. Es schien, als ob sie nichts richtig machen konnte, was Luke betraf. Erst hatte sie ihn einen Lügner genannt. Dann hatte sie mit ihm geschlafen. Und als ob das nicht schon genug wäre, hatte sie ihn praktisch gezwungen, ihren Anteil aufzukaufen.

Sie hoffte von ganzem Herzen, dass die Gala die Gerüchte zerstreuen würde. Sie hasste es, an all die Schwierigkeiten zu denken, die sie ihm bereitet hatte, während sie selbst ohne große Probleme aus allem herausgekommen war. Sie schaute ihre Schwester an und seufzte, als sie die Begeisterung in Cindys Augen sah, als sie das Theater betraten. Zumindest hatte sie etwas richtig gemacht.

KAPITEL DREIZEHN

Er hätte Sam nicht zur Gala einladen sollen.

Luke verfluchte sich innerlich, als er in Sams Wohnhaus aus dem Aufzug stieg. Er hätte ihr nur erlauben sollen, eine Art Stellungnahme abzugeben. Stattdessen hatte er sofort die Chance ergriffen, Zeit mit ihr zu verbringen. Es schien keine Rolle zu spielen, dass sie sich nicht auf romantischer Ebene für ihn interessierte und dass er sich nur selbst etwas vormachte – in der Hoffnung auf etwas, das nicht passieren würde. Die unverblümte Wahrheit war, dass er sie vermisst hatte.

Und dieser Wunsch, sie wiederzusehen, brachte ihn dazu, verrückte Dinge zu tun. Wenn er zu einer Gala ging, schnappte er sich normalerweise meist den erstbesten Smoking, den er in seinem Schrank fand. Aber wegen Sam legte er Wert auf sein Äußeres. Vielleicht lag es daran, dass sie es gewohnt war, Jason zu begleiten, der sich immer herausgeputzt hatte. Und weil Luke gut für sie aussehen wollte, hatte er sich einen neuen Smoking und Schuhe gekauft, obwohl er viele sehr gute zu Hause hatte.

Er schüttelte den Kopf über seine Dummheit und klopfte an ihrer Wohnungstür. Das war das letzte Mal, dass er so etwas tat. Es war zu viel Aufwand und wofür? Jemanden zu beeindrucken, der ihm schon klar gemacht hatte, dass er nicht mit ihm zusammen sein wollte?

Verrückt. Er war definitiv verrückt.

Einen Augenblick später öffnete sich die Tür. Seine Kehle wurde bei ihrem Anblick trocken. Sie trug ein schönes weißes Kleid, das ihr von den Schultern auf die Zehen hinabfiel und ihre Kurven an den richtigen Stellen betonte. Es schmerzte, sie wieder in den Armen zu halten, und er war plötzlich dankbar, dass er sich heute Abend mit seinem Aussehen besondere Mühe gegeben hatte. Himmel, er würde hundertmal in einen Laden gehen und dumme Smokings anprobieren, nur um sie für fünf Minuten zu halten. Als er sich daran erinnerte, wie gut ihr Körper sich an seinem anfühlte, seufzte er. Er war sich nicht sicher, wie er es durch den Abend schaffen würde, ohne etwas zu tun, was er nicht tun sollte.

Sams Atem stockte angesichts der Hitze in Lukes Augen, als er ihr Kleid betrachtete. Er sah sie an, als wäre sie ein Dessert – eines, das er sehr gerne verschlingen würde. Obwohl sie gehofft hatte, dass ihm das Kleid gefallen würde, hätte sie nie gedacht, dass er so darauf reagieren könnte, und war plötzlich dankbar, dass sie sich für den unbekannten Designer entschieden hatte. Luke blinzelte und die Hitze in seinen Augen verschwand und wich einem kühlen, leidenschaftslosen Blick.

„Bist du soweit?", fragte er.

Sie seufzte. Was hatte sie sich erhofft? Dass er sie anschaute, sie in die Arme nahm und sie so küsste, wie er es vor zwei Monaten getan hatte? Dass er ihr nicht widerstehen und sie ins nächste Schlafzimmer zerren würde? Sie hätte gelacht, wenn es nicht so traurig gewesen wäre. Der einzige Grund, warum er heute Abend bei ihr war, bestand darin, dass er ein Gerücht zerstreuen wollte – nicht, weil er ein Date mit ihr wollte. Und das sollte sie besser nicht vergessen.

„Ja", murmelte sie und versuchte, den Schmerz nicht allzu nah an sich heranzulassen. Sie wusste nicht, warum sie enttäuscht war. Es war ohnehin nicht so, als wäre sie bereit für eine Beziehung. Ein neues Kleid zu kaufen, um ihn zu beeindrucken, war eine verrückte Idee gewesen, da sie schon genug Kleider für ein ganzes Leben hatte.

„Ich hole nur schnell meine Tasche." Sie ließ die Tür los und entfernte sich, um ihre Tasche zu holen. „Also … hast du einen Plan für heute Abend?", fragte sie, als sie wieder bei ihm war und versuchte, nicht darüber nachzudenken, wie gut er in seinem Smoking aussah. Sie liebte Männer in Smokings und Luke sah toll in seinem aus. Die Jacke schmiegte sich an seine breiten Schultern und sie konnte nicht umhin, sich daran zu erinnern, wie stark diese Muskeln sich angefühlt hatten, als sie ihre Hände darüber wandern hatte lassen.

Er zog seine dunklen Augenbrauen in die Höhe. „Plan?"

Ihre Wangen brannten – als könnte er ihre Gedanken lesen – und sie zwang sich, ihren Blick von diesen Schultern abzuwenden und ihm in die Augen zu schauen. „Du weißt schon, Leute, mit denen du sprechen willst." Sie zuckte mit den Schultern. „Menschen, denen du aus dem Weg gehen willst …"

„Nicht wirklich, obwohl Hank mir gesagt hat, ich solle mich zugänglicher zeigen."

Sie konnte sich nur zu gut vorstellen, wie dieses Gespräch verlaufen sein musste. Vor Jasons Tod hatte Luke sich stets bemüht, ihren Kunden auszuweichen. Er wollte keine Zeit mit dem verschwenden, was er als Händchenhalten bezeichnete, wenn er Wichtigeres zu tun hatte.

„Nicht, dass es wirklich wichtig ist", fuhr er fort, als sie sich auf den Weg zur Tür machten. „Die Leute scheinen mich bei diesen Veranstaltungen ohnehin immer zu finden. Wie ist es mit dir? Irgendwelche CEOs oder CFOs, die du sprechen willst?"

Gerührt, dass er sich daran erinnerte, dass sie begonnen hatte, auf eigene Faust zu investieren, lächelte sie. „Nein. Ich habe persönliche Gründe. Jasons Eltern erwarten, dass ich dabei bin."

Aber dieses Jahr wäre das letzte Mal, dass sie so etwas mitmachte. Nur weil sie ihnen nicht von Jasons Affären erzählen wollte, bedeutete das nicht, dass sie Lust hatte, für immer die trauernde Witwe zu spielen. Sie brauchte Zeit und musste sich von all dem befreien, um sich wiederzufinden.

„Hast du in letzter Zeit mit ihnen gesprochen?", fragte Luke, als sie die Tür zu ihrer Wohnung verschloss.

„Jessica ruft etwa einmal pro Woche an." Das war viel besser, als wenn sie jeden Tag zu Besuch käme. Sam liebte ihre Schwiegermutter, aber sie hatte keine Lust mehr, weitere Geschichten über deren geliebten Sohn zu hören.

Luke seufzte. „Ich weiß, dass ich sie besuchen sollte, aber ich war beschäftigt."

Sam winkte ab. „Ich bin sicher, dass sie es verstehen. Außerdem wirst du sie heute Abend sehen. Sie werden dir bestimmt dankbar sein, wenn sie von dem neuen Krankenhausflügel hören, der nach Jason benannt wird."

„Ich habe nur Jasons Spenden in seinem Sinne verwaltet", sagte er und Sams Lippen kräuselten sich.

Sie wusste, dass er viel mehr gespendet hatte, als Jason es normalerweise getan hätte, ansonsten würden sie keinen Krankenhausflügel nach Jason benennen. Aber wie immer war Luke bescheiden.

„Lass mich wissen, wenn es dir heute Abend zu viel wird. Ich kann so tun, als müsste ich zur Arbeit gehen, und sagen, dass du angeboten hast zu helfen."

Sie lachte. „Ich erinnere mich vage daran, dass du deine Arbeit bereits letztes Jahr und möglicherweise im Jahr davor als Ausrede benutzt hast, um früher zu gehen." Er verschwand oft, sobald sich alle begrüßt hatten.

Luke zuckte mit den Schultern. „Hey, es funktioniert. Lass mich einfach wissen, wenn du raus willst, okay?"

Die Tatsache, dass Luke bereit war, sich nach ihr zu richten, milderte einige ihrer Bedenken darüber, wem sie heute Abend begegnen könnte. Es war beruhigend zu wissen, dass sie jederzeit gehen konnte.

„In Ordnung. Vielen Dank."

* * *

Sam blieb wie angewurzelt stehen, als sie den glitzernden Ballsaal betraten und sie all die schönen Frauen dort sah. *Mit wie vielen von ihnen hatte Jason geschlafen?*

Ihr wurde plötzlich schlecht, als sie sich an all die Namen und Bilder erinnerte, die sie auf seinem Handy gesehen hatte. Sie war nicht bereit dafür. Sie war kurz davor, sich umzudrehen und zu flüchten, als Luke seinen Arm um sie legte und murmelte: „Willst du etwas trinken?"

Sein heißer Atem kitzelte ihre Haut und jagte ihr einen Schauer über die Wirbelsäule, und sie war dankbar für die Gelegenheit, sich auf etwas anderes als ihre stürmischen Gedanken konzentrieren zu können.

„Sicher." Ein Abend. Alles, was sie tun musste, war, den heutigen Abend zu überleben und sie würde sich nicht zwingen, so etwas jemals wieder zu tun.

Ohne seinen Griff zu lockern, führte Luke sie zur Bar im hinteren Teil des Raumes. Obwohl sie wusste, dass es nur ein PR-Stunt war, lächelte sie bei dem Gedanken daran, dass er sie nicht einfach so allein lassen würde, wie Jason es bei diesen Veranstaltungen immer getan hatte. Jason hatte oft gesagt, dass er ihnen Getränke holen würde, doch dann war er in ein Gespräch hineingezogen worden und hatte sie vergessen, bis es Zeit für das Abendessen gewesen war.

Einige Gäste blieben stehen, um sie und Luke zu

begrüßen. Ein paar mitleidige Blicke trafen sie, aber nicht so viele, wie sie erwartet hatte. Die meisten von ihnen wollten Luke über Harkin ausfragen oder sich erkundigen, was er von einer bestimmten Branche oder Firma hielt. Es dauerte nicht lange, bis sie merkte, dass sein Griff um sie immer dann fester wurde, wenn sich jemand Neues näherte. Es war, als ob er Kraft von ihr schöpfte oder versuchte, sich an den Grund zu erinnern, warum er hier war, falls er den Drang verspürte, jemanden anzufauchen.

Sie konnte sich nur vorstellen, wie dünn sein Geduldsfaden sein musste. Sie hatte ihn in den letzten Wochen bei Harkin bei mehr Kundenbesprechungen gesehen als in all den Jahren, in denen sie im Unternehmen gearbeitet hatte. Und als ob das nicht genug wäre, musste er nun auch noch an diesen Veranstaltungen teilnehmen und Small Talk machen.

Es war so anders als das, was sie von ihm gewohnt war, und sie konnte nicht umhin, ihn für all das zu bewundern, was er tat, um Harkin zu retten. Während andere Hedgefonds-Manager ihre Unternehmen einfach verkleinert hätten, ohne an die Leute zu denken, die ihren Arbeitsplatz verlieren würden, schrieb Luke wahrscheinlich schon rote Zahlen. Sie bezweifelte, dass die Verwaltungsgebühren, die sie in diesem Jahr erhalten würden, die Gehaltsabrechnungen decken würden, und doch hatte er keine einzige Person entlassen.

Sie wusste, dass er versuchte, das wieder reinzuholen, was sie verloren hatten, und hoffte, dass er erfolgreich war. Sie kannte niemanden, der es mehr verdiente.

Gerade hatten sie sich ihre Getränke geholt, als eine

Frau in einem weit ausgeschnittenen schwarzen Kleid gegen Luke stieß. Die Hände der Blondine legten sich auf seine Brust und Sam entging nicht die Serviette, die die Frau in die Tasche seines Smokings steckte, als sie ihn tätschelte.

„Entschuldigung", murmelte sie, während sie Luke mit einem Schlafzimmerblick ansah und ihre Hände seinen Smoking hinunterwandern ließ. Darauf blickte die Frau Sam an, als ob sie sie nicht als Bedrohung sah, wandte ihre Aufmerksamkeit wieder Luke zu und sagte: „Ruf mich an", bevor sie sich mit verführerisch wippenden Hüften entfernte.

Eifersucht nagte an Sam. Auch wenn Luke diese Frau nicht anrufen würde, war ihr klar, dass es viele andere wunderschöne Frauen gab, die sich für ihn interessierten – und viele von ihnen befanden sich in diesem Raum. Ihr waren die Blicke, die sie ihm heute Abend zugeworfen hatten, nicht entgangen.

Sie hatten sich nicht einmal die Mühe gemacht, ihr Interesse zu verbergen, und sie dachte automatisch, dass es genau wie bei Jason war. Doch dieses Mal war sie sich bewusst, was vor sich ging, anstatt sich einzureden, dass ihr Mann ihr treu war.

„Sorry", sagte Luke.

Sam winkte ab. „Schon gut."

Gott sei Dank hatte sie sich nicht bereit erklärt, weiterhin mit ihm auszugehen, denn dann hätte ihre Eifersucht sich noch verstärkt. Egal, was sie für Luke empfand, seitdem sie miteinander geschlafen hatten, war es nicht so, als hätte sie einen Anspruch auf ihn.

Er hatte ihr vorgeschlagen auszuprobieren, eine Beziehung mit ihm zu führen, und sie hatte sich geweigert. Also sollte sie nicht eifersüchtig sein, wenn er sich entschloss, sich mit der Frau zu treffen, die heute Abend gegen ihn geprallt war. Innerlich stöhnte sie über ihre eigene Dummheit. Was dachte sie sich überhaupt? Sie hatte die Frau gesehen. Es stand außer Frage, dass er sie anrufen würde, es war lediglich unklar, wann.

„Willst du sehen, was versteigert wird?", fragte Luke.

„Du musst mich nicht babysitten." Sie war sich sicher, dass er bessere Dinge zu tun hatte, als den ganzen Abend bei ihr zu bleiben, aber sie schätzte seine Bemühungen. Er wollte sie wahrscheinlich vor Carla schützen, aber sie wollte niemandem ein Klotz am Bein sein – schon gar nicht ihm. „Ich bin sicher, dass die Presse draußen genug Bilder von uns geschossen hat", fuhr sie fort. Niemand würde jetzt noch glauben, dass sie Streit hatten.

„Brichst du jetzt schon dein Versprechen?"

„Welches?"

„Das du heute Abend mein Date bist."

Sie lachte über die unerwartete Frage. Er ließ es so aussehen, als wäre es ein Privileg, bei ihr zu sein, wenn es in Wirklichkeit umgekehrt war. In dem Moment wurde ihr klar, was sie aufgegeben hatte, als sie mit ihm geschlafen hatte. Sie hätte wirklich einen Freund wie ihn gebrauchen können. Er war freundlich und umsichtig und nicht hinterhältig. Er nannte die Dinge immer beim Namen, auch wenn man es nicht hören wollte.

Schade, dass sie an Sex denken musste, wann immer sie ihn ansah.

„In Ordnung", sagte sie und nickte. „Dann lass uns gehen. Schauen wir uns die Auktionsstücke an."

Hoffentlich hatte Madeline José Patron dazu bringen können, einen Gutschein für eine private Kochstunde zu spenden. Es wäre ein wunderbares Geburtstagsgeschenk für Cindy. Ihre Schwester liebte seine Show.

Entschlossen, damit aufzuhören, von Luke besessen zu sein und sich Gedanken darüber zu machen, ob er die Frau heute Abend mit nach Hause nehmen würde, gelobte Sam, die Kochstunde zu ersteigern.

* * *

„Samantha."

Sam versteifte sich bei der vertrauten Stimme. Es war Tom Williams – Carlas Ehemann. Da sie wusste, dass sie den Mann nicht ignorieren konnte, entschuldigte sie sich bei Jasons Eltern. Sobald sie sich umdrehte, wurde sie in eine feste Umarmung gezogen. Sein starkes Aftershave kitzelte in ihrer Nase und sie trat schnell einen Schritt zurück, bevor sie niesen musste.

„Hallo, Tom."

„Es ist schön, dich zu sehen, Sam", sagte er, während er sie anlächelte. „Carla und ich hatten befürchtet, dass du dieses Jahr nicht kommen würdest."

Sam stöhnte innerlich. Bei all ihren Gedanken, die sie sich über den heutigen Abend gemacht hatte, hatte sie nicht einmal darüber nachgedacht, ob sie Tom von Carla erzählen sollte oder nicht. Wenn man bedachte, wie nett er zu ihr war, bezweifelte sie, dass er von der Affäre wusste. Aber gleichzeitig wollte sie es Carla auch nicht schwer machen. Obwohl sie nur eine von vielen Frauen war, mit denen Jason sich getroffen hatte, mochte Carla vielleicht wirklich etwas für Jason empfunden haben. Wenn Tom nicht schon von der Affäre wusste, könnte Sam Carla zusätzlich zu dem Herzschmerz, den sie bereits ertragen musste, noch mehr Ärger bereiten.

Aber was wäre, wenn sie eine Serienfremdgeherin wie Jason war? Oder was wäre, wenn Tom und Carla eine offene Ehe führten?

Sie wusste nicht, warum sie überhaupt Rücksicht auf Carla nahm, da Carla offensichtlich nie dasselbe für sie getan hatte, und plötzlich wünschte sie, sie wäre einfach zu Hause geblieben, anstatt sich selbst beweisen zu wollen, dass sie sich nicht verstecken musste. Sie nahm nicht einmal gern an diesen Veranstaltungen teil, aber sie hatte nicht gewollt, dass sie aufgrund Jasons Untreue noch mehr verlor, als es bereits der Fall war.

„Ich fühle mich schon schlecht, dass ich Jasons Aufgaben nicht übernehmen konnte", sagte sie und spürte plötzlich großen Respekt vor Luke, dass er den Mut gehabt hatte, ihr zu sagen, dass Jason sie betrog. Sie und Luke waren noch nicht einmal wirklich Freunde gewesen, als er es ihr gesagt hatte, und doch hatte er es getan und dabei für sie den Zorn seines besten Freundes riskiert.

Wenn sie ihm doch nur geglaubt hätte.

„Oh. Mach dir darüber keine Sorgen", sagte Tom. „Wir stellen dieses Event inzwischen schon so viele Jahre auf die Beine, dass alles läuft wie am Schnürchen."

Sie sah Mitleid in Toms Augen und Sam wusste, dass er

über Jason sprechen wollte. In der Hoffnung, das Thema zu ändern, bevor er Jason überhaupt erwähnen konnte, fragte sie Tom nach seinem Lieblingsthema – seinen Kindern.

Er würde in die Hölle kommen.

Seufzend zwang Luke sich, den Blick von Samanthas herrlich geformtem Hintern abzuwenden, als sie mit einem der Direktoren der Wohltätigkeitsorganisation sprach. Es war schlimm genug, dass er sie praktisch angestarrt hatte, als er sie abgeholt hatte, aber er konnte einfach nicht aufhören, sie anzuschauen. Diese schönen mandelförmigen Augen, diese Kurven … Er wollte nichts anderes, als seine Finger in ihren Hintern zu graben und tief in sie hineinzugleiten. *Verdammt.* Er käme nicht einfach nur in die Hölle. Er war sich sicher, dass sie einen besonderen Platz nur für ihn reserviert hatten.

„Ich würde gerne vorbeikommen, um weiter über unser Projekt zu sprechen."

Luke blinzelte und konzentrierte sich auf den jungen Rotschopf vor ihm. Schuldgefühle nagten an ihm, als ihm bewusst wurde, dass er kein einziges Wort von dem, was sie gesagt hatte, mitbekommen hatte. Alles, was er wusste, war, dass sie einer Wohltätigkeitsorganisation angehörte und sich zweifellos auf der Suche nach einer Spende befand.

„Ich gehe im Moment in Arbeit unter", gab er zu. „Können Sie Ihren Prospekt an meine Assistentin senden?" Sheila wusste, an welchen Wohltätigkeitsorganisationen er interessiert war, und war geschickt darin, die richtigen auszusortieren.

„Ich – natürlich. Vielen Dank für Ihre Zeit."

Sie stand auf und entfernte sich, und fast sofort nahm Adam Campbell den freien Platz ein. „Ich kann nicht glauben, dass ich dich erwische. Hast du nicht immer eine Art geschäftlichen ‚Notfall', um den du dich kümmern musst?"

Luke grinste seinen Freund an. Er hatte ihn schon seit Ewigkeiten nicht mehr gesehen. Sie hatten sich durch Jason kennengelernt und ehrlich gesagt war Adam der einzige von Jasons Freunden, den Luke wirklich mochte. Obwohl er in eine der reichsten Familien des Landes hineingeboren worden war, hatte Adam dies nicht als Ausrede benutzt, um sich auf die faule Haut zu legen. Er arbeitete hart und hatte im Laufe der Jahre ein kleines Imperium von Immobilien im Süden auf die Beine gestellt. Luke würde es nicht wundern, wenn die Gewinne seines Unternehmens eines Tages die der Kosmetikfirma übertreffen würden, die sein Urgroßvater gegründet hatte.

Zusammen mit Jason waren sie zu dritt oft zum Trinken oder Abendessen ausgegangen, aber Luke war gerade in den letzten Monaten so von Arbeit erdrückt worden, dass diese Treffen nicht mehr stattgefunden hatten. Angesichts Jasons Tod, dem Cervco-Handel, Peters Ausstieg und Sams Abschied schien es, als müsste Luke einen Kampf nach dem anderen ausfechten.

„Nicht dieses Jahr." Luke nickte Sam zu. „Ich habe Sam mitgebracht."

Er bezweifelte, dass es ihr etwas ausmachen würde,

früher zu gehen, aber er wollte nicht der Grund sein, warum sie das Auktionsstück nicht bekam, das sie für ihre Schwester ersteigern wollte. Außerdem wollte er zum ersten Mal darauf verzichten, die Gala früher zu verlassen. Da er nicht wusste, wann er sie das nächste Mal sehen würde, würde er diesen Abend so lange hinauszögern, wie er konnte.

„Du bist mit jemandem gekommen?" Adams Augenbrauen hoben sich interessiert, bevor er sich umdrehte und Sam entdeckte. „Oh, Mann. Das ist nett von dir. Wie geht es ihr?"

„So gut, wie es ihr gehen kann", antwortete Luke und runzelte die Stirn. Glaubten die Leute, er hätte sie als eine Art Sozialfall zur Gala mitgenommen?

„Es ist gut zu sehen, dass sie ausgeht. Sie und Jason waren sich so nah." Adam schüttelte den Kopf und deutete auf ihn. „Das war eine gute Idee von dir. Du hast ein schönes, interessantes Date, das nicht auf den Gedanken kommt, etwas Dauerhaftes anzufangen. Himmel, ich hätte sie bitten sollen, mit mir auszugehen."

Luke ballte die Hände zu Fäusten bei dem Gedanken, dass Adam Sam auf die gleiche Art in den Armen hielt, wie Luke es heute Abend getan hatte. Er wollte nicht, dass sie in den Armen von irgendjemandem war, außer in *seinen*. Er wusste, dass seine Gefühle für jemanden, der bereits einen Korb von ihr bekommen hatte, ein wenig zu besitzergreifend waren, aber er konnte es nicht ändern. In seinem Kopf gehörte sie zu *ihm*.

„Ich glaube nicht, dass sie wirklich gerne zu diesen Veranstaltungen geht", sagte er, obwohl er es nicht genau wusste. Er wusste lediglich, dass er nicht wollte, dass Adam sie ausführte. „Sie ist nur wegen der Ehrung gekommen", fuhr er fort und fühlte sich nicht im Geringsten schuldig, dass er Jason als Ausrede benutzte, um Adam abzuwehren.

„Oh. Stimmt. Das habe ich vergessen." Adam seufzte. „Ich denke, dann muss ich eben eine andere Frau finden, die ich zu diesen Veranstaltungen mitnehmen kann."

Als hätte er ein Problem, ein Date zu bekommen. Bei seinem Reichtum und seinem Aussehen musste Adam nicht einmal einen Finger krumm machen, um sich mit einer Frau zu verabreden. In der Hoffnung, das Thema zu wechseln, fragte Luke: „Wie läuft es mit deinem Projekt in Texas?"

Obwohl Sam ihn selbst abgewiesen hatte, war er sich nicht ganz sicher, ob sie auch Adam abweisen würde. Adam war, wie Jason, charmant und hübsch, und Luke wollte kein Risiko eingehen. Er hatte sich schon damit abfinden müssen, sie all die Jahre mit Jason zusammen zu sehen. Sie mit Adam zu sehen, würde ihn wahrscheinlich umbringen.

„Toll. Wir haben endlich die Flächenaufteilung genehmigt bekommen." Als Adam anfing, über den Wohnkomplex zu sprechen, den er baute, schüttelte Luke innerlich den Kopf. Er konnte nicht glauben, dass er eifersüchtig geworden war, als Adam davon gesprochen hatte, Sam auszuführen, da er wusste, dass Adam nichts weiter als ein unschuldiges Date suchte.

Obwohl es Balsam für seine Seele war, Sam heute Abend zu sehen, wusste Luke, dass er es sich nicht leisten konnte, das noch einmal zu wiederholen. Sie brachte ihn so durcheinander, dass er nicht mehr richtig denken konnte. Schlimmer noch: Je mehr Zeit er mit ihr verbrachte, desto größer war die Chance, dass er etwas Dummes tun würde, wie sie zu packen und sie so zu küssen, wie er es heute Abend in seiner Vorstellung schon hundertmal getan hatte. Und da es ihm so schwerfiel, sich in ihrer Nähe zu kontrollieren, musste er sich einem kalten Entzug unterziehen, egal wie weh es tat.

$$\overline{}$$

KAPITEL VIERZEHN

$$\overline{}$$

„Danke, dass du mich zur Gala begleitet hast", sagte Sam, als sie später am Abend zurück zu ihrer Wohnung gingen. „Ich hatte Spaß."

Aber ihre Worte stießen auf taube Ohren. Alles, worüber Luke nachdenken konnte, war, wie schön sie in diesem Kleid aussah und dass er all die Männer am liebsten zusammengeschlagen hätte, die er heute Abend dabei ertappt hatte, wie sie Sam anstarrten. Er wünschte, er hätte das Recht, sie die Seine zu nennen, aber sie wollte ihn nicht. Sie hatte das vor all den Wochen mehr als deutlich gemacht.

Aber selbst das Wissen, dass sie ihn nicht wollte, konnte ihn nicht davon abhalten, sie vollen Herzens zu begehren. Da er nicht wusste, wann er sie wiedersehen würde, fühlte er, wie sich langsam Verzweiflung in ihm ausbreitete. Wie lange würde es dauern, bis er sie das nächste Mal sehen würde? Monate? Jahre?

Die Ungewissheit trieb ihn dazu, das zu tun, worüber er

den ganzen Abend nachgedacht hatte. Er küsste sie. Sie atmete auf, als seine Lippen ihre berührten, und er nutzte dies aus und vertiefte den Kuss, während er seine Arme um sie schlang. Er wagte es nicht, seinen Griff zu lockern und zu riskieren, dass sie sich ihm entzog. Wenn dies der letzte Kuss wäre, den er von ihr bekam, würde er ihn so lange wie möglich auskosten.

Als könnte er sie dazu bringen, seine Empfindungen zu erwidern, legte er seine ganzen Gefühle in diesen Kuss – all die Frustration, die er in den letzten Wochen ohne sie verspürt hatte, wie sehr er sie vermisst hatte, all die Worte, die er nicht sagen konnte …

Ein triumphierendes Gefühl überkam ihn, als sie in seinen Armen weich wurde und seinen Kuss erwiderte. Er stöhnte. Er hatte das vermisst. So sehr. Ihren Geschmack, das Gefühl, sie zu halten … Aber die Empfindungen erinnerten ihn daran, wie hart die letzten Wochen gewesen waren, daran, dass er genau wusste, was ihm jede Sekunde fehlte, die er von ihr getrennt war. Es war eine Sache gewesen, all die Jahre von ihr zu träumen, aber jetzt, da er ihren Geschmack und den süßen Klang ihres Stöhnens kannte, wenn er an ihrem Hals knabberte, war es die reinste Folter, nicht bei ihr zu sein. Absolute Folter. Er konnte es nicht mehr aushalten. Er wollte nicht für eine Nacht den Himmel haben, nur um sie morgens wieder gehen zu lassen.

Er verfluchte sich selbst für seine Dummheit und löste sich aus dem Kuss. Dann lehnte er seine Stirn an ihre. Schon vermisste er den Geschmack ihrer Lippen.

„Es tut mir leid, Sam", sagte er, als er von ihr wegtrat.

„Das kann ich nicht. Ich glaube nicht, dass ich damit umgehen kann, wenn du mich wieder abweist." Er hätte nicht einmal damit anfangen sollen, aber er hatte sich nicht bremsen können. Er wollte sie schon so lange, dass es ein Teil von ihm geworden war.

„Was ist, wenn ich dich nicht abweise?", murmelte sie nach wenigen Sekunden, während ihre Hände begannen, über seine Brust zu wandern, und Funken aus Verlangen durch ihn jagten.

„Wovon redest du?" Obwohl sein Kopf ihm sagte, er solle keine voreiligen Schlussfolgerungen ziehen, spürte er, dass sich die Hoffnung wie ein Lauffeuer in ihm ausbreitete.

Sie zuckte mit den Achseln, während ihre Hände weiterhin seine Brust streichelten. „Eine Affäre, solange diese Anziehungskraft zwischen uns besteht."

Was bedeutete, solange sie bereit war, ihn zu sehen. Denn er konnte sich nicht vorstellen, selber einmal nicht bei ihr sein zu wollen.

Obwohl er den Gedanken nicht mochte, nie zu wissen, wann sie die Beziehung beenden würde, wusste er, dass eine Affäre das Beste war, das er jetzt verlangen konnte. Er wollte sie schon seit Jahren, aber für sie war das alles noch neu. Himmel, sie war bis vor wenigen Wochen in einen anderen Mann verliebt gewesen.

„Eine heimliche Affäre", fuhr sie fort, als sie ihn mit ihren dunklen Augen ansah. „Auch wenn ich weiß, dass das, was wir tun, nicht falsch ist, möchte ich dennoch nicht, dass die Leute schlecht von mir denken."

Ihm war es egal, was andere Leute über sie dachten,

aber da es ihr wichtig war, nickte er. Er würde sie so nehmen, wie er sie haben konnte.

„Also, bist du einverstanden?", fragte sie und ein Lächeln erschien auf ihren Lippen – Lippen, die er küssen konnte, wann er wollte, wenn er der Affäre zustimmte.

Ihm wurde schwindelig bei dem Gedanken. Er wusste, dass er ablehnen hätte sollen. Sam war kein Mädchen für eine Affäre und es bestand die Chance, dass er sich gerade noch mehr Herzschmerz einhandelte. Aber er würde es für immer bereuen, wenn er Nein sagen würde. Sicher, sie dachte nur an eine Affäre, aber was wäre, wenn er sie dazu bringen könnte, sich währenddessen in ihn zu verlieben? Er würde es nie wissen, wenn er es nicht versuchte.

Er nickte und legte seine Hände an ihr Gesicht. „Ja", sagte er, bevor er sie küsste und den Deal besiegelte. Ihre Zunge traf auf seine, während sie ihre Arme um ihn schlang. Stöhnend fuhr er mit den Händen über ihre Kurven und prägte sich jeden Zentimeter von ihr mit seinen Händen ein, während er eine Spur von Küssen auf ihrem Hals hinterließ. Sie stöhnte und das Geräusch fuhr ihm direkt in den Schwanz.

Er hob sie hoch. „Schlafzimmer?"

Sie zeigte hinter sich. Er reagierte schnell. Er schaltete das Licht ein, bevor er sie auf das Bett setzte und dabei eine Reihe heißer Küsse auf ihrem Hals verteilte. Er zog ihr das Kleid aus, das er den ganzen Abend bewundert hatte, und seine Kehle wurde spürbar trocken, als er sah, wie der Spitzen-BH ihre weichen Brüste umschloss, bevor er ihr durchsichtiges schwarzen Höschen erblickte. Egal, wie oft er über sie fantasiert hatte, es war einfach nicht Dasselbe, wie sie in Fleisch und Blut vor sich zu haben.

Sie nutzte sein Zögern und griff nach seinem Smoking. Begierig darauf, sie vollständig auszuziehen, öffnete er den Verschluss ihres BHs. Der Stoff fiel von ihr ab und der Anblick ihrer nackten Brüste ließ ihn leicht schwindelig werden. Er legte seine Hand um eine und strich mit dem Daumen sanft über ihre Brustwarze. Ihre Lider flatterten. Er senkte den Kopf und nahm die steife Brustwarze in den Mund. Sie schnappte nach Luft, als er sie mit seiner Zunge umkreiste, und fuhr ihm mit der Hand durchs Haar, um daran zu ziehen. Lächelnd leckte und saugte er sie weiter, bevor er sich der anderen Brust zuwandte. Er genoss es, wie sie ihren Rücken wölbte und den Atem anhielt.

Seine Hand glitt über ihren Bauch, bevor er sich weiter nach unten bewegte, Küsse auf ihrem Bauch verteilte und dann bis zu ihrem Höschen hinunter wanderte. Sie keuchte, als er sie durch den Stoff hindurch küsste. Er grinste sie an, bevor er ihr das Höschen nach unten zog, und stöhnte, als er sah, wie nass sie war.

Schnell zog er Hemd und Hose aus und begab sich wieder in ihre offenen Arme. Er küsste sie und genoss es, wie sie ihre Hände gierig über seinen Rücken wandern ließ, als könnte sie nicht genug von ihm bekommen. Im selben Moment wurde ihm klar, dass er sie liebte. Er konnte sich seine Gefühle für sie nicht anders erklären und auch nicht, warum sie ihm nicht aus dem Kopf ging. Er wollte es ihr sagen und löste sich von ihr.

„Samantha, ich –"

„Ich nehme die Pille", unterbrach sie ihn, und er verfluchte sich selbst. Sie hatten sich auf eine Affäre geeinigt – von Liebe war keine Rede gewesen. Egal, was er für sie empfand, er musste sich daran erinnern, dass sie ihn nicht auf diese Art wollte. Zumindest noch nicht.

Gott sei Dank hatte sie ihn gestoppt, bevor er sie mit seiner Erklärung erschrecken konnte oder sie denken ließ, dass er diese Worte auf die leichte Schulter nahm. Er würde sich nie verzeihen, wenn er das vermasselte.

„Ich bin clean", sagte er stattdessen und war beeindruckt, dass sie ihm vertraute. Er hatte noch nie ohne Kondom mit jemandem geschlafen. Er hatte noch keiner Frau genug vertraut, um es zu riskieren. Aber tief in sich zweifelte er daran, dass es ihm etwas ausmachen würde, wenn etwas passierte. Der Gedanke, für immer mit Sam verbunden zu sein, war berauschend. Er würde sich nie Gedanken darüber machen müssen, ob er sie wiedersehen würde oder nicht, weil sie eine Familie wären. Seine Brust zog sich bei dem Gedanken an ein kleines Mädchen zusammen, das aussah wie Sam, oder vielleicht wäre es auch ein kleiner Junge mit ihren Augen. Er wollte alles mit Sam. Ein Haus, eine Familie … alles.

Sie nickte. „Ich bin auch clean."

Er freute sich, dass sie ihm vertraute, und stöhnte, als er sie küsste. Als ihre Zungen miteinander tanzten, glitt er in sie hinein. Köstliche Empfindungen durchfuhren ihn, als sie ihn umschloss. Verdammt. Wie er das vermisst hatte. Wie er *sie* vermisst hatte. Ganz in ihrem Bann, begann er, sich zu bewegen.

Ihre Hände krallten sich in seinen Hintern und pressten

ihn enger an ihren Körper. Sie musste nicht zweimal bitten. Er legte eines ihrer Beine um seine Taille und bewegte sich schneller. Stöhnend schlang sie ihr anderes Bein um ihn und schob ihn tiefer in sich hinein. Er stöhnte angesichts all der Empfindungen. Er würde nicht lange durchhalten. Es war zu lange her und er begehrte sie zu sehr.

Aber da er wollte, dass es für sie genauso schön war wie für ihn, begann er – in der Hoffnung, dass er etwas länger durchhalten könnte –, über die Gewinne pro Aktie eines Schieferunternehmens, das er sich zuvor angeschaut hatte, nachzudenken. Aber als ihre inneren Wände sich um ihn herum zusammenzogen, konnte er sich nicht mehr beherrschen. Da er wusste, dass es nicht mehr lange dauern würde, reizte er ihre Klitoris mit einer Hand. Stöhnend bebte sie unter ihm. Es war das heißeste Geräusch, das er je gehört hatte. Er stieß in sie und stöhnte auf, als er kam. Erschöpft vergrub er sein Gesicht in ihrem Haar und atmete den süßen Duft von Vanille ein. Noch nie in seinem Leben war er so heftig gekommen. Er war vollkommen erschöpft. Lächelnd brach er neben ihr zusammen.

„Das. War. Unglaublich", sagte Sam eine Minute später, als sie sich ihm zuwandte.

Männlicher Stolz übermannte ihn, als er sie ansah. Sie sah aus wie eine Frau, die richtig geliebt worden war. Ihre Wangen waren rot und ihre Lippen geschwollen. Und die Tatsache, dass er für diesen Anblick verantwortlich war? Unglaublich.

„Ich bin froh, dass du dieser Meinung bist, denn ich bin mir ziemlich sicher, dass du mich gerade umgebracht hast."

Sie lachte und der Klang war wie süßer Balsam für seine

Ohren. Er zog sie in seine Arme und fühlte, wie sich seine Brust bei dem Gedanken zusammenzog, wie richtig sich das alles anfühlte. Er würde alles geben, um sie jede Nacht so in seinen Armen zu haben. Er wusste nicht wie, aber irgendwie würde er es schaffen.

KAPITEL FÜNFZEHN

Luke beobachtete, wie Sam schlief, als er am Montagmorgen viel zu spät aufwachte. Ständig auf der Hut, nicht zu verraten, was er für sie empfand, war er immer darauf bedacht gewesen, nicht ertappt zu werden, wie er sie ansah. Aber jetzt, da er sie jederzeit anschauen konnte, fiel es ihm schwer, damit aufzuhören. Sie war einfach so verdammt schön.

Aber er sollte wirklich gehen.

Wahrscheinlich suchten die anderen schon im Büro nach ihm und er musste immer noch all die Arbeit erledigen, die er eigentlich am Wochenende hatte abarbeiten wollen. Seufzend gab er Sam einen sanften Kuss auf die Stirn und zog vorsichtig seinen Arm unter ihr hervor. Seine Füße fühlten sich an wie Blei, als er aufstand. Er wollte nicht weg. Er wollte sie mit einem Kuss wecken und sie dann noch ein paarmal lieben, aber er hatte Verpflichtungen und eine Firma zu führen.

„Luke?"

Er drehte sich um und sah, dass sie halb wach war. Doch ihre Augen fielen schon wieder zu und sie sah aus, als würde sie jeden Moment wieder einschlafen. Da er wusste, dass er bis heute Abend nicht wiederkommen würde, beugte er sich über sie und küsste sie. Ihre weichen Lippen öffneten sich unter seiner Zunge und ihr süßer Geschmack explodierte in seinem Mund. Er knabberte an ihrer Unterlippe und spürte, wie er hart wurde, als sie leise seufzte. Stöhnend richtete er sich auf. Wenn er jetzt nicht ging, würde er überhaupt nicht gehen.

„Ich muss zur Arbeit", sagte er und vermisste sie bereits. Er hatte noch nie eine ganze Nacht mit einer Frau verbracht. Er hatte nie das Bedürfnis verspürt. Aber mit Sam hätte er gern seine ganze Zeit verbracht. Aus einer Nacht waren schnell drei geworden und er konnte absehen, dass es genauso leicht noch mehr werden konnten. Es war verrückt. Dieses Wochenende hätte dazu beitragen sollen, seinen Appetit auf sie zu lindern, aber wenn überhaupt, war er nur noch größer geworden.

„Oh." Ihre Augen weiteten sich, als sie auf die Uhr auf dem Nachttisch schaute. „Natürlich", sagte sie, als sie sich aufrichtete und sein Blut in Wallung brachte. Wenn sie sich noch aufrechter hinsetzte, würde das Bettlaken von ihren weichen Brüsten rutschen und er würde sich noch mehr verspäten. „Wow. Normalerweise bist du immer schon im Büro um diese Zeit", sagte sie, während sie sich die Haare hinters Ohr strich.

„Ja, aber normalerweise werde ich auch nicht mitten in der Nacht von einer Nymphe überrascht." Ihre Wangen wurden tiefrot und er grinste. Er hatte nicht gewusst, dass sie so niedlich und sexy zugleich aussehen konnte. „Lass uns heute zusammen zu Mittag essen", sagte er impulsiv. Er wollte keinen ganzen Tag verbringen, ohne sie zu sehen.

Sie runzelte die Stirn. „Du willst mich zum Mittagessen ausführen?"

Er nickte, doch sie schüttelte den Kopf. „Es tut mir leid, Luke, aber ich habe schon Pläne mit meiner Schwester gemacht. Außerdem dachte ich, dass wir uns darauf geeinigt hätten, unser Verhältnis geheim zu halten."

Bei dem Gedanken daran, dass das, was sie hatten, nur eine Affäre, nur vorübergehend war, wurde ihm das Herz schwer. Irgendwann am Wochenende hatte er es vergessen, hatte angenommen, dass das, was sie hatten, mehr war als Sex – dass das, was sie hatten, real war.

„Ich weiß. Ich habe nicht nachgedacht." Alles, woran er denken konnte, war, sie wiederzusehen. Aber vielleicht war es gut so, dass sie Nein gesagt hatte. Eigentlich hatte er überhaupt keine Zeit, sie auszuführen. Er hatte bereits genug Zeit an diesem Wochenende verloren. Mit ihr zu Mittag zu essen würde ihn noch mehr in Verzug bringen. „Viel Spaß mit Cindy heute. Ich nehme an, ich werde dich später sehen?" Erleichterung durchflutete ihn, als sie nickte. Zumindest hatte sie es sich nicht anders überlegt. „Ich kann Maria anweisen, einen Schmorbraten zuzubereiten."

„Ich liebe Schmorbraten, aber Maria –"

„Sie ist in der Regel um drei verschwunden", sagte er und hoffte, ihre Bedenken damit zu zerstreuen. Er hob sein Hemd vom Boden auf und zog es an. „Ich werde ihr außerdem für morgen früh freigeben." Und wenn nötig jeden Morgen, wenn das bedeutete, dass Sam in seinem

Bett aufwachte. Hitze durchflutete ihn bei der Erinnerung an Sams dunkle Haare, die sich über sein Kissen ausbreiteten, und an ihre weichen Lippen, die sich öffneten, wenn er sich in ihr bewegte. Sein Blut rauschte in seinen Unterleib und er begann, schnell an all die Dinge zu denken, die er zu erledigen hatte, wenn er im Büro angekommen wäre. Als er die Kontrolle über sich selbst wiedererlangt hatte, fuhr er fort: „Ich nehme an, wir können uns selbst ein Frühstück zubereiten."

„Ich kann Eier machen", sagte Sam lächelnd.

Da er wusste, wie sehr sie es hasste zu kochen, fühlte er, wie es ihm warm ums Herz wurde. Zwar liebte sie ihn vielleicht nicht, aber sie war bereit, etwas zu tun, was sie nicht mochte, nur um bei ihm zu sein.

„Mir gefällt deine Denkweise", murmelte er. Er knöpfte sein Hemd zu, dann griff er nach seiner Hose. Er warf einen schnellen Blick auf Sam und widersetzte sich dem Drang, zu ihr zu gehen. Er musste noch zu sich nach Hause und sich umziehen und frisch machen. Schnell zog er seine Hose an. „Wir sehen uns heute Abend."

Luke ließ den Bericht, den er las, sinken und rieb sich die Augen. Er hatte die letzten zwanzig Minuten damit verbracht, den letzten Satz zu lesen. Die Bilder des vergangenen Wochenendes gingen ihm immer wieder durch den Kopf und lenkten ihn ab – Bilder, wie gemütlich es gestern gewesen war, mit Sam in ihrer Wohnung zu frühstücken, wie heiß sie aussah, wenn sie kam, wie warm und einladend sie ausgesehen hatte, als er sie heute Morgen verlassen hatte … Er schüttelte den Kopf und richtete seine Augen wieder auf den Bericht. Je schneller er aufhörte zu träumen, desto eher konnte er nach Hause gehen.

Das Bild einer nackten Sam, die ihn im Bett begrüßte, flackerte durch seinen Kopf und er grinste. Daran könnte er sich auf jeden Fall gewöhnen. Er dachte gerade an all die verschiedenen Dinge, die sie tun könnten, als seine Gegensprechanlage brummte und Sheilas Stimme die Luft erfüllte. „Mark Langs Büro hat gerade angerufen. Sie können sich um sieben mit dir zum Abendessen treffen."

Luke fuhr sich mit der Hand übers Gesicht und unterdrückte den Fluch, der ihm auf der Zunge lag. Er hatte in den vergangenen zwei Monaten versucht, einen Termin mit dem Jellmeck-Chef zu bekommen, um über ihre Expansionspläne zu sprechen. Heute erklärte der Mann sich zum ersten Mal bereit, sich mit ihm zu treffen, und er bezweifelte, dass er eine weitere Chance bekäme, wenn er die heutige Einladung ablehnte.

„Bestätige den Termin für das Abendessen", sagte er zu seiner Assistentin. Er hasste es, Sam eine Absage zu erteilen, aber er musste es tun. Jellmeck wurde langsam zu einem der größten Teilhaber des Fonds und er hatte einige Bedenken hinsichtlich ihrer Expansionspläne in den Mittleren Westen. In Wisconsin gab es eine konkurrierende Kette von Lackierereien, die sich ebenfalls nach Illinois ausbreitete, und er bezweifelte ernsthaft, dass beide dort überleben konnten.

„Sicher, Chef."

Seine Schultern sackten nach unten, als Sheila die

Verbindung trennte. Er hatte sich wirklich darauf gefreut, Sam zu sehen, aber das Geschäft stand an erster Stelle. Als er sein Telefon herausholte, fragte er sich, ob er nach dem Treffen noch zu Sam gehen könnte.

Er könnte wahrscheinlich um elf bei ihr sein. *Aber was wäre, wenn das länger dauerte?* Das Abendessen konnte sich auch wesentlich länger hinziehen. Er konnte Sam nicht bitten, auf ihn zu warten. Bei dem Gedanken, dass er sie heute Abend nicht sehen würde, wurde ihm ganz flau im Magen. Seufzend nahm er sein Handy. Morgen, schwor er sich. Morgen würde er sie sehen.

Sie steckte schon ziemlich tief im Schlamassel.

Samantha verstärkte ihren Griff um den Korb mit Muffins, die sie ihre Köchin hatte backen lassen. Sie hatte sich eingeredet, dass es nur eine Affäre sein würde, und doch machte ihr Herz Freudensprünge beim Gedanken daran, Luke wiederzusehen. Sie hatte ihn viel mehr vermisst, als sie es hätte tun sollen, nachdem er gestern angerufen hatte, um abzusagen, und sie hatte die Stunden gezählt, bis sie ihn heute wiedersehen würde. Das war nicht normal, oder? Sie konnte sich nicht erinnern, dass sie jemals bei Jason oder Ben, ihrem Freund vor Jason, so aufgeregt gewesen wäre.

Schmetterlinge flatterten in ihrem Bauch, als sie beobachtete, wie die Zahlen im Fahrstuhl vorüberflogen. Sie war überrascht zu erfahren, dass Luke ihren Zugang zu seinem privaten Aufzug nicht gesperrt hatte, seitdem er ihn vor all den Jahren für sie freigeschaltet hatte, aber sie war dankbar. Es ersparte ihr die Peinlichkeit, an dem Portier vorbeizumüssen, wenn sie Luke besuchen wollte.

Sie verließ den Aufzug in Lukes Wohnzimmer. Luke stand auf der anderen Seite des Raumes und blickte ihr entgegen. Ihr Herz setzte einen Schlag lang aus. Er hatte die Ärmel seines Hemdes hochgekrempelt und die oberen Knöpfe standen offen. Er sah teuflisch gut aus.

Hitze stieg ihr ins Gesicht, als sein Blick anerkennend über sie wanderte. Es war, als hätte er sie mit seinem Blick berührt. Sie trafen sich auf halbem Weg, und innerhalb von Sekunden küsste er sie auf eine Weise, die sie wünschen ließ, sie könne mit ihm verschmelzen. Sie hätte ihn den ganzen Tag küssen können.

Er löste sich kurz darauf von ihr und lächelte. „Ich habe den ganzen Tag darauf gewartet", murmelte er, während er ihr Gesicht streichelte und mit dem Daumen über ihre Lippen strich. Sofort war ihre Nervosität verschwunden. Gott sei Dank war sie nicht die Einzige, der es so ging.

Sie lächelte, als sie den Korb abstellte. „Wie war es auf der Arbeit?"

Er stöhnte und lehnte seine Stirn gegen ihre. „Ich habe den ganzen Tag über an dich gedacht und wenn ich dich endlich sehe, willst du über Arbeit sprechen? Ich mache definitiv etwas falsch."

Ohne Vorwarnung hob er sie hoch. Lachend schlang sie ihre Arme um ihn und küsste ihn, während er sie ins Schlafzimmer trug.

KAPITEL SECHZEHN

„Ich kann nicht glauben, dass du mich dazu verdonnerst, mir einen Schnulzenfilm anzuschauen", sagte Luke, als sich beide einen Monat später in seiner Wohnung auf die Couch setzten.

„Hör auf zu jammern", sagte Sam und gab ihm einen leichten Klaps auf die Schulter. „Du willst nur nicht zugeben, dass du darauf stehst." Wem würde ein Film über zwei beste Freundinnen, die sich in viele verrückte Charaktere verlieben und zusammen Abenteuer erleben, nicht gefallen?

Er schlang seinen Arm um sie und ihr Herz schmolz. Sie liebte es, in seinen Armen zu sein, und liebte die Tatsache, dass seine Couch es erlaubte. Seine Möbel waren so ganz anders als Jasons privates Kino, das gigantische Liegesitze und große Aussparungen zwischen den Stühlen für die Bedienfelder und Tassenhalter hatte. Dort war es schwer, sich an den Händen zu halten, geschweige denn zu kuscheln.

Auf Lukes Couch konnte sie sich an seine Schulter lehnen oder ihren Kopf in seinen Schoß legen. Und es war nicht nur die Couch, die ihr gefiel. Sie fühlte sich in Lukes Wohnung mehr zu Hause als jemals in ihrem eigenen großen Haus, obwohl sie ahnte, dass das mehr mit dem Mann selbst zu tun hatte. Luke hatte etwas an sich, bei dem sie sich wie zu Hause fühlte.

„Oder vielleicht mag ich einfach den Sex zwischendurch", sagte Luke und sein Blick verdunkelte sich, als er den Kopf zu ihr neigte.

Ihre Wangen brannten, als sie sich daran erinnerte, wie sie ihn genau auf dieser Couch geritten hatte, als sie das letzte Mal versucht hatten, einen Film anzuschauen. Anfangs hatte er nur zaghafte Kreise um ihre Schultern und ihr Handgelenk gezogen, aber diese sanften Berührungen hatten verheerende Auswirkungen auf ihren ganzen Körper gehabt. Ehe sie sich versah, hatte er sie auf seinen Schoß gezogen und küsste und streichelte sie, bis ihr vor Verlangen ganz schwindelig gewesen war.

Und dann, als er sie auf seine Härte gesetzt hatte … Sie zitterte bei der Erinnerung daran, wie gut er sich in ihr angefühlt hatte.

Er lächelte schälmisch, und sie vermutete, dass er gerade dieselben Gedanken hatte. Warum hatte er immer noch diese Wirkung auf sie? Sie trafen sich jetzt seit einem Monat und es schien, als wurde sie nur *noch* süchtiger nach ihm.

Sie wusste, dass sie den Eindruck eines Teenagers erweckte, der gerade erst den Sex für sich entdeckt hatte, aber bei Luke hatte sie das Gefühl, Dinge zu spüren, die sie noch nie zuvor gefühlt hatte. Vielleicht lag es daran, dass sie sich kannten, bevor sie miteinander geschlafen hatten. Oder vielleicht lag es daran, dass er einer der wenigen Menschen war, die einige der Geheimnisse ihrer Ehe kannten, und sie dennoch unterstützte. Was auch immer der Grund war, es war so einfach, mit ihm zusammen zu sein. Er akzeptierte sie, wie sie war, ohne mehr zu verlangen.

Da sie wusste, dass sie in dem Moment, in dem er seine Hände auf sie legte, keinen klaren Gedanken mehr fassen können würde, löste sie sich von ihm. „Oh, nein. Wir werden diesen Film dieses Mal bis zum Ende schauen." Sie hatte diesen Film zwar schon hundertmal gesehen, aber noch nie mit ihm.

„Klar werden wir das", sagte er, als er sie auf seinen Schoß zog und ihre Lippen in einem Kuss einfing. Hitze breitete sich in ihr aus, als ihre Zungen miteinander tanzten. Seine Hände wanderten unter ihre Bluse und streichelten ihren Bauch. Als er eine Brust umfasste, hatte sie den Film vergessen.

Als sie eine Stunde später im Bett lagen, tauchte Luke seine Nase in Samanthas Haare, atmete den Vanilleduft ein und seufzte zufrieden. Besser konnte das Leben nicht mehr werden. Weil er sich nicht bremsen konnte, verteilte er eine Reihe von Küssen über ihren Hals und ihre Schulter.

Stöhnend neigte sie den Kopf, um ihm besseren Zugang zu gewähren, und er lächelte. Er liebte es, wie synchron ihre Gedanken waren.

Er wanderte gerade mit seiner Zunge über ihre Wirbelsäule, als das Telefon klingelte. Doch er wollte nicht aufhören und ließ es klingeln, während er weiterhin Küsse auf ihrem Rücken verteilte. Hoffentlich würde der Anrufer es kapieren und am nächsten Tag noch einmal anrufen. Nachdem es noch ein paar Mal geklingelt hatte, drehte sich Sam zu ihm um. „Willst du nicht rangehen?"

Da er wusste, dass es wichtig sein könnte, fuhr er sich mit einer Hand durch die Haare und seufzte. „Doch. Natürlich."

Er löste sich von ihr und verspürte sofort ein Gefühl des Verlustes, als er aufstand. Wenn sie das nächste Mal zu ihm kam, würde er das Telefon abstellen und sein Handy ausschalten. Er wollte nicht, dass irgendjemand ihre gemeinsame Zeit unterbrach.

„Ja?", antwortete er, als er den Anruf annahm. Er schaute zum Bett, sah, dass Sam ihn beobachtete, und bereute es bereits, aufgestanden zu sein. *Warum musste sie so verdammt verantwortungsbewusst sein?* Er wollte einfach die ganze Nacht mit Sam im Bett verbringen – zur Hölle mit der Arbeit.

„Pillar will zehn Millionen leihen", sagte George. „Sie brauchen einen Deal bis heute Abend oder sie gehen zu McFadden."

Die Realität bahnte sich ihren Weg in seine Gedanken und Luke stöhnte. Arbeit war Arbeit. Wenn sie aufhören würden, Angebote zu machen, nur weil der Zeitpunkt gerade nicht passte, würde niemandem einfallen, sie anzurufen, wenn sie eine schnelle Geldspritze brauchten.

„Ruf das Team zusammen. Wir treffen uns in einer Stunde im Büro", sagte er zu seinem Manager.

Er verzog das Gesicht, als er den Anruf beendete und sich an Sam wandte. „Ich muss ins Büro."

„Das ist in Ordnung", sagte sie, als sie sich aufrichtete. Seine Augen wanderten sofort zu ihren Brüsten und seine Kehle wurde trocken. „Irgendetwas, wobei ich helfen kann?"

Ihre Frage riss ihn aus seinen Gedanken und Enttäuschung machte sich in ihm breit, weil sie immer so verständnisvoll war, wenn so etwas passierte, bevor er sich selbst verfluchte. Warum war er enttäuscht, dass sie so verständnisvoll war? Er wollte doch nicht, dass sie jammerte und ihn bat, wieder ins Bett zu kommen, oder?

Okay. Vielleicht doch. Er wollte, dass sie ihn ein wenig anflehte, damit er wenigstens wusste, dass dieses Verlangen, das er nach ihr hatte, nicht nur einseitig war. Da er wusste, dass dies nicht in absehbarer Zeit geschehen würde, unterdrückte er den Gedanken und lächelte. „Nein, aber danke. Ich weiß dein Angebot zu schätzen."

Als er die Wohnung verließ, erinnerte er sich daran, dass es ihm genügen sollte, dass er sie in seinem Leben hatte. Und mit dieser letzten Mahnung konzentrierte er sich darauf, was ihn im Büro erwartete.

* * *

Zwei Stunden später sah Luke mit leerem Blick zu, wie die Analysten über die Bedingungen ihres Angebots stritten. Er kam immer noch nicht über die Tatsache hinweg, dass Sam sich nie über seine Arbeit beschwerte oder einfach einmal enttäuscht aussah, wenn er vorzeitig gehen musste. Vielmehr war sie sogar so verständnisvoll, dass sie angeboten hatte, ihm zu helfen!

Obwohl er wusste, dass sie sich durch ihre Ehe mit Jason daran gewöhnt hatte, Termine und Geburtstagsfeiern abzusagen, wollte er nicht, dass es so zwischen ihnen sein würde. Sie hatte so viel mehr verdient. Er hatte sich geschworen, dass er sie nie als selbstverständlich ansehen würde, wie Jason es getan hatte, und doch tat er genau das.

Luke bemerkte plötzlich, wie ruhig es im Raum geworden war, und ihm wurde bewusst, dass ihn alle erwartungsvoll ansahen.

„Tut mir leid, wie bitte?"

Clark lehnte sich nach vorne. „Wie viele Sitze im Vorstand möchtest du übernehmen?"

Er versuchte, sich an das Gespräch zu erinnern, bevor seine Gedanken zu Sam gewandert waren und antwortete: „Drei. Obwohl ihr Geschäftsmodell solide ist, lassen ihre jüngsten Verkäufe viel zu wünschen übrig. Wir müssen die Dinge im Auge behalten – vor allem, wie sich ihr neuer Chip im Vergleich zur Konkurrenz schlägt."

Die er zu diesem Zeitpunkt nicht benennen konnte. Himmel, wenn man bedachte, wo sein Kopf war, hätte er sich nicht einmal die Mühe machen sollen, heute Abend zu kommen. Alles, woran er dachte, war, dass er nicht ans

Telefon hätte gehen sollen, und er wünschte sich, dass sie in seiner Wohnung geblieben wäre. Der Höhlenmensch in ihm mochte den Gedanken, dass Sam in seinem Bett schlief, auch wenn er nicht bei ihr war. Aber es wäre nicht fair gewesen, sie zu bitten zu bleiben, wenn er nicht einmal wusste, wann er heute Abend nach Hause zurückkehren würde.

„Wie gesagt", hörte er Mike sagen, der mit einer Hand auf den Tisch schlug. „Es wäre reiner Selbstmord von ihnen, den Deal nicht zu machen."

Luke seufzte innerlich, als er daran dachte, dass er noch mit Sam im Bett liegen würde, wenn er nicht ins Büro gekommen wäre. Sie brauchten ihn hier nicht wirklich, oder? Diese Jungs hatten ihr System. Er war vor allem Schiedsrichter. George oder einer der anderen Manager wären zweifellos in der Lage, das zu regeln. Er hatte ihnen einfach nie die Chance gegeben.

Doch das würde er in Zukunft ändern, entschied er plötzlich. Vielleicht waren diese Treffen am späten Abend eines der Dinge, von denen er jetzt Abstand nehmen musste, da er einige von Jasons Aufgaben übernommen hatte. Sicher, er kam her, wenn sie es von ihm verlangten, aber das würde in Zukunft nicht mehr selbstverständlich sein. Außerdem überprüfte er die größeren Deals ohnehin zuerst selbst, bevor er sie genehmigte.

Ein Teil der Last, die er seit Jasons Tod getragen hatte, fiel ihm mit dieser Entscheidung von den Schultern. Er vertraute seinen Mitarbeitern, warum also war er nicht bereit, ihnen die Arbeit zu überlassen? Er dachte darüber nach und führte es auf seine übliche Schwäche zurück, nicht delegieren zu können. Er würde sich daran gewöhnen müssen, Verantwortung mit jemand anderem als Jason zu teilen, aber wenn er mehr Zeit mit Sam verbringen wollte, musste sich etwas ändern. Und er wollte seine Zeit definitiv mit ihr verbringen.

KAPITEL SIEBZEHN

„Irgendetwas ist anders an dir", sagte Adam, als er eine Woche später seinen Drink abstellte und Luke anschaute.

Luke fühlte sich schuldig, dass er sich nicht bemüht hatte, seinen Freund zu treffen, seitdem er mit Sam zusammen war, und hatte sich schließlich bereit erklärt, mit ihm zu Mittag zu essen. Normalerweise aß er im Büro zu Mittag, aber er wollte keine Minute mit Sam verlieren. Er sah sie ohnehin nur in den Nächten und am Wochenende. Er wollte keine dieser Nächte an Adam verschwenden, egal wie viel sein Freund ihm bedeutete.

„Ich weiß es", sagte Adam und schnippte mit den Fingern. „Du lächelst. Es ist ein Mädchen, nicht wahr?"

Luke runzelte die Stirn. Er hatte schon bemerkt, dass einige Leute im Büro ihn in letzter Zeit seltsam anschauten. War es, weil er lächelte? Er hatte es selbst nicht gemerkt, aber wahrscheinlich war es so. Er konnte sich nicht erinnern, jemals so glücklich gewesen zu sein. Er konnte nicht genug von Sam bekommen und zum Glück schien es, als ob sie auch nicht genug von ihm bekommen konnte.

Plötzlich wünschte er sich, er könnte Adam von Sam erzählen. Es war ihm nicht nur zuwider, etwas so Wichtiges vor einem seiner engsten Freunde geheim zu halten, sondern er war einfach so glücklich, dass er allen davon erzählen wollte. Aber da Sam nicht wollte, dass jemand von ihnen wusste, zuckte er mit den Achseln und nahm sein Glas zur Hand.

„Ich könnte einen guten Geschäftsabschluss gemacht haben", sagte er, bevor er einen Schluck trank.

Sein Freund lachte. „Ich weiß, dass es nichts Geschäftliches ist, denn ich habe erst vorgestern mit Hank gesprochen und der hat sich die ganze Zeit über die Rückzahlungen beschwert."

Luke erstarrte überrascht. Er hatte nicht gewusst, dass Adam und Hank Freunde waren.

„Also eine Frau, hm? Ist das der Grund, warum du in letzter Zeit so beschäftigt bist?"

„Es tut mir leid, dass ich zuletzt so oft abgetaucht bin", log Luke. Er würde viel lieber die Nacht mit Sam als mit einem der Jungs verbringen, aber er bezweifelte, dass sein Freund es gerne hören würde, wenn er ihm das sagen würde.

„Ja. Klar. Wann werde ich also diese Frau treffen, die dir so den Kopf verdreht hat?"

Luke runzelte die Stirn, als ihm plötzlich bewusst wurde, wie schlecht es aussehen würde, wenn seine Beziehung zu Sam ans Tageslicht Käme. Wahrscheinlich würde es nicht einmal Adam akzeptieren, der immerhin von Jasons Affären wusste. Er würde annehmen, Luke hätte seinen Freund hintergangen oder schlimmer, nutzte Sam in einer Zeit aus, in der sie sich verletzlich fühlte. Und damit hatte er sogar recht.

Obwohl er sich eingeredet hatte, dass er ihr dabei half, Jason zu vergessen, als sie in jener ersten Nacht zu ihm gekommen war, wusste er auch, dass ihm jede Entschuldigung recht gewesen wäre, um bei ihr zu sein. Und es war nicht so, als könnte er einfach damit aufhören, sich mit ihr zu treffen. Er fühlte sich schon unwohl, wenn er sie nur einen Tag lang nicht sah. Er war sich nicht sicher, wie er damit umgehen würde, wenn sie sich jemals von ihm trennte.

Aber die Tatsache, dass es so lange gedauert hatte zu erkennen, wie schlecht es für ihn aussehen würde, wenn die Leute davon erfuhren, war ein Beweis dafür, welchen Einfluss Sam auf ihn hatte. Alles, woran er denken konnte, wenn er bei ihr war, war sie.

„Komm schon", beschwor ihn Adam. „Warum sagst du mir nicht einfach ihren Namen? Wenn es so ernst ist, werde ich sie wahrscheinlich sowieso bald kennenlernen."

Sein Herz wurde ihm schwer bei dem Gedanken, dass er Sam nie als seine Freundin würde vorstellen können, und er war überrascht, wie sehr er sich wünschte, dass alles anders wären. Obwohl er wusste, dass es viele Männer gab, die gerne mit einer schönen, sexy Frau schliefen, ohne dabei irgendwelche Verpflichtungen eingehen zu müssen, war das bei ihm nicht der Fall – zumindest nicht bei Sam. Er wollte so viel mehr als das. Er würde den Rest seines Lebens mit ihr verbringen, wenn er könnte.

„Es gibt niemanden", sagte er und die Worte lagen wie Staub in seinem Mund.

Er hasste es, seinen Freund zu belügen, aber er hatte es Sam versprochen. Er fragte sich, ob sie jemals bereit sein würde, mit ihrer Beziehung an die Öffentlichkeit zu gehen. Doch dann verscheuchte er den Gedanken. Sie sorgte sich so, was andere Leute von ihnen und ihrer Beziehung halten würden, dass sie ihr Geschirr selbst abspülten, wann immer er bei ihr übernachtete. Sie wollte nicht einmal, dass ihre Köchin herausfand, dass es jemanden in ihrem Leben gab. Er machte sich etwas vor, wenn er sich einbildete, dass sie sich jemals wohl dabei fühlen würde, offiziell mit ihm zusammen zu sein.

„Also geht es mit dem Geschäft wieder bergauf?", fragte Adam.

„Das könnte man sagen", sagte Luke. „Es stabilisiert sich definitiv. Wir haben rund ein Viertel des Geschäfts, das wir verloren haben, wieder hereingeholt." Wie erwartet, handelte es sich meist um vermögende Privatpersonen, doch immerhin hatten sie einen Pensionsfonds landen können.

„Das freut mich zu hören. Hey, bevor ich es vergesse, kannst du mir Sams Nummer geben? Bei ihrer alten komme ich nicht mehr durch."

Luke erstarrte. *War Adam auch hinter Sam her?* War es möglich, dass sich Adam im Laufe der Jahre auch in sie verliebt hatte? „Wozu?"

„Bist du ihr Leibwächter?" Adam lachte, als er einen

weiteren Schluck seines Drinks nahm. „Ich brauche jemanden, der mit mir zu Larry Thomas' Hochzeit geht. Du weißt ja, wie Frauen sind, wenn es um Hochzeiten geht. Sie kommen auf all diese Ideen und drängen auf einen Antrag, unabhängig davon, wie lange man schon zusammen ist. Ich hätte lieber eine nette, unkomplizierte Begleitung, die nicht auf verrückte Gedanken kommt."

„Sicher. Ich werde dir ihre Nummer schicken." *Am Sankt-Nimmerleins-Tag.* So unschuldig Adams Absicht auch sein mochte, Luke gefiel der Gedanke an Sam mit einem anderen Mann nicht. Ihm drehte sich der Magen herum, wenn er daran dachte, wie eng sich ihr Körper letzte Nacht an seinen gekuschelt hatte. Er wollte nicht, dass jemand sie berührte – egal wie – außer *ihm*. Die Tatsache, dass Sam sich immer gefreut hatte, Adam zu sehen, wenn er das Büro besuchte, zementierte Lukes Entscheidung. Er wollte ihm ihre Nummer nicht geben.

„Hast du sie nicht auf deinem Handy?", fragte Adam. „Ich hatte gehofft, sie heute fragen zu können. Die Hochzeit ist am nächsten Samstag."

Luke biss die Zähne zusammen. Er hatte telefoniert, als er ins Restaurant gegangen war, also konnte er nicht einfach sagen, dass er sein Telefon in seinem Büro gelassen hatte, um dann am Ende schlichtweg zu vergessen, Adam anzurufen. Solange er dem Mann nicht von seiner und Sams Beziehung erzählte, saß er in der Falle.

Er wollte Adam gerade erzählen, dass Sam jemanden kennengelernt hatte, als er sich an die Angst in Sams Augen erinnerte, als sie ihn gebeten hatte, ihre Affäre geheim zu halten. Sie hätte nie in eine Affäre eingewilligt, wenn er dem nicht zugestimmt hätte.

Da er wusste, dass er sie nicht verraten konnte, holte er sein Handy aus seiner Manteltasche. Mit steifen Fingern wischte er über den Bildschirm seines Telefons, um ihre Nummer zu suchen, und als er anfing, sie vorzulesen, musste er sich die Zahlen fast aus der Kehle zwingen. Die Versuchung, seinem Freund eine falsche Nummer zu geben, war verlockend, aber er wollte nicht riskieren, dass sein Freund sich noch mehr über ihn wunderte.

„Danke, Mann", sagte Adam und klopfte ihm auf den Rücken, und Luke fragte sich, ob er versuchen sollte, Sam zu warnen, bevor Adam sie anrief.

Aber was wäre, wenn sie mit ihm dorthin gehen wollte?

Bei dem Gedanken wurde Luke das Herz schwer. Egal, wie sehr er versucht hatte, sich etwas anderes einzureden – das, was sie hatten, war nur eine Affäre. Früher oder später würde es vorbei sein und alles, was ihm bliebe, wären Erinnerungen.

Er dachte daran, dass er sich keine Sorgen hätte machen müssen, wenn sie jemand anderes gewesen wäre. Sein Reichtum war so groß, dass er als „guter Fang" galt. Aber Sam hatte nicht nur mehr Geld, als sie jemals brauchte, ihr lag auch nichts daran, wenn sie damit nicht auf irgendeine Weise anderen Menschen helfen konnte. Der einzige Grund, warum sie bei ihm war, war wahrscheinlich, weil er ihr vertraut war. Und außerdem hatte sie die verrückte Vorstellung, dass er ein besserer Mensch war, als eigentlich der Fall war. Früher oder später würde sie ihren Fehler erkennen und mit ihm Schluss machen, aber hoffentlich war es eher später als früher, weil er noch lange nicht genug von ihr hatte.

* * *

Sam lächelte, als sie sich die Bilder anschaute, die Cindy ihr von dem privaten Kochkurs, den sie bei der Charity-Auktion gewonnen hatte, per E-Mail zugesendet hatte. Es sah so aus, als hätte ihre Schwester Spaß gehabt.

Sam verdrehte die Augen, als Cindy erwähnte, dass José Patron in echt noch besser aussah als im Fernsehen. Ihre Schwester hatte diese Tatsache seit dem Kochkurs bereits mehrfach erwähnt. Sam wollte gerade auf Cindys E-Mail antworten, als ihr Telefon klingelte. Ihr wurde mulmig, als sie daran dachte, dass es Luke sein könnte, um ihr mitzuteilen, dass er es heute Abend nicht schaffen würde. Obwohl sie die meisten Nächte zusammen verbrachten, musste er manchmal absagen, weil er bei der Arbeit aufgehalten worden war.

Da sie wusste, dass das Ignorieren seines Anrufs nichts an der Tatsache ändern würde, dass er es nicht schaffen konnte, nahm sie den Anruf an.

„Hey", sagte sie und hoffte, dass ihre Enttäuschung nicht allzu offensichtlich war. Egal, wie sehr sie es hasste, wenn er ihr absagte, sie wollte auch nicht, dass er sich schuldig fühlte.

„Hey, Samantha." Überraschung und Erleichterung überwältigten sie, als sie Adams Stimme hörte. *Es war nicht Luke, der anrief, um ihr abzusagen.*

„Hallo, Adam. Wie geht es dir?"

„Gut, obwohl ich verletzt bin, dass du deine Nummer geändert hast, ohne es mir zu sagen. Ich musste sie mir von Luke geben lassen."

Sam lachte. „Tut mir leid. Die Presse hat mich wie verrückt gejagt. Ich wollte, dass es aufhört." Sie wusste, dass das Interesse an ihr irgendwann gestorben wäre, aber sie hatte keine Lust gehabt, solange zu warten.

„Ich weiß. War nur ein Scherz. Wie geht es dir?"

„Gut. Ich versuche mich im Investieren."

„Das ist sicher ... interessant."

Ein Lächeln zupfte an ihren Lippen. Sie wusste, wie langweilig es anderen Leuten erscheinen musste, dass sie ihre Tage damit verbrachte, seitenweise Finanzauszüge zu durchforsten, aber ihr machte es Spaß. Es war wie der Versuch, eine Nadel im Heuhaufen zu finden, und manchmal stieß sie dabei auf Gold.

„Vielleicht willst du es auch eines Tages versuchen", schlug sie vor. Sie hatte sich nie ausgemalt, dass sie selbst einmal in diesem Geschäft tätig sein würde, bis Luke es erwähnt und sie gemerkt hatte, dass es ihr tatsächlich gefiel. Sie musste keinen Portfoliomanager davon überzeugen, eine Position zu kaufen oder zu verkaufen, weil jetzt sie selbst die Verantwortliche war.

„Du weißt genauso gut wie ich, dass Luke mein Geld besser verwalten kann, als ich es je konnte, also überlasse ich ihm die Investitionen und bleibe bei Immobilien. Also, warum ich anrufe – ich habe mich gefragt, ob du mit mir zu Larry Thomas' Hochzeit am nächsten Samstag gehen möchtest."

Sam erstarrte. Hatte er nicht gesagt, dass er ihre Nummer von Luke bekommen hatte?

Wusste Luke, dass Adam sie fragen würde? Wahrscheinlich. Es war unwahrscheinlich, dass Adam ohne irgendeine Erklärung nach ihrer Nummer fragen würde, was bedeutete, dass Luke davon wusste. Ihr wurde bang ums Herz. War Luke wirklich damit einverstanden, dass sie Adam zu der Hochzeit begleitete? Obwohl wahrscheinlich nichts dabei war, war sie dennoch traurig, dass es Luke nichts auszumachen schien, ob sie ginge oder nicht. Sie wusste, dass sie sich ärgern würde, wenn Luke eine andere Frau zu einer Hochzeit begleiten würde.

Die Tatsache, dass es ihm scheinbar vollkommen egal war, dass sie mit jemand anderem ausging, zeigte nur, dass er es mit ihr nicht ernst meinte. Und obwohl sie keine feste Beziehung hatten, war sie verletzt. Auch wenn das, was sie hatten, nur vorübergehend war, sollte er doch eigentlich darauf bestehen, dass sie nur mit ihm ausging, oder? Er sollte ihre Nummer nicht an andere Männer weitergeben!

Sie verfluchte sich für ihre Dummheit und antwortete: „Ich habe schon was vor." Sie hatte nicht wirklich gedacht, dass Luke anfing, mehr für sie zu empfinden, oder? „Aber ich danke dir, dass du an mich gedacht hast."

Adam seufzte. „Weißt du, wie schwer es ist, eine vernünftige Begleitung für eine Hochzeit zu finden?"

„Ich bin sicher, dass du mit Leichtigkeit Ersatz finden wirst." Adam sah nicht nur gut aus, er war auch reich und hatte sogar einen Sinn für Humor.

Adam seufzte. „Ich weiß es nicht. Vielleicht gehe ich einfach allein. Es wird immer schwieriger, seitdem Luke und ich in die Liste der begehrtesten Junggesellen aufgenommen wurden.“

„Du erwartest nicht, dass ich Mitleid mit dir habe, oder?“ Himmel, ihr wurde jetzt erst klar, dass Jason eifersüchtig gewesen sein musste, dass Adam auch auf dieser Liste stand.

Zu der Zeit, als Jason immer wieder erwähnte, dass Luke auf der Liste stand, hatte sie es damit abgetan, dass er seinen Freund in Verlegenheit bringen wollte. Luke hatte nie die Aufmerksamkeit gemocht, die er von der Presse bekam, und es sah Jason ähnlich, ihn damit aufzuziehen. Aber sie wusste nun, dass es ein Hinweis darauf gewesen war, dass Jason mit ihrer Ehe unzufrieden gewesen war. Hätte er sie nicht geheiratet, wäre auch er einer dieser „begehrtesten Junggesellen“ gewesen.

Vielleicht waren sich die drei – Jason, Luke und Adam – ähnlicher, als sie es sich je vorgestellt hatte. Egal, was Adam sagte, sie wusste, dass er es genoss, Aufmerksamkeit von den Frauen zu bekommen, und sie war sich sicher, dass das auch bei Luke der Fall war. War es nur ein Irrtum gewesen, dass Jason sie geheiratet hatte?

Er hatte ja ziemlich schnell genug von ihr gehabt. Würde das auch mit Luke so sein? War es schon passiert? Vielleicht hatte er deshalb kein Problem damit, Adam ihre Nummer zu geben. Im Unterbewusstsein wurde ihr klar, dass dies der Grund gewesen war, warum sie eine Affäre vorgeschlagen hatte. Sie bräuchte sich keine Sorgen wegen anderer Frauen zu machen, wenn das, was sie und Luke hatten, nur vorübergehend wäre.

Sie hatte nicht damit gerechnet, dass sie sich in ihn

verlieben würde, und doch war es geschehen. Auf eine beängstigende Art und Weise. Sie wäre nicht so verletzt gewesen, dass es ihm nichts ausmachte, wenn sie mit jemand anderem zusammen war, wenn sie nicht in ihn verliebt wäre.

Adam lachte. „Nein. Ich denke nicht, aber es war einen Versuch wert. Sag mir Bescheid, wenn du deine Meinung änderst."

Enttäuschung breitete sich in ihr aus, als sie ein paar Minuten später auflegte. Sie hatte tatsächlich angefangen, Luke wirklich zu mögen, und hatte angenommen, ihm würde es auch so gehen. Aber es stellte sich heraus, dass sie wieder einmal falschlag.

Lukes Gedanken wirbelten durch seinen Kopf, als er sich an diesem Abend Sams Wohnungstür näherte. Er war etwas früher dran, als er geplant hatte, aber er hatte sich im Büro nicht konzentrieren können. Er hatte nur den einen Wunsch gehabt, Sam zu sehen.

Es hatte ihn gejuckt, sie anzurufen, seit er das Restaurant verlassen hatte, aber er hatte nicht gewusst, was er sagen sollte. *Adam ruft an, um dich zu fragen, ob du mit ihm zur Hochzeit gehst. Du wirst doch Nein sagen, oder?*

Luke hatte nicht einmal an die Möglichkeit denken wollen, dass sie Ja sagte. Er wünschte, er hätte das Recht, ihr zu sagen, dass sie nicht mit Adam ausgehen solle, doch das gab ihm die Art ihrer Beziehung nicht. Sie wäre bestimmt der Meinung, er würde zu weit gehen, und das war schließlich auch so. Nur weil er sich selbst eingeredet hatte, dass diese Affäre mehr war, als sie es in Wirklichkeit war, gab es ihm nicht das Recht, so zu handeln.

Seine Brust schnürte sich zusammen, als er die Tür öffnete und sah, wie Sam auf der Couch saß und ihn über den Rand ihres E-Readers hinweg ansah. Wie oft würde er noch zu ihr nach Hause kommen, bevor sie entschied, dass sie etwas Besseres verdient hätte?

Besorgt, dass dieser Zeitpunkt schon bald kommen würde, verscheuchte er den Gedanken aus seinem Kopf, ging zu ihr hinüber und küsste sie. Bildete er sich das nur ein oder hatte sie seinen Kuss nicht erwidert? Er schüttelte den Gedanken ab, lächelte und setzte sich neben sie. Sie legte ihre Beine über seinen Schoß.

„Was liest du?", fragte er. Bei ihr wusste er nie, was ihn erwartete. Sie las alles, von der Biografie eines Präsidenten bis hin zu einem Highlander-Liebesroman.

Sie legte ihren E-Reader beiseite und steckte sich die Haare hinters Ohr, als sie sich aufrichtete. „Adam hat angerufen und mich gefragt, ob ich ihn zu einer Hochzeit begleiten will."

Sein Herz wurde schwer. Wollte sie ihm damit sagen, dass sie ihn am nächsten Wochenende nicht sehen konnte? Abgesehen davon, dass er den Gedanken hasste, dass sie mit einem anderen Mann zusammen sein würde, hasste er es noch mehr, dass damit etwas von ihrer gemeinsamen Zeit verloren ging. Die Wochenenden waren die einzige Zeit, in der sie ohne Stress zusammen sein konnten, und sie wollte eines davon mit einem anderen Mann verbringen?

Er knirschte mit den Zähnen. „Und was hast du gesagt?"

Egal, wie sehr er sich wünschte, dass die Dinge anders lägen, er wusste, dass er in der Situation kein Mitspracherecht hatte. Er würde nur riskieren, sie zu verlieren, wenn er versuchte, sie aufzuhalten, und er würde es nicht wagen, das zu riskieren.

„Ich habe Nein gesagt."

Eine völlig neue Erleichterung durchflutete ihn. *Gott sei Dank.* Er lächelte, als er sich zurücklehnte, und fühlte sich, als wäre ihm ein Gewicht von den Schultern genommen worden.

„Ich weiß, es ist kleinlich von mir, aber ich bin froh, dass du ihn nicht begleitest", sagte er, während er anfing, ihr die Füße zu massieren.

Ihre Augen weiteten sich. „Das bist du?"

Er lächelte schüchtern. „Ja. Nenn mich einen Höhlenmenschen, aber mir gefällt die Vorstellung von dir in den Armen eines anderen Mannes nicht."

Sie zog ihre Beine zurück. „Warum hast du ihm dann meine Nummer gegeben?"

„Was hätte ich denn tun soll? Da wir unsere Beziehung geheim halten wollen, konnte ich ihm schlecht sagen, dass er sich jemand anderen suchen sollte, als er nach deiner Nummer gefragt hat." Luke zuckte mit den Achseln und deutete auf sie. „Außerdem war ich mir nicht sicher, ob du Adam nicht vielleicht doch zur Hochzeit begleiten und mit ihm ausgehen wolltest."

„Oh."

Er blinzelte überrascht, als ihm die Erkenntnis

dämmerte. „Warte. Du dachtest, ich *wollte*, dass du mit Adam gehst?"

„Ich weiß es nicht … Nach allem, was mit Jason passiert ist …" Sie seufzte. „Ich wollte nur, dass du weißt, dass du es mich wissen lassen kannst, wenn du das mit uns jemals beenden willst – ich werde dir nicht böse sein."

Wie konnte sie so emotionslos von einer Trennung sprechen? Wie konnte sie so tun, als wäre das, was sie hatten, unbedeutend? Empfand sie *gar nichts* für ihn? Der Gedanke, dass sie nichts dabei empfand, wenn sie sich trennten, war ernüchternd. Hatte er mit dem Versuch, sie dazu zu bringen, ihn zu lieben, nur seine Zeit verschwendet? Nein. Sie musste etwas für ihn empfinden. Eine so starke Bindung wie ihre konnte doch nicht nur einseitig sein, oder?

„In Ordnung", murmelte er, obwohl er ihr im Gegenzug nichts Ähnliches anbot. Er wusste, dass er am Boden zerstört sein würde, wenn sie sich von ihm trennte. Aber da das nicht hier und jetzt geschehen würde, schob er den Gedanken beiseite.

Seine Brust schmerzte bei dem Gedanken an alles, was sie durchgemacht hatte. Weil er es verabscheute, dass sie verletzt worden war, und dankbar war, dass sie ihre Beziehung noch nicht beenden wollte, küsste er sie. Ihre Lippen lagen weich auf seinen und er stöhnte. So weich. Er legte eine Hand um ihre Taille und zog sie auf seinen Schoß. Sie mochten ihre Beziehung vielleicht unterschiedlich sehen, aber zumindest im Bett waren sie sich einig.

Seine Hände glitten unter ihr Hemd und er erkundete die seidige Haut darunter. Er verteilte Küsse auf ihrem

Hals, bevor er sich jener süßen Stelle zuwandte, von der er wusste, dass es ihre erotische Stelle war. Sie stöhnte, und der Laut fuhr direkt in seinen Schwanz.

Gierig zog er ihr die Bluse aus und ihm wurde leicht schwindelig vor Erregung, als er ihre nackten Brüste sah. Er liebte es, wenn sie keinen BH trug. Er nahm beide Brüste, eine in jede Hand, und strich mit den Daumen über ihre Brustwarzen. Ein Machtgefühl durchströmte ihn, als ihre Augenlider flatterten und sie sich ihm entgegenwölbte. Er war derjenige, der eine solche Reaktion bei ihr auslöste. Er war derjenige, der ihr dieses Gefühl gab. Nicht Jason. Nicht Adam – er. Berauscht von dem Gedanken, nahm er eine der steifen Knospen in den Mund.

Als könnte sie nicht genug von ihm bekommen, ließ sie ihre weichen Hände über ihn wandern und sein Griff um sie herum verstärkte sich. Er liebte es, wenn sie ihn berührte, und hasste den Gedanken, ihre Hände könnten jemand anderen berühren.

Sie keuchte, als er sanft in ihre Brustwarze biss. Er grinste, leckte dann darüber und streichelte sie, bevor er erneut den empfindlichen Nippel biss. Ihre Nägel gruben sich in seinen Rücken, als er sich ihrer anderen Brustwarze zuwandte und ihr die gleiche Behandlung zukommen ließ. Ihr Stöhnen erfüllte die Luft und ging direkt in seinen Schwanz. Er brauchte sie jetzt, schlang sich ihre Beine um seine Taille und stand auf. Sie fing an, sein Hemd aufzuknöpfen, als er ihre Lippen für einen Kuss einfing.

Sie zog ihm das Hemd aus, als sie Sekunden später ins Bett taumelten, und begann, ihre Hände über ihn wandern zu lassen. Da er wusste, dass er nicht lange durchhalten würde, wenn sie so weitermachte, rutschte er nach unten und hinterließ eine Spur von Küssen auf ihrem heißen Bauch, während er ihr die Hose und das Höschen auszog. Er sprach ein stummes Dankgebet, als er sah, dass sie feucht war. Er konnte nicht länger warten. Er entledigte sich schnell seiner Hose und Boxershorts und legte sich zu ihr ins Bett.

Er drang in sie ein, und das süße Gefühl, von ihr umschlossen zu werden, verstärkte seine Lust. *So gut. Sie fühlte sich so verdammt gut an.* Er stieß immer wieder in sie und verlor sich in seinen Gefühlen. Sie stöhnte; es war das Schönste, was er je gehört hatte.

Ihr Haar war über das Kissen ausgebreitet, ihr Blick verhangen, und ihre Wangen waren von einem köstlichen Rot überzogen. Der Gedanke, dass ein anderer Mann sie so sah, ganz gleich ob in der Vergangenheit oder in der Zukunft, ließ ihn plötzlich rotsehen.

„Sag meinen Namen", sagte er, als er in sie stieß. Ihre Lider flatterten, als sie stöhnte, und er wiederholte es erneut. „Sag meinen Namen, Sam."

„Luke", sagte sie schließlich atemlos.

Männliche Zufriedenheit strömte durch ihn. Er liebte es, seinen Namen auf ihren Lippen zu hören.

„Noch einmal", forderte er, als er in sie hinein hämmerte.

„Luke."

Er legte sich eines ihrer Beine über die Schulter und bewegte sich wieder tief in ihr. Das Gefühl, so tief in ihr zu sein, machte ihn verrückt. Ihr ging es scheinbar genauso, denn sie keuchte und ihre Nägel gruben sich in seinen Rücken. „Luke."

Als ginge es um sein Leben, bewegte er sich schneller. Bald spannten sich ihre Muskeln um ihn an und ihr süßes Stöhnen erfüllte die Luft, als er die Wellen ihres Orgasmus spürte. „Luke. Luke."

Stöhnend vergrub er sein Gesicht in ihrer Schulter und folgte ihr.

* * *

„Lass uns an diesem Wochenende irgendwo hingehen", sagte Luke, als sie wenig später aneinander gekuschelt im Bett lagen. „Wie wäre es mit Marthas Weingut? Wir könnten den Jet nehmen und einen anderen Piloten anheuern, um alles unter Verschluss zu halten."

Sam war kurz davor, Ja zu sagen, doch dann runzelte sie die Stirn. Es war so einfach, mit Luke zusammen zu sein, und sie wusste, dass sie sich bald ernsthaft verlieben würde, wenn sie die Dinge so weiterlaufen ließ wie im Moment. Deshalb hatte Adams Anruf sie so durcheinandergebracht. Sie dachte, sie und Luke hätten etwas Gutes am Laufen, und sie war nicht bereit, damit aufzuhören.

„Ich wollte eigentlich meiner Schwester bei einer Exkursion helfen", sagte sie plötzlich. Ihre Schwester hatte sich heute in ihrer E-Mail über den Mangel an Eltern beschwert, die sich angemeldet hatten, um die Exkursion an diesem Wochenende zu überwachen. Sam hatte sich überlegt auszuhelfen, wollte aber ihre Zeit mit Luke nicht opfern.

Aber vielleicht wäre eine Auszeit von ihm gar nicht so verkehrt. Sie musste ihren Kopf freibekommen – um sich daran zu erinnern, dass es mehr im Leben gab als nur Luke, dass das, was sie mit ihm hatte, nur vorübergehend war – eine Affäre. Und vielleicht, um sich daran zu erinnern, sich nicht wieder so in jemandem zu verlieben, dass sie Freunde und Familie vernachlässigte.

„Ich wollte es dir schon früher sagen, aber ich habe es vergessen."

„Natürlich", sagte er, aber sie konnte seine Enttäuschung förmlich spüren.

Schuldgefühle nagten an ihr, aber sie schob sie rücksichtslos beiseite. Sie musste sich schützen.

Sie lächelte, als sie sich ihm zuwandte. „Vielleicht nächstes Mal?" Sie liebte den Gedanken, mit ihm zusammen irgendwohin zu gehen. Vielleicht zu sehr. „An was hast du gedacht?"

Sein Griff um sie verstärkte sich. „Unser eigenes privates Ferienhaus, Spaziergänge am Strand und Sex. Viel Sex."

„Keine Muscheln?"

„Ich kaufe dir eine ganze Hütte voll."

„Mmm … die Idee gefällt mir." Es klang wie der perfekte Kurzurlaub. Sie wünschte, sie könnte nachgeben und Ja sagen, aber sie konnte es sich nicht leisten. Sie hatte sich in Luke verliebt und war gefährlich nahe daran, sich an ihn zu verlieren.

Sie sah schon kommen, wie sie alles für ihn aufgab, um

bei ihm zu sein, so, wie sie es bei Jason getan hatte, weil sie ihre ganze Zeit mit ihm verbringen wollte. Aber ihre Freunde und Familie verdienten mehr als das, und bis sie wusste, wie sie ihre Prioritäten besser handhaben konnte, konnte sie diesen nächsten Schritt mit Luke nicht machen.

„Ich weiß, was dir sonst noch gefällt." Seine Augen verdunkelten sich, als er sich auf sie rollte, und schon bald waren alle anderen Gedanken vergessen.

KAPITEL ACHTZEHN

„Ich habe diese Blume für dich gepflückt. Sie ist gelb wie dein Kleid.“

Sam wurde es warm ums Herz, als sie sich hinunterbeugte und die Sonnenblume nahm, die das junge Mädchen ihr hinhielt. Das Mädchen mit dem Pferdeschwanz und den großen Augen war einfach entzückend.

„Danke. Sie ist wunderschön.“

Das Kind lächelte schüchtern, bevor es losging, um sich dem Rest ihrer Gruppe bei der Schnitzeljagd anzuschließen. Sams Brust zog sich zusammen, als sie sich aufrichtete und beobachtete, wie die Kinder einen Baum umkreisten, bevor sie auf einen anderen zugingen. Würde sie jemals Kinder haben?

Sie war immer davon ausgegangen, aber jetzt war sie sich nicht mehr so sicher. Da sie nicht wollte, dass ihr Kind ohne Vater aufwuchs, hätte sie heiraten müssen, und sie war sich nicht sicher, ob sie *das* jemals wieder durchmachen wollte.

Luke wäre ein guter Vater.

Sie stöhnte innerlich, als ihr klar wurde, in welche Richtung ihre Gedanken gingen. Was sie hatten, war ein Techtelmechtel. Sie würde am Ende sehr enttäuscht sein, wenn sie anfing, über Liebe und Ehe nachzudenken. Obwohl sie wusste, dass Luke sie mochte, bezweifelte sie, dass es auch nur annähernd Liebe war, was er empfand, und sie war sich auch nicht sicher, ob sich das jemals ändern würde. Außerdem hatte er nie davon gesprochen, ihre Beziehung zu etwas Dauerhaftem zu machen.

„Vielen Dank, dass du uns noch einmal geholfen hast", sagte Cindy, als sie auf sie zukam. „Ich sag's dir, mindestens zwei Väter und ein Lehrer haben sich nur deinetwegen für das Lager angemeldet."

„Meinetwegen?", fragte Sam überrascht.

Cindy grinste. „Ist dir gar nicht aufgefallen, dass die Männer dir anbieten, deine Tasche zu tragen oder dir beim Aufstellen des Zeltes zu helfen?"

Sam stöhnte. „Ich dachte, sie wollten nur, dass ich mich willkommen fühle. Weil ich weder Elternteil noch Lehrerin bin." Sie kam sich so dumm vor.

„Es tut mir leid, Sam. Ich hätte ihnen gesagt, dass du nicht interessiert bist, aber ich brauchte die Hilfe. Der Camping-Trip wäre abgesagt worden, wenn sich nicht genug Erwachsene gemeldet hätten, und die Kinder haben sich so bemüht, das Geld dafür zusammenzubekommen. Ich wollte sie nicht enttäuschen. Die Männer sind aber trotzdem Schweine. Kannst du dir vorstellen, eine Frau nur wenige Monate nach dem Tod ihres Mannes anzubaggern? Ich kann es nicht glauben –"

„Ich habe angefangen, mich mit jemandem zu treffen", gab Sam zu, bevor Cindy sich noch weiter in das Thema hineinsteigern konnte. Dies war zwar nicht der beste Weg, es ihr zu sagen, aber sie wollte auch nicht, dass ihre Schwester sie für jemanden hielt, der sie nicht war.

„Du … Warte, du hast was?"

„Ich habe angefangen, mich mit jemandem zu treffen. Es ist nicht so, dass es einer von uns geplant hat, es ist einfach …" Da sie nicht wusste, was sie sagen sollte, zuckte sie mit den Achseln.

„Ist es ernst?", fragte Cindy nach einem Moment.

„Ich glaube, ich bin in ihn verliebt", gab Sam zu. Sie hatte gedacht, ihre Gefühle in Schach halten zu können, aber sie schaffte es einfach nicht.

„Und der Kerl? Empfindet er auch etwas für dich?"

Sie wollte schon verneinen, doch dann erinnerte sie sich daran, dass Luke immerhin seine Arbeitszeit im Büro eingeschränkt hatte, seitdem er mit ihr zusammen war. Harkin war immer Lukes Priorität gewesen, und doch war er bereit, sich frei zu nehmen, um bei ihr zu sein. Und nicht nur das, sie war wahrscheinlich die längste Beziehung, die er je gehabt hatte.

„Ich weiß, dass er etwas für mich empfindet", sagte Sam schließlich. „Ich bin mir nur einfach nicht sicher, was."

„Oh, du meine Güte – es ist Luke, nicht wahr?", fragte Cindy und packte Sams Handgelenk. „Deshalb hast du all diese netten Dinge über ihn gesagt, als wir die Show besucht haben!" Überrascht, dass Cindy mit ihrer

Vermutung richtig lag, nickte Sam und Cindy fuhr fort: „Ich kann das nicht glauben. Ich meine, das bist nicht du. Du springst nicht von einem Kerl zum nächsten. Wie kam es dazu? Wie lange läuft das schon?"

Sam war im Begriff, ihr alles über Jason zu erzählen, doch dann bremste sie sich. Was würde Cindy von ihr halten? Ihre Eltern hatten ihnen beigebracht, dass es auf innere Werte ankam, und doch hatte sich Sam von Jason und dem Glanz und Glamour seiner Welt einfangen lassen. Obwohl sie daran zweifelte, dass ihre Schwester sie verurteilen würde, schämte sie sich – vor allem, weil sie nicht sicher war, ob sie jemals erkannt hätte, wie leer ihr Leben gewesen war, wenn sie Jasons Telefon nicht gefunden und die Nachrichten entdeckt hätte. Sie wäre gerne davon ausgegangen, dass es irgendwann sowieso passiert wäre, aber sie war nicht ganz davon überzeugt.

„Ein paar Monate."

„Dann muss es wirklich ernst sein. Seine Beziehungen halten doch sonst nie länger als zwei Tage. Und du", sagte sie und richtete anklagend einen Finger auf sie. „Du lässt dich nie auf etwas ein, wenn es nicht ernst ist. Die kürzeste Beziehung, die du je hattest, war Ben, mit dem du zwei Jahre lang zusammen warst."

Sam ärgerte es, dass ihre Schwester recht hatte. Hatte sie sich nur getäuscht, als sie dachte, dass sie eine Affäre haben könnte? Oder war das ihre Ausrede, um mit Luke zusammen zu sein?

„Nicht, dass das eine schlechte Sache ist", fügte Cindy schnell hinzu. „Du bist einfach dieser Typ Mensch."

„Was hältst du von Luke?", fragte Sam zögerlich, froh,

endlich mit jemandem über ihn sprechen zu können. Wenn sie Finanzen analysierte, hörte sie immer auf ihren Bauch, aber am Ende des Tages gaben ihr die Zahlen recht. Doch diese Bestätigung bekam sie nicht, wenn es um Beziehungen ging. Da konnte sie sich nur auf ihren Bauch und ihre Instinkte verlassen – und hoffen, dass es gut ging.

„Oh, nein. Dazu werde ich mich nicht äußern."

„Ich verspreche dir auch, es dir nicht übel zu nehmen, und ich werde es Luke definitiv nicht erzählen." Sie sollte nicht einmal mit irgendjemanden über ihre Beziehung reden.

„Na gut", sagte ihre jüngere Schwester und verschränkte ihre Arme. „Ich weiß, dass du dich immer über ihn beschwert hast, aber er war immer nett zu mir. Ganz zu schweigen von seiner stets respektvollen Art gegenüber Mom und Dad."

War das ein Seitenhieb auf Jason? Dass er nicht so nett und respektvoll gewesen war?

„Er scheint einfach echt zu sein, weißt du? Man hat nicht das Gefühl, dass er sich verstellt, auch wenn ich mich schon manchmal gewundert habe. Es kam mir so vor, als würdest du kein gutes Haar an ihm lassen, aber ich habe all diese negativen Dinge niemals bei ihm gesehen."

„Ich habe ihn falsch eingeschätzt", gab Sam zu. Sie schämte sich immer noch dafür, dass sie ihn einen Lügner genannt hatte, obwohl er ihr tatsächlich nur ein guter Freund gewesen war.

„Das sehe ich auch so. Ich kann es immer noch nicht glauben –"

„Ms. Johnson! Ms. Johnson!", unterbrach eines der

Kinder sie. „Wir sind fertig mit der Liste! Wir haben gewonnen!"

Sam sah auf und sah eine Gruppe von Kindern schnell auf sie zukommen, darunter das Mädchen, das ihr die Blume gegeben hatte. „Wir haben gewonnen!"

Cindy zeigte auf sie. „Darüber reden wir noch", sagte sie, bevor sie sich den Kindern zuwandte. „Gut gemacht! Dann lasst uns mal nachschauen, ob wir alles haben."

Obwohl Cindys Worte sie ein wenig einschüchterten, war Sam enorm erleichtert, endlich jemandem von Luke erzählt zu haben. Und nicht nur das, ihre Schwester hielt Luke sogar für einen anständigen Mann. Da musste doch ein Körnchen Wahrheit dran sein.

„Hast du heute das Interview mit Hams CEO gesehen?", fragte Sam eine Woche später, als sie sich mit ihrem Handy am Ohr in ihren Sessel setzte. „Der Mann konnte dem Reporter nicht einmal in die Augen schauen."

Luke lachte. „Ich hätte es an seiner Stelle auch nicht gekonnt. Er hat die Finanzen während seiner ganzen Zeit als CEO gefälscht."

„Ich bin immer noch überrascht, wie lange es unentdeckt geblieben ist." Bereits vor ein paar Jahren hatten mindestens zwei Analysten Warnungen über das Unternehmen herausgegeben, doch es war niemals wirklich etwas passiert, bis ein bekannter Investor Alarm schlug, nachdem er die Aktie verkauft hatte.

„Das passiert, wenn es keinen Anreiz gibt, ehrlich zu

sein. Die Manager kassierten ihre hohen Gehälter und die Aktionäre und die Buchhalter haben ebenfalls ihren Reibach gemacht."

„Ich weiß, dass ich mittlerweile eigentlich immun dagegen sein sollte, aber manchmal überrascht mich die Gier dieser Leute wirklich", gab Sam zu. Nicht nur der CEO hatte Gelder unterschlagen, sondern die Buchhalter und die Wirtschaftsprüfer waren auch daran beteiligt gewesen, und als ehemalige Buchhalterin störte es sie wirklich, wie leicht sich einige Leute kaufen ließen.

„Ich weiß, was du meinst. Diese Wirtschaftsprüfungsgesellschaften setzen ihren Ruf aufs Spiel, nur um ein wenig mehr Geld zu verdienen. Es ist, als hätten sie nichts aus dem ganzen Rixel-Skandal gelernt. Sorry, Sam. Sheila ruft nach mir. Wir sehen uns heute Abend."

Sam lächelte, als sie das Telefon beiseitelegte und ihren Computer einschaltete. Hoffentlich konnte sie die Überprüfung der Ölfirma beenden, die sie an diesem Morgen begonnen hatte, bevor Luke vorbeikommen würde. Es gab da noch eine Hardware-Kette im Nordosten, die sie sich morgen genauer anschauen wollte.

Eine Stunde später war sie gerade dabei, eine E-Mail an die Investor-Relations-Abteilung der Ölgesellschaft über einen der Posten in ihrer Bilanz zu schreiben, als die Türklingel ertönte.

„Ich bin's", hörte sie Ninas Stimme.

Überrascht stand Sam auf und ging zur Tür. Nina war normalerweise zu dieser Tageszeit auf der Arbeit. Sie schaute auf den Monitor an der Tür und sah ihre Freundin lächelnd auf und ab hüpfen. Sie sah aus, als stände sie kurz davor zu platzen. Amüsiert eilte Sam nach draußen.

„Ich bin verlobt!", sagte Nina im selben Moment, in dem Sam die Tür öffnete. Ihre Freundin strahlte, hielt ihr die Hand hin und zeigte ihr einen Ring mit einem großen Solitärdiamanten in der Mitte. „Andrew hat mir gestern Abend einen Antrag gemacht."

„Oh, wow, meine Güte. Herzlichen Glückwunsch!", sagte Sam und umarmte ihre Freundin.

„Danke", sagte Nina, als sie sich voneinander lösten. „Ich kann es immer noch nicht glauben. Er klang so distanziert, als er mich zu sich eingeladen hat. Ich hatte Angst, dass er sich von mir trennen würde, und dann das!" Strahlend hielt sie ihre Hand noch einmal in die Höhe. „Es war so romantisch", fuhr sie fort, als sie die Wohnung betrat. „Ich bin in sein Hotelzimmer gegangen und alles war voller Blumen und Kerzen und Musik ..." Wie in Trance ließ Nina sich auf die Ledercouch fallen.

„Ich freue mich so für dich!", sagte Sam, als sie sich neben ihre Freundin setzte. Und das tat sie. Es gab niemanden, den sie kannte, der solch ein Glück mehr verdiente. Ihre Freundin hatte ein paar ziemlich beschissene Beziehungen hinter sich. Es war eine Erleichterung, dass sie endlich eine gute gefunden hatte. Sam wünschte sich nur, sie hätte den Kerl kennengelernt, bevor er Nina einen Antrag machte. Die Tatsache, dass sie das nicht hatte, zeigte, wie sehr sie sich von Jason hatte vereinnahmen lassen. Jason war noch am Leben gewesen, als Nina angefangen hatte, sich mit Andrew zu treffen. Hätte Sam die wöchentlichen Abendessen mit ihrer Freundin nicht wegen ihres vollen Terminkalenders mit Jason aufgegeben, hätte sie Andrew inzwischen sicher kennengelernt.

„Lass uns ausgehen und feiern", sagte sie und hoffte, ihre Versäumnisse damit wieder gutzumachen.

„Es tut mir leid, Sam, aber ich habe leider keine Zeit. Ich muss packen. Ich war einfach so aufgeregt, dass ich es dir persönlich erzählen musste."

„Packen? Wohin geht die Reise?" Ihre Freundin musste gelegentlich die Stadt verlassen, um sich mit einem Kunden zu treffen oder um in der Nähe des Gerichtes zu sein. Sie musste sich nicht einmal immer allzu weit von ihrem Wohnort entfernen, aber es konnte manchmal so hektisch werden, dass es einfach sinnvoller war, in einem Hotel zu übernachten, als Zeit mit der Anfahrt zu verschwenden.

„Oh, nein. Es ist kein Fall. Ich werde an diesem Wochenende nach Washington fahren, um seine Eltern kennenzulernen, und dann komme ich zurück, um fristgerecht zu kündigen, und dann werde ich für immer weg sein."

„Du ziehst nach Washington?", fragte Sam überrascht. Obwohl es nicht Washington State war, war Washington, D.C. dennoch meilenweit entfernt. Sie würde ihre Freundin nicht so oft sehen, wie sie gehofft hatte.

„Ja. Er kann leider nicht hierher ziehen", sagte Nina, und Sam nickte verständnisvoll. Andrew hatte eine kleine Metallfabrik in D.C. Es würde keinen Sinn für ihn machen, nach New York zu ziehen. Aber trotzdem … Sam dachte daran, wie glücklich Nina gewesen war, eine Beförderung zu bekommen, und jetzt warf sie alles für einen Mann weg?

Im Hinterkopf wusste sie, dass sie so dachte, weil ihr

selbst genau das mit Jason passiert war, daher schob sie die negativen Gedanken beiseite. Nur weil sie sich in der Ehe verloren hatte, bedeutete das nicht, dass es Nina ebenso ergehen musste.

„Ich werde dich vermissen", sagte Sam, als sie die Hand ihrer Freundin nahm. Zumindest konnte sie sie oft besuchen. Jetzt, da sie nicht mehr bei Harkin arbeitete, hatte sie definitiv die Zeit dazu.

„Ich werde dich auch vermissen", murmelte Nina, als sie sie umarmte. „So ein Mist! Es fühlt sich an, als ob wir gerade wieder zusammengekommen sind, und jetzt ist das passiert!"

„Ich werde dich oft besuchen."

„Danke, und du weißt, dass ich so oft wie möglich herkommen werde." Nina schaute auf ihre Uhr und stand auf. „Jetzt muss ich wirklich los. Andrew holt mich um drei ab. Ich rufe dich an, wenn ich zurückkomme."

Ein nagender Zweifel schlich sich in Sams Kopf, während sie die Tür schloss. Obwohl sie sich für ihre Freundin freute, konnte sie nicht umhin, sich zu fragen, ob sie jemals so glücklich sein würde wie Nina. Überraschenderweise war der Gedanke an eine Ehe nicht mehr ganz so abwegig, wie er es noch vor ein paar Monaten gewesen war, und sie wusste, dass der Grund dafür Luke war.

Es hatte sie unvorbereitet erwischt und sie begann zu ahnen, dass sie nichts gegen eine Ehe hätte, wenn Luke der Ehemann wäre.

KAPITEL NEUNZEHN

Luke stöhnte auf, als Sam an seinem Hals knabberte. Er erhaschte einen kurzen Blick auf ihr heißes Lächeln, als sie sich von ihm löste, bevor sie Küsse auf seiner Brust verteilte und Stromschläge durch seinen Körper jagte.

Angesichts der Richtung, in die sie sich bewegte, wurde er leicht benommen. Er liebte es, wenn sie ihr in den Mund nahm. Ihre Hände wanderten gierig über ihn und er konnte nicht anders, als bei dem Gedanken zu lächeln, dass sie seinen Körper so sehr genoss wie er ihren. Er wollte, dass das Verlangen auf Gegenseitigkeit beruhte, wollte, dass sie ihn so sehr wollte, wie er sie.

Sie strich über seine Härte, bevor sie ihn in die Hand nahm und sanft streichelte. Sie sah ihm in die Augen und die Mischung aus Lust und Verspieltheit in ihrem Blick ließ ihn lächeln. „Bitte –", hob er an.

„Luke!"

Sein Herz blieb beim Klang der Stimme seiner Mutter stehen. Sam erstarrte, ihre Augen weiteten sich. Konnte seine Mutter ein schlechteres Timing haben? Obwohl die Chance bei einem Besuch seiner Mutter zugegebenermaßen sehr groß war, dass er gerade mit Sam im Bett lag. Er schnellte aus dem Bett, schloss die Tür und verriegelte sie. Dann kehrte er zu Sam zurück und wusste nicht, was er sagen sollte.

„Wie schaltet man dieses Ding ein?", hörte er seinen Vater sagen und nahm an, dass er das Fernsehgerät meinte.

„Hier." Die Stimme seines Bruders drang zu ihm, dann hörte man eine Stimme aus dem Fernseher, bevor auf einen Sportkanal umgeschaltet wurde. Natürlich. Football am Sonntag. Einige Dinge änderten sich nie.

„Es sind meine Eltern, mein Bruder und vielleicht meine Schwester", flüsterte er Sam zu. Sie fing an, sich anzukleiden, also tat er dasselbe. „Ich habe ihnen Zugang zum Aufzug gegeben."

„Und sie kommen einfach unangemeldet vorbei?", fragte sie, während sie sich aufrichtete und ihn ansah. „Was ist, wenn jemand bei dir ist?"

„Ich bringe jetzt nicht gerade ständig Frauen hierher", sagte er, während er sich mit der Hand durch die Haare fuhr. Er hatte nicht nur keine Zeit für Affären, er hatte auch das Gefühl des Ekels, das ihn danach immer überkam, gehasst. Obwohl er niemals darauf gehofft hatte, dass Sam auftauchen und in ihm mehr als den Freund ihres Mannes sehen würde, hatte er stets alle Frauen mit Sam verglichen, und sie hatten dabei immer den Kürzeren gezogen.

„Außerdem rufen meine Eltern normalerweise vorher an", fuhr er fort. Er stöhnte bei dem Gedanken, dass sie höchstwahrscheinlich sogar angerufen hatten, aber da er sein Handy und seinen Festanschluss ausgeschaltet hatte, bevor Sam gekommen war, hatten sie ihn nicht erreichen können.

„Komm", murmelte er, nachdem er seine Hose angezogen hatte. Je schneller sie da draußen waren, desto schneller konnten er und Sam da weitermachen, wo sie aufgehört hatten.

„Warte. Ich kann da nicht rausgehen." Sie sah ihn entsetzt an.

Stirnrunzelnd richtete er sich auf. „Was meinst du mit – Oh." Es gab ihm einen Stich, dass sie seine Eltern nicht kennenlernen wollte. Sie kannten sie bereits, aber als Jasons Frau – nicht als die Frau, die er liebte, und es überraschte ihn, wie sehr er sich wünschte, dass seine Familie von ihr erfuhr. Seine Mutter drängte ihn immer, die richtige Frau zu finden, und er wusste, dass auch sein Vater wollte, dass er sesshaft wurde. Er wünschte, er könnte ihnen sagen, dass dies nun der Fall war.

Aber stimmte das?

Er wusste, dass Sam die Frau war, mit der er den Rest seines Lebens verbringen wollte, aber selbst nach allem, was sie miteinander erlebt hatten, bestand sie darauf, ihre Beziehung geheim zu halten. Zweifel daran, dass sie die Beziehung nicht so ernst nahm wie er, jagten ihm durch den Kopf, doch dann schob er sie beiseite. Er würde dafür *sorgen*, dass ihre Beziehung funktionierte.

„Es tut mir leid", sagte Sam, während sie den Kopf schüttelte. „Aber du weißt, wie schlecht das für uns beide aussehen würde."

Er verstand, was sie meinte, aber es war ihm egal.

Himmel, sie hatten nichts falsch gemacht. Sie waren zwei ungebundene Erwachsene, die sich gerne Gesellschaft leisteten.

Jemand versuchte, die Tür zu öffnen, und Panik trat in Sams Augen.

„Ich ziehe mich gerade an!", brüllte er.

„In Ordnung. Gut", hörte er seine Mutter sagen.

Seufzend fuhr er sich mit der Hand durch die Haare. „Lass mich einfach herausfinden, was sie wollen. Ich komme gleich wieder."

„Nein. Du kannst nicht –"

Bevor sie noch etwas sagen konnte, ging er hinaus zu seinen beiden Geschwistern, seinem Vater, der auf das Footballspiel im Fernseher starrte, und zu seiner Mutter, die am Fenster stand und den Ausblick genoss.

„Luke!" Seine Schwester erhob sich von der Couch und kam schnell zu ihm, um ihn zu umarmen.

Lächelnd drückte er Anna an sich. „Hey, was macht ihr alle hier?"

Er fing einen drohenden Blick seiner Mutter auf, als sie auf ihn zukam, um ihn zu umarmen. „Wir haben versucht anzurufen, aber du bist nicht rangegangen." Ihr Blick wanderte über seine Schulter zu seinem Schlafzimmer, und er wusste, dass er nichts vor ihr verbergen konnte. Er wollte ihr sagen, dass es nicht das war, was sie dachte, aber allein der Versuch einer Erklärung würde nur zu Fragen führen, die er nicht beantworten konnte, also ließ er es bleiben.

Anna meldete sich. „Papa und Brian haben mir geholfen, die alte Couch in meine Studentenwohnung zu bringen."

Luke runzelte die Stirn. „Warum habt ihr dafür keine Möbelpacker engagiert?"

Sein Bruder lachte. „Für eine Couch?"

„Ja. Für eine Couch." An einem der nächsten Tage musste er Brian daran erinnern, dass ihr Vater nicht mehr so stark war wie früher.

„Kommt er mit oder nicht?", fragte sein Vater von der Couch, nahm dabei kaum die Augen vom Fernseher, und Luke seufzte. Seine Mutter sollte nichts planen, wenn ein Spiel anstand.

„Wohin?", fragte Luke und sah seine Mutter an.

Anna lächelte. „Mom und Dad laden uns alle zum Brunch ein."

Schuldgefühle überkamen ihn. Seine Eltern kamen selten in diesen Teil der Stadt, und er hatte nicht einmal gewusst, dass sie kommen würden. Aber er konnte nicht einfach so mitgehen. Er musste mit Sam sprechen.

„Es tut mir leid, ich kann euch nicht begleiten. Vielleicht beim nächsten Mal?"

„Natürlich, Liebling", sagte seine Mutter und legte eine Hand auf seine Schulter. „Und vergiss nicht, nächste Woche zum Abendessen zu kommen."

„Ja. Wenn er aus dem Bett kommt." Sein Bruder grinste, als er ihn ansah, und Luke widersetzte sich dem Drang, ihm eine zu kleben.

„Sehr lustig", sagte er, als er sie zum Aufzug brachte.

„Hoffentlich gibt es im Restaurant einen Fernseher", sagte sein Vater. „Es war schön, dich zu sehen, Sohn."

Sobald sich die Aufzugtüren hinter seiner Familie geschlossen hatte, machte Luke sich auf den Weg ins

Schlafzimmer, wo er eine vollständig angezogene Sam fand, die etwas aus ihrer Tasche nahm. Enttäuschung breitete sich in ihm aus, als er sah, dass es ihre Autoschlüssel waren. Sie ging.

„Ich hätte allein rausgefunden", murmelte sie, als sie sich umdrehte.

„Ich habe die Einladung meiner Familie abgelehnt." Er seufzte, als er sich mit der Hand über das Gesicht fuhr. Er wusste, dass er es bereuen würde, aber er konnte sich nicht bremsen. „Ich will unsere Beziehung nicht mehr geheim halten." Er war kein Teenager, der seine erste Freundin vor seinen Eltern versteckte. Er war vierunddreißig Jahre alt, um Gottes willen. Er sollte die Frau, die er liebte, nicht vor seinen Eltern verstecken müssen.

Er beobachtete, wie sich Sams Gesicht anspannte. Er wusste, dass es nicht das war, worauf sie sich eingelassen hatte, aber er konnte sich nichts mehr vormachen. Er liebte sie und wollte sein Leben mit ihr verbringen – ohne all diese Ausflüchte.

„Wir hatten einen Deal", sagte sie schließlich und brach das Schweigen. Es fühlte sich an, als würde sie ihm den Teppich unter den Füßen wegziehen. Auch nach all dieser Zeit lag ihr nicht genug an ihm, dass sie den Leuten hätte sagen wollen, dass sie zusammen waren. Er wusste, dass sie *etwas* für ihn empfand, aber er begann daran zu zweifeln, dass es jemals genug sein würde.

„Ich weiß, und es tut mir leid, aber ich bin es leid, mich zu verstecken", sagte er und nahm sie in den Arm. Er hoffte, dass er keinen Fehler machte. Er wollte nicht darauf verzichten, sie zu sehen – er war noch nie so glücklich gewesen wie in den Stunden, in denen er bei ihr war, und er wusste, dass er am Boden zerstört wäre, wenn sie zu dem Schluss käme, dass es das nicht wert war. „Und ich möchte, dass meine Familie die Frau kennenlernt, die mir so viel bedeutet.“

„Aber sie kennen mich doch schon.“

„Als Jasons Frau. Ich möchte, dass sie wissen, wie viel du mir bedeutest.“

Sie schwieg einen Moment, bevor sie murmelte: „Ich werde darüber nachdenken.“

Das war nicht viel, aber er war dankbar, dass sie den Gedanken nicht sofort verwarf.

Er lächelte, als er ihr die Schlüssel aus der Hand nahm. „Du denkst doch nicht wirklich darüber nach zu gehen, oder? Ich hatte das ganze Wochenende für uns geplant.“

Ein Lächeln spielte auf ihren Lippen. „Oh, wirklich?“

„Ja, und du trägst viel zu viele Kleidungsstücke für das, was ich im Sinn hatte.“ Sie mochte ihn vielleicht nicht lieben, aber er wusste Eins mit Sicherheit, nämlich dass sie im Bett miteinander harmonierten. Es war nicht viel, aber es war alles, was er hatte, und er würde es nutzen, so gut er konnte.

Am nächsten Tag beobachtete Samantha, wie Luke fachmännisch einen Pfannkuchen wendete. Er trug das weiße Hemd, das er gestern getragen hatte, und sie fragte sich, wie lange ihre Liaison andauern würde, wenn sie weiterhin darauf bestand, ihre Beziehung geheim zu halten.

Er bemühte sich, dafür zu sorgen, dass niemand von ihnen erfuhr. Er musste seine Sachen stets in einer Tasche im Auto aufbewahren, damit ihre Putzfrau nicht wusste, dass sie Männerbesuch bekam; er musste jeden Tag selbst zur Arbeit fahren, damit sein Fahrer nichts davon erfuhr. Er half ihr sogar, alle Töpfe und Pfannen zu spülen und abzutrocknen, wenn sie eine Mahlzeit zubereiteten, damit ihre Köchin nicht wusste, dass sie benutzt worden waren.

Warum machte er das alles mit?

Er konnte jede Frau haben, die er wollte, und doch zwang er sich durch einen Dschungel an Hindernissen, die sie ihm in den Weg stellte. Gewissensbisse plagten sie, als sie erkannte, dass er so viel Besseres verdiente als das, was sie ihm gab. Vielleicht hätte sie gestern nicht so sehr ausflippen sollen, als seine Familie zu Besuch kam, aber sie war in Panik geraten. Sich als Lukes Freundin auszugeben, hätte die Affäre irgendwie realer gemacht, und sie hatte Angst bekommen. Sie hatte immer noch Angst.

Sie hatte Angst, sich in ihn zu verlieben, und dass er ihre Gefühle nicht erwidern würde. Obwohl ihre Beziehung die längste war, die sie je bei ihm erlebt hatte, wusste sie, dass es eher daran lag, dass sie sich so lange kannten, als dass er wirklich Gefühle für sie hegte. Sicher, sie mochte sich jetzt etwas vormachen – er würde sie nicht dazu drängen, die Beziehung zu beenden, und er würde nicht so viel Zeit mit ihr verbringen, wenn er es nicht gern täte, aber der Reiz in ihrer Beziehung würde sich irgendwann abnutzen und wo würde sie dann enden?

Aber gleichzeitig wollte sie nicht, dass sie ihn wegen ihrer Angst verlor, was andere Leute von ihr dachten. Sie liebte es, bei ihm zu sein, und wollte nicht, dass ihre Beziehung endete.

„Ich würde deine Familie gerne wiedersehen", sagte sie, bevor sie die Nerven verlor, und fügte schnell hinzu, „falls du noch interessiert bist."

War sie nicht erleichtert gewesen, mit Cindy über Luke sprechen zu können? Luke wünschte sich wahrscheinlich nur das Gleiche.

Er wirbelte zu ihr herum, und wandte sich dann sofort wieder dem Herd zu, als hätte er sich gerade wieder an die Pfannkuchen erinnert, und schaltete ihn ab. „Natürlich bin ich immer noch interessiert. Meine Familie kommt am kommenden Samstag im Haus meiner Eltern zusammen. Hast du Zeit?"

„Ja."

„Toll. Ich lasse es meine Mutter wissen. Danke, Sam. Das bedeutet mir wirklich viel."

Sie war plötzlich froh, dass sie etwas für ihn tun konnte. Er tat ständig etwas für sie und es war schön, endlich auch etwas für ihn tun zu können. Und obwohl sie sich immer noch Sorgen darüber machte, was seine Familie von ihr halten würde, war sie auch glücklich bei der Vorstellung, dass Luke sie so sehr mochte, dass er sie ihnen vorstellen wollte – zumal sie wusste, wie wichtig sie für ihn waren. Das war ein Zeichen, dass es mehr als nur eine Affäre war, nicht wahr?

Oh Mann, das hoffte sie wirklich.

* * *

Aufgeregt wählte Luke eine Stunde später auf dem Weg zu seinem Auto die Nummer seiner Mutter.

„Luke? Ist alles in Ordnung?"

Erst da fiel ihm ein, wie früh es noch war. Kein Wunder, dass seine Mutter sich Sorgen machte. Es war noch nicht einmal sieben Uhr morgens. Aber er war so aufgeregt, seinen Eltern von Sam zu erzählen.

„Ja. Tut mir leid, Mama. Ich wollte dir nur sagen, dass ich am nächsten Samstag jemanden mitbringen werde."

„Oh?"

„Es ist Sam", sagte er schnell und verfluchte das Misstrauen in der Stimme seiner Mutter. Nach dem, was gestern geschehen war, verstand er sie aber. Sie dachte wahrscheinlich, dass die Frau in seinem Schlafzimmer jemand war, den er gerade auf einer Party kennengelernt hatte. Aber so war es überhaupt nicht.

„*Oh.*"

Der Tonfall seiner Mutter sagte ihm genau, was sie dachte. Sam war immer noch Jasons Witwe, nicht nur für seine Familie, sondern für alle, die sie kannten. Sie würden denken, dass alles zu schnell ging, und vielleicht, dass er eine trauernde Witwe ausnutzte.

Sie wussten ja nicht, dass Jason Sam während ihrer Ehe betrogen hatte.

Als seine Mutter schwieg, fuhr Luke fort: „Wir haben das nicht geplant. Es ist einfach passiert." Himmel, vielleicht hatte Sam recht, dass sie ihre Beziehung geheim halten sollten. Aber er hatte es satt, sich zu verstecken. Er wollte schon so lange mit ihr zusammen sein, und jetzt, da er es war, hätte er es am liebsten von den Dächern geschrien.

„Natürlich, Liebling. Du musst uns nichts erklären. Wir alle wussten, dass ihr beiden am Boden zerstört gewesen seid, als Jason starb. Es ist nur logisch, dass ihr beide Trost ineinander gefunden habt."

„Aber so ist es nicht", begann er, verstummte dann aber. Er wollte sich gegen die Unterstellung wehren, dass er und Sam wegen ihrer gemeinsamen Trauer über den Verlust von Jason zusammengekommen waren, aber was konnte er schon sagen? Dass er schon seit Jahren hoffte, dass sie Jason verließ? Das würde ihm definitiv keine Pluspunkte bei seiner Mutter einbringen.

„Schau, ich weiß, dass es mich nichts angeht, aber ich möchte einfach nicht, dass einer von euch beiden verletzt wird. Sam hat schon so viel durchgemacht."

Es war klar, dass seine Mutter dachte, dass Sam hier die Geschädigte war, aber er wusste nicht, was er sagen sollte, um sie dazu zu bewegen, anders zu denken.

„Ich werde ihr nicht wehtun, Mama", sagte er schließlich.

„Ich weiß, dass du das nicht willst." Seine Mutter hielt inne, bevor sie seufzte. „Ich hoffe nur, dass ihr beide wisst, was ihr tut."

Luke runzelte die Stirn, als er auflegte. Seine Mutter hatte ihn immer gedrängt, sesshaft zu werden, und jetzt, da es endlich eine Frau gab, an der ihm so viel lag, dass er sie nach Hause mitnehmen wollte, war seine Mutter von ihm enttäuscht?

Großartig. Das war einfach verdammt toll.

* * *

George hatte sich mit Clayton *komplett* übernommen.

Luke runzelte die Stirn, als er später am selben Tag den Bericht des Managers las. George wollte sich in eine kleine Hypothekenfirma in Nevada einkaufen, die sich an sie gewandt hatte, um einige ihrer Aktien mit hohem Rabatt zu verkaufen. Das Unternehmen hatte eine höhere Anzahl von Zahlungsausfällen als erwartet und benötigte einen neuen Kreditrahmen.

Sicher, es war unwahrscheinlich, dass es Konkurs anmelden würde, aber zwanzig Millionen darin zu investieren? Das war ein Risiko, das sich Harkin im Moment einfach nicht leisten konnte. Luke griff nach seinem Telefon, dann zögerte er. Er und George hatten immer unterschiedliche Ansichten darüber gehabt, wie sie ihr Portfolio auffächern sollten. Luke zog es vor, kleinere Beträge in verschiedene Unternehmen zu investieren, während George gerne große Summen bei einigen wenigen anlegte.

George war der Ansicht, es gäbe nur eine begrenzte Anzahl von guten Gelegenheiten da draußen, und griff gern mit beiden Händen zu, wenn sich die Chance bot. Luke hingegen war vorsichtiger und glaubte, dass man Fehler machen konnte, egal wie gut sie bei der Analyse von Jahresberichten und Unternehmen waren.

Keiner der beiden Ansätze war falsch. Am Ende lief alles auf persönliche Vorlieben hinaus. Luke hätte nicht erwarten dürfen, dass sich Georges Strategie änderte, sobald er ihn zum Leiter des Krisenfonds ernannt hatte.

Zumal Georges Instinkte einer der Gründe waren, warum er ihn Peter vorgezogen hatte.

Luke würde den Mann nicht infrage stellen – zumindest vorerst nicht. Das hatte er in den sieben Jahren, in denen sie zusammengearbeitet hatte, schon oft getan. George hätte sich nicht dafür entschieden, wenn er sich nicht sicher gewesen wäre. Luke erinnerte sich daran, wie viel Sorgfalt der Mann im letzten Jahr in diesen Oakbridge-Deal gesteckt hatte, und wusste, dass er sich keine Sorgen machen musste. George hatte sogar Dinge erkannt, die er übersehen hatte. Luke verbrachte noch ein paar Minuten damit, den Rest des Berichts durchzusehen, und wollte gerade George anrufen, als sein Handy klingelte.

Er nahm es zur Hand und sah den Namen seines Bruders auf dem Bildschirm blinken. Er ahnte, dass seine Mutter gerade mit Brian gesprochen hatte.

„Mom hat es dir gesagt", sagte Luke anstelle einer Begrüßung. Er hoffte, dass seine Familie die Beziehung zwischen ihm und Sam nächsten Samstag nicht vor Sam aufbauschen würde, denn dann würde sie es bereuen, ihn begleitet zu haben.

„Ja. Sie hat gefragt, ob ich etwas davon wüsste. Wie lange läuft das schon?"

„Fast drei Monate."

Es entstand eine Pause, bevor Brian fragte: „Sie ist es, nicht wahr? Sie ist der Grund, warum du nie eine ernste Beziehung mit jemand anderem hattest. Du warst zu sehr in sie vernarrt, um jemand anderen wahrzunehmen."

„Es war nicht so, dass ich sie bedrängt hätte."

Außer einem kurzen Moment des Wahnsinns, in dem er

gedacht hatte, er könnte sie dazu bringen, Jason zu verlassen, war er sich immer bewusst gewesen, dass sie Jason niemals für ihn verlassen würde. Er hatte so oft versucht, sie zu vergessen – er hatte sich mit anderen Frauen getroffen, sich in seiner Arbeit vergraben und sogar versucht, sie zu meiden, aber es hatte nicht funktioniert. Auch nur einen Blick auf sie zu erhaschen war spannender gewesen als ein Date mit jeder anderen.

„Hey, ich verstehe das. Man kann es sich nicht aussuchen, in wen man sich verliebt, obwohl ich jetzt endlich den Blick verstehe, den du mir auf der Weihnachtsfeier zugeworfen hast."

Luke zuckte zusammen, als er sich an seine Reaktion erinnerte, als er Sam auf der Firmenweihnachtsfeier im vergangenen Jahr lachend und tanzend in den Armen seines Bruders gesehen hatte. Obwohl er wusste, dass sie sich nicht geweigert hätte, wenn er sie zum Tanzen aufgefordert hätte – egal, was sie für ihn empfand, sie würde ihn nicht öffentlich in Verlegenheit bringen – hatte er Angst vor seinem Mangel an Selbstkontrolle gehabt. Er hatte befürchtet, dass er sie nie wieder loslassen wollen würde, sobald er sie in seinen Armen hielte. Stattdessen hatte er von der Seite aus zugeschaut, wie sie mit Jason und ein paar anderen auf der Party getanzt hatte. Wahrscheinlich hatte er jeden angestarrt, mit dem sie getanzt hatte – und sich gewünscht, dass er es wäre.

„War das so offensichtlich?"

Brian lachte. „Ich wusste nicht, was los war. In der einen Minute warst du glücklich, mich zu sehen, und in der nächsten sahst du aus, als ob du mich kastrieren wolltest."

Da er wusste, wie nahe sein Bruder der Wahrheit kam, zuckte Luke zusammen.

„Also, muss ich anfangen, eine Rede als Trauzeuge vorzubereiten?"

Lukes Brust schnürte sich zusammen. Es gab nichts, was er mehr wollte, als Sam zu heiraten, aber er bezweifelte, dass sie dasselbe fühlte. Sicher, sie war bereit, seine Eltern zu treffen, aber ein Abendessen war noch lange keine Ehe.

Da er nicht darüber nachdenken wollte, ob eine Heirat jemals für sie infrage kommen würde, sagte er: „Wie kommst du darauf, dass ich dich aussuchen würde?"

„Warum nicht? Du kannst unmöglich darüber nachdenken, Adam zu nehmen. Ich bin dein Bruder."

„Er ist definitiv die sicherere Wahl", neckte Luke ihn. „Ich müsste mir keine Sorgen machen, dass er peinliche Babybilder zeigt." Luke bezweifelte, dass er jemals vergessen würde, wie rot Annas Wangen geworden waren, als Brian ihre Babybilder herausgeholt hatte, als sie das erste Mal einen Freund mit nach Hause gebracht hatte.

„Wie wäre es mit nur einem?"

Luke lachte. Er fasste es nicht, dass sein Bruder versuchte zu verhandeln.

Brians Stimme wurde ernst. „Du wirst sie heiraten, nicht wahr?"

„Es ist ein bisschen zu früh, um darüber nachzudenken", gab Luke zu. „Sam möchte im Moment nicht einmal, dass andere Leute von uns wissen."

„Aber ist das nicht verständlich, ein wenig Privatsphäre zu wollen? Ich meine, die Nachricht, dass ihr zwei zusammen seid, besonders so kurz nach Jasons Tod, würde es definitiv an die Spitze der Boulevardzeitungen schaffen. Und außerdem hat sie es zugelassen, dass du uns von eurer Beziehung erzählst, nicht wahr?"

„Ja." Nachdem er sie praktisch dazu gezwungen hatte. Angesichts der Antwort seiner Mutter fragte er sich, ob er einen Fehler gemacht hatte, mit dem Thema zu drängen. Es wäre seiner Sache sicherlich nicht dienlich, wenn die ersten Leute, die sie als Paar sahen, ihre Beziehung nicht gutheißen würden. Sam würde es nicht ein zweites Mal riskieren wollen, dass man ihrer Beziehung mit Misstrauen begegnete.

Verdammt. Er hoffte, dass er es nicht vermasselt hatte, indem er sie dazu gedrängt hatte, seine Eltern zu treffen.

Er hätte sich einfach damit begnügen sollen, bei ihr zu sein und alles zu nehmen, was sie zu geben bereit war, aber er hatte sich nicht bremsen können. Nachdem er sie schon so lange liebte, wollte er jetzt alles.

Ihm wurde flau im Magen, als er daran dachte, dass er das Beste, was ihm je passiert war, vermasseln könnte, und er hatte plötzlich keine Lust mehr darüber zu sprechen.

„Tut mir leid, Brian. Kann ich dich zurückrufen?"

KAPITEL ZWANZIG

„Also … fahren wir zu dem Haus, in dem du aufgewachsen bist?", fragte Sam, als sie am Samstagabend auf der Autobahn in Richtung des Hauses seiner Eltern unterwegs waren.

Luke warf ihr einen Blick zu, bevor er seine Aufmerksamkeit wieder auf die Straße richtete. „Nein. Ich habe meine Eltern vor ein paar Jahren dazu gebracht, auszuziehen."

„Du hast Glück, dass du sie zum Umzug überreden konntest. Meine Eltern haben mir lediglich erlaubt, ein Sicherheitssystem für sie zu installieren." Sie hatte so oft versucht, ihren Eltern Geld zu geben, damit sie umziehen konnten, doch sie hatten sich immer geweigert.

Sie hatte Verständnis dafür, dass das Haus der große Stolz ihrer Eltern war, nachdem sie es dreißig Jahre lang abbezahlt hatten, doch sie wünschte sich, sie würden sie mehr für sie tun lassen. Ihre Eltern lehnten sogar ihre Angebote ab, so Kleinigkeiten wie die marode

Verandatreppe oder die abgenutzte Couch, die ihr Vater so sehr liebte, zu reparieren oder zu ersetzen.

„Schlechte Wohngegend?"

Sie zögerte, bevor sie antwortete. „Es geht so", sagte sie schließlich, wohl wissend, dass es zwar viel besser, aber auch viel schlimmer sein könnte. „Sie haben einige gute Nachbarn, aber auch ein paar zwielichtige." Sie zuckte mit den Schultern. „Ich denke, ich wünsche mir einfach etwas Besseres für sie."

Zum Beispiel ein Haus mit Treppen, die nicht knarrten, und ein Viertel, in dem sie sich keine Sorgen um Drive-by-Shootings machen mussten.

„Ich weiß, was du meinst", sagte Luke zu ihr. „Ich wollte ein Haus mit Toren oder zumindest eins in einer eingezäunten Wohnanlage, aber meine Eltern hielten nichts davon. Sie wollten ihre alten Freunde nicht verlieren."

„Ja. Meine Eltern waren auch nie mit Jasons Lebensstil zufrieden. Sogar essen zu gehen, war für sie eine Herausforderung."

Luke lachte. „Das kann ich mir gut vorstellen. Jason war immer in den angesagtesten und modernsten Restaurants unterwegs. Ich schwöre, eines der Restaurants, in das er mich mitgenommen hat, hat ausschließlich Rohkost serviert. Und ich spreche nicht von Sushi."

„Das soll ja mehr Nährstoffe haben", sagte Sam und lachte.

„Das mag sein, aber ich esse kein Rindfleisch, das nicht gekocht wurde."

Sam lächelte. „Du weißt ja schon, wie ich über einige dieser Restaurants denke. Ich glaube, ich habe zwanzig

Pfund zugelegt, weil ich all die Sachen esse, die ich im Laufe der Jahre vermisst habe."

„Hmm … erinnere mich daran, später nach diesen zwanzig Pfund zu suchen. Ich habe sie nicht gesehen, aber vielleicht habe ich nicht gründlich genug nachgeschaut."

Er schenkte ihr ein neckisches Lächeln, und Hitze breitete sich auf ihrem Gesicht aus, als sie sich vorstellte, wie er sie inspizierte. Sie war sich sicher, dass er jeden Zentimeter von ihr kannte, aber es konnte nicht schaden, noch einmal genauer nachzuschauen.

„Ich finde es süß, dass du ihnen ein neues Haus geschenkt hast", sagte Sam, als sie zwanzig Minuten später die Schachtel Pralinen aus seinem Kofferraum holte. Luke ging das Herz über, als er daran dachte, wie sie ihn gefragt hatte, ob seine Eltern Schokolade mochten. Es zeigte ihm, dass sie einen guten Eindruck auf seine Eltern machen wollte, und er hoffte, dass das bedeutete, dass sie mehr für ihn empfand.

„Ich bin sicher, du hättest dasselbe getan, wenn du an meiner Stelle gewesen wärst", sagte er, während er Eis aus dem Kofferraum holte und ihn dann schloss.

„Hey, braucht ihr Hilfe?", rief Anna, die auf sie zukam. Sie war über die Frühjahrsferien zu Hause geblieben.

„Nein. Alles gut. Danke."

„Hey, Sam!" Anna strahlte, als sie Sam umarmte.

„Hey, Anna, lange nicht sehen."

„Ich weiß! Ich war so beschäftigt mit der Uni, dass ich keine Zeit hatte, das Büro zu besuchen."

Luke war überrascht, dass Anna bei Sam vorbeischaute, wenn sie ihn im Büro besuchte, obwohl er sich eigentlich nicht hätte darüber wundern sollen. Sam war mit *jedem* befreundet. Anna umarmte auch ihn lächelnd.

„Hey, Diana", sagte Sam, und als Luke aufblickte, sah er, wie Sam seine Mutter umarmte. „Ich habe dir und Richard ein paar Pralinen mitgebracht."

„Ach … Danke, meine Liebe. Das war aber nicht notwendig."

„Gern geschehen. Brauchst du Hilfe in der Küche?"

Da er wusste, wie sehr Sam das Kochen hasste, fühlte Luke, wie sein Herz weich wurde, weil sie bereit war, seiner Mutter zu helfen, und es stand kurz davor zu zerfließen, als seine Mutter Sams Angebot annahm. Denn seine Mutter duldete in ihrer Küche nur Menschen, die sie mochte.

„Lass mich das Eis in den Gefrierschrank stellen", sagte er, aber seine Mutter winkte ab.

„Das mache ich schon", sagte sie, während sie es ihm abnahm und ihn umarmte. „Ich glaube, dein Bruder will mit dir reden", sagte sie leise.

Neugierig nickte er und sah zu, wie die drei wichtigsten Frauen seines Lebens lachend ins Haus gingen. Das Gewicht, das seit seinem Telefonat mit seiner Mutter auf seinen Schultern gelastet hatte, fiel von ihm ab, als er ihnen ins Haus folgte.

Sein Bruder kam eilig auf ihn zu. Brian neigte seinen Kopf in Richtung Küche.

„Sie sieht glücklich aus", sagte sein Bruder. „Du auch."

„Bin ich auch." Er hoffte nur, dass er Sam halb so glücklich machte, wie sie ihn.

Brian schenkte ihm ein Lächeln. „Willst du etwas Cooles sehen?"

„Sicher."

Sein Bruder deutete mit dem Kinn auf etwas hinter ihm. Luke drehte sich um und bemerkte die neuen hölzernen Jalousien. Überrascht ging er auf sie zu.

„Dad hat sie gemacht", fuhr Brian hinter ihm fort und Luke drehte sich überrascht um.

„*Dad* hat das gemacht?", fragte Luke, während er die Jalousien öffnete und schloss und die Handarbeit seines Vaters bewunderte. Sie wirkten wie aus einem Katalog.

„Ja. Er meinte, er langweile sich im Ruhestand."

Luke öffnete und schloss die Jalousien immer wieder – er hatte nicht gewusst, dass sein Dad so talentiert war. Obwohl Dad früher alle Dinge rund um das Haus repariert hatte, hatte Luke gedacht, es läge daran, dass sie sich keinen Handwerker leisten konnten. War es möglich, dass Dad die Arbeit erledigt hatte, weil es ihm Spaß machte?

„Willst du sehen, was er mit dem restlichen Holz macht?"

„Bitte sag mir nicht, dass er die Böden erneuert." Das musste zu viel Arbeit für ihn sein. Obwohl er froh war, dass sein Vater etwas Sinnvolles zu tun hatte, wollte Luke nicht, dass er sich übernahm. Er hatte seinen Ruhestand verdient.

„Nein." Brian grinste. „Ich zeige es dir."

„In Ordnung. Geh voran." Als sie sich auf den Weg in den Keller machten, fragte Luke: „Also, wie geht es dir?"

„Es könnte besser sein." Brian seufzte und schüttelte

den Kopf. „Ich glaube, ich bin einfach ausgebrannt. Um ehrlich zu sein, hätte ich nie gedacht, dass ich so lange bei der Bank bleiben würde.“

Es musste in der Familie liegen, nie nach einem besseren Job zu suchen. Beide Eltern hatten ihre Arbeitszeit bis zur Rente bei demselben Arbeitgeber verbracht, bei dem sie angefangen hatten. Die Jobs waren nicht die besten, aber er ahnte, dass sie sich glücklich geschätzt hatten, sie überhaupt zu haben, und es schien, dass er und seine Geschwister das von ihnen geerbt hatten. Er selbst wäre immer noch bei Brown und Hale, wenn Jason nicht gewesen wäre. Er hätte sich mit der Chance auf ein besseres Leben begnügt, ohne zu wissen, dass es eine ganze andere Welt da draußen gab, die sich direkt vor seiner Nase befand.

„Das Angebot für ein Darlehen steht immer noch, falls du dich jemals dazu entschließen solltest, etwas anderes anzufangen.“ Brian war schon immer der Kreative in der Familie gewesen. Er hatte Mom verrückt gemacht, als er Dinge im Haus auseinandernahm, um seine eigenen Gerätschaften daraus zu bauen.

Luke hatte immer angenommen, dass sein Bruder Ingenieur oder Erfinder werden würde, und war überrascht gewesen, als Brian direkt nach seinem Abschluss einen Job bei einer hiesigen Bank angenommen hatte.

„Danke. Ich werde darüber nachdenken. Manchmal denke ich, dass ich einfach nur eifersüchtig bin, wenn ich sehe, wie viel Spaß Dad bei der Holzbearbeitung hat.“ Brian öffnete die Kellertür und der Geruch von Holz stieg Luke in die Nase.

„Oh, ist es schon Zeit fürs Abendessen?", fragte sein Vater, als er aufhörte zu hämmern.

„Fast", antwortete Brian, als sie die Treppe hinuntergingen. „Mom hat noch nichts gesagt."

Luke schaute sich die grobe Skizze auf dem Tisch an. Sein Vater war nicht so gut im Zeichnen wie bei der Holzbearbeitung, aber er konnte sehen, dass dies ein schönes Vogelhaus werden würde.

„Es wird mein Geschenk an deine Mutter zum Hochzeitstag", sagte Dad.

„Mom wird es lieben", sagte Luke lächelnd. Sie hatte schon immer eine Vorliebe für Tiere gehabt. Und auch wenn er froh war, dass sein Vater etwas tat, was ihm sichtlich Spaß machte, hasste er es, dass sein Vater bis zur Rente hatte warten müssen, bevor er die Dinge tun konnte, die er liebte. Dad hatte noch nie richtigen Urlaub gemacht, bis er und Mom im letzten Jahr eine Kreuzfahrt durch Europa gemacht hatten. Sie hatten die Reise so genossen, dass sie eine weitere Kreuzfahrt gebucht hatten, sobald sie wieder daheim gewesen waren.

Es war seltsam, darüber nachzudenken, dass seine Eltern nie das Geld für diese Art von Luxus gehabt hatten, als er jünger gewesen war – es hatte immer nur gerade zum Überleben gereicht –, und dass er jetzt das Geld hatte, um so gut wie alles zu tun, was er wollte, aber nicht die Zeit dazu. Ihm wurde bewusst, dass sich das ändern musste, wenn er eine Familie mit Sam gründen wollte. Und das wollte er. Er wollte alles mit ihr – das Haus im Grünen, Kinder … Aber gleichzeitig wollte er nicht wie sein Vater werden, der immer zu erschöpft nach Hause gekommen war, um mit ihnen zu spielen oder bei den Hausaufgaben zu helfen.

Obwohl er wusste, dass sein Vater sein Bestes getan hatte, war ihm dennoch bewusst, dass er in seinem Leben woanders stand, als sein Vater es getan hatte. *Er* konnte es sich finanziell leisten, weniger zu arbeiten, und dass würde er auch, wenn er und Sam Kinder hätten, entschied er plötzlich. Er wollte nicht wie sein Vater enden, der das Leben erst nach seiner Pensionierung genießen durfte – vor allem, wenn er eine Wahl hatte.

„Vielen Dank, dass du mich heute Abend begleitet hast", sagte Luke, als sich die Aufzugtüren zu seiner Wohnung öffneten.

„Ich glaube, das ist bereits das vierte Mal, dass du mir gedankt hast."

Luke lächelte, als er sie in den Arm nahm. „Ich bin einfach nur glücklich."

Freude erfüllte sie bei dem Gedanken, dass etwas so Einfaches, wie ihn zu seinem Familienessen zu begleiten, ihn so glücklich machen konnte.

Von Lukes Mutter wusste sie, dass sie die erste Frau war, die er jemals mit nach Hause gebracht hatte. Ein großer Teil von ihr war begeistert davon. Sie liebte es, mit Luke zusammen zu sein, und war froh, dass er etwas für sie empfand, das er scheinbar noch nie für irgendeine andere Frau empfunden hatte. Aber ein anderer, rationalerer Teil von ihr befürchtete, dass sich die Dinge zu schnell entwickelten. Sie hatte buchstäblich nur Minuten, bevor sie mit Luke ins Bett gegangen war, herausgefunden, dass ihr Mann sie betrogen hatte, und nun begleitete sie ihn bereits zu einem Essen mit seiner Familie?

Lukes Arme legten sich fester um sie. „Tanzt du mit mir?", fragte er, während er sie sanft in seinen Armen wiegte.

Lächelnd schlang sie die Arme um ihn. „Wir haben keine Musik."

„Doch, hier", sagte er und zog sein Handy hervor. Seine Augen waren auf sie gerichtet, als er sanfte Musik anstellte und sein Handy dann auf die Couch warf. Bald erfüllte der Klang eines Saxofons den Raum. Er lächelte, als er seine Arme wieder um sie schlang. „Also, wo waren wir?"

„Hmm ... Du hast mir gerade gesagt, dass du mir morgen früh deine berühmten Pekan-Waffeln machen würdest, als Dankeschön dafür, dass ich dich heute Abend zu deinen Eltern begleitet habe."

„Ach ja?"

Sie umfasste seinen Hintern und spürte seine Härte an ihrem Bauch. „Unter anderem."

„Oh, du bekommst deine Waffeln", murmelte er, während er den Kopf neigte und mit der Zunge über ihr Ohr strich und ihr Schauer über den Rücken jagte. „Unter anderem", fügte er hinzu, bevor er sie küsste.

KAPITEL EINUNDZWANZIG

Verrückt. Er war definitiv verrückt.

Ein Abendessen mit Sam und schon suchte er Ringe aus? Sie war nicht einmal bereit, den Leuten zu sagen, dass sie zusammen waren.

Trotz alledem tippte Luke seine Kreditkarteninformationen in die Website, wo er gerade die letzten zwei Stunden damit verbracht hatte, einen Ring für Sam zu entwerfen. Irgendwie war er von der Lektüre eines Berichts über ein Bergbauunternehmen zur Suche nach einem Ehering übergegangen. Nachdem er bei den großen Juwelieren nichts gefunden hatte, das ihrer würdig war, war er auf einer Seite gelandet, die es ihm erlaubte, den perfekten Ring selbst zu entwerfen.

Er hatte mit vielen Einstellungen und Edelsteinen gespielt, bevor er sich für einen einfachen Platinring mit einem makellosen Prinzessinnendiamanten in der Mitte entschieden hatte. Es war nicht der große Diamant, den sie verdiente, aber er wusste, dass sie nichts mochte, das auffällig oder schrill war. Außerdem wollte er nicht, dass sie sich unwohl fühlte, wenn sie ihn trug. Denn eigentlich wollte er, dass sie ihn überall trug, wo sie hinging.

Die Vorstellung, dass sie seinen Ring tragen würde, brachte ihn zum Lächeln, bevor die Realität ihn traf. Ihn zu einem Familienessen zu begleiten, war definitiv ein Schritt in die richtige Richtung gewesen, doch sie waren immer noch weit, weit, weit von einer Ehe entfernt. Mensch, er konnte sie nicht einmal dazu bringen, einem Date in der Öffentlichkeit zuzustimmen, wo sie von Leuten gesehen werden konnten, die sie kannten. Wie sollte er sie dazu bringen, den Rest ihres Lebens mit ihm zu verbringen?

Frustriert fuhr er sich mit der Hand durch die Haare. Er wusste, dass sie viel mit Jason durchgemacht hatte, und es war verständlich, dass sie ihrer Beziehung kontrolliert Grenzen setzen wollte. Aber er *hasste* es, dass er nur die Nächte und den jeweils nächsten Morgen mit ihr verbringen durfte. Er wollte so viel mehr. Er wollte sie zu Veranstaltungen mitnehmen und sie den ganzen Tag sehen. Er wollte, dass es okay war, sie anzurufen und andere wissen zu lassen, mit wem er sprach. Da er gewohnt gewesen war, sie im Büro zu haben, vermisste er es, sie an ihrem Arbeitsplatz zu sehen, wenn er seinen verließ. Und nicht nur das, er wollte mit ihr zusammenwohnen. Er wollte jeden Tag zu ihr nach Hause zurückkehren und derjenige sein, zu dem sie ihrerseits jeden Tag nach Hause zurückkehrte. Und aus diesem Grund führte er die Transaktion aus.

Er kannte nicht einmal ihre Größe.

Er hätte gelacht, wenn es nicht so deprimierend

gewesen wäre. Wenn Nina von ihrer Beziehung gewusst hätte, hätte er sie um Hilfe bitten können. Doch Sam hatte sich nicht einmal ihrer besten Freundin anvertraut. Und er wollte sich ihren alten Ehering nicht ausleihen, um seine Größe zu messen, obwohl er genau wusste, wo dieser sich befand. Er wollte nicht, dass etwas so Besonderes durch ihre Beziehung zu Jason verdorben wurde.

Aber aus irgendeinem seltsamen Grund ging Luke davon aus, dass es eine Fünf war. Er hatte keine Erfahrung mit Ringen, aber er spürte es in den Knochen. Außerdem könnte er den Ring ändern lassen, wenn er die falsche Größe hätte.

Er schob die Zweifel beiseite. So impulsiv der Kauf dieses Rings auch war, es war das Richtige. Sie war die einzige Person, mit der er sich vorstellen konnte, den Rest seines Lebens zu verbringen. Und wenn er sie endlich bitten durfte, ihn zu heiraten? Nun, er würde sich um ihre Antwort sorgen, wenn es so weit war.

„Wir gehen davon aus, dass die Konkurrenz in der Spielzeugindustrie in den kommenden Jahren härter wird", sagte George. „Toycos Marktanteil hat stetig zugenommen und Playtime hat gerade einen Lizenzvertrag mit Juniper unterzeichnet."

„Juniper ist das Unternehmen, das all diese Superheldenfilme gemacht hat?", hakte Luke nach. Er war sich ziemlich sicher, dass er die Werbespots gesehen hatte.

„Ja. Sie haben im November gerade *The Menagerie*

veröffentlicht und ihr kommender Bearman-Film wird voraussichtlich ein großer Hit werden."

Luke nickte und schaute sich Seidlers Finanzen an. Der Krisenfonds hatte fast zwei Jahre lang die Aktien des Unternehmens besessen und eine ordentliche Rendite erzielt. Die Finanzen waren immer noch stark – noch stärker als zum Zeitpunkt des ersten Kaufes –, doch es gab einfach zu viel Konkurrenz. Ein neues Sortiment von Spielzeug kam auf den Markt, wobei eine Erweiterung ihrer eigenen aktuellen Palette vielleicht hilfreich gewesen wäre, aber nicht einmal für die nahe Zukunft war geplant, etwas Neues zu entwickeln.

Er blätterte den Finanzbericht durch und runzelte die Stirn, als er sah, dass das Unternehmen begonnen hatte, Aktien zurückzukaufen. Obwohl der Rückkauf von Aktien oft einen Mehrwert für ein Unternehmen brachte, gefiel Luke das in diesem Fall nicht. Es gab noch Raum für Wachstum im Unternehmen und anstatt diesen Weg zu beschreiten, hatte man beschlossen zu stagnieren.

Henry, einer der Analysten, führte aus, dass wegen der starken Gewinne im letzten Quartal nun der beste Zeitpunkt wäre, ihre Aktien im Unternehmen zu verkaufen, und Luke stimmte ihm gedanklich zu.

Plötzlich spürte Luke, dass sich die Atmosphäre im Raum änderte. Er drehte sich herum und sah Samantha mit einem der Anwälte am Kaffeeautomaten sprechen. Als ob sie spürte, dass er sie beobachte, wandte sie sich um und lächelte ihn an, bevor sie zu ihrem Gespräch zurückkehrte. Sein Herz schlug schneller, als er sich wieder dem Finanzbericht zuwandte. *Was tat sie hier?* War sie gekommen, um ihn zu sehen? Da er wusste, dass George und die Analysten bereits ihre Sorgfaltspflicht erfüllt hatten, bevor sie ihm den Verkauf der Aktie vorschlugen, nickte er ihnen zu. „Verkauft alles."

Die Gruppe löste sich schnell auf und Luke machte sich auf den Weg zu Sam. Sie sprach jetzt mit Karen und er konnte nicht umhin, darüber nachzudenken, wie richtig es sich anfühlte, Sam hier im Büro zu sehen. Sie gehörte hierher.

Karen lachte über etwas, was Sam sagte, und Sam schloss sich an. Sein Herz setzte einen Schlag aus, als ihre Blicke sich trafen. Und obwohl sie schon monatelang zusammen waren, brachte ihr Anblick sein Herz zum Rasen. Sie lächelte, und er konnte nicht anders, als stolz darauf zu sein, dass das Lächeln für ihn allein bestimmt war. Es war kleinlich von ihm, aber er war wirklich froh, dass sie endlich ihm und nicht Jason ihr Lächeln schenkte.

Als Karen bemerkte, dass Sam abgelenkt war, drehte sie sich herum und entdeckte ihn.

„Oh-oh", sagte sie, als sie sich wieder Sam zuwandte und ihren Arm berührte. „Ich gehe besser an meinen Schreibtisch zurück, bevor ihr zwei aufeinandertrefft. Es war schön, dich zu sehen."

Lukes erster Instinkt war, Sam zu umarmen und zu küssen, so wie er es immer tat, wenn er sie sah, aber Karens Worte ließen ihn innehalten. Sie befanden sich in der Öffentlichkeit und Sam hatte noch nicht gesagt, dass sie bereit wäre, ihre Beziehung öffentlich zu machen, und so steckte er seine Hände in die Taschen.

„Hey, Sam."

„Hey, Luke", sagte sie und umklammerte ihre Tasche. „Ich wollte nur sehen, ob du zum Mittagessen frei bist."

Sie wollte ihn zum Mittagessen mitnehmen?

Er konnte sich nicht schnell genug bewegen. „Sicher. Gib mir eine Minute." Es war fast zu schön, um wahr zu sein. Noch vor ein paar Minuten hatte er gehofft, dass sie sich mit ihrer Beziehung wohler fühlen würde, und jetzt war sie hier.

Er ging zu Sheila und vergewisserte sich, dass es in der nächsten Stunde nichts Dringendes zu tun gab, und sagte ihr dann, dass er das Büro verlassen würde. Als er zurückkehrte, sprach Sam mit Cecilia.

Cecilia bemerkte ihn, als er sich ihnen näherte, und bewegte schnell ihre Maus, um das Fenster auf ihrem Computer zu schließen. Seine Lippen zuckten. Er hatte es doch gewusst, dass die Buchhalterin jedem, der sie besuchte, Fotos ihrer Nichten und Neffen zeigte. Ihre Stimme war so laut, dass er sie oft noch am Ende des Ganges hörte.

Aber da sie nicht ertappt werden wollte, verzichtete er auf einen Kommentar und fragte sich plötzlich, ob Sam genauso gerne allen Leuten die Bilder ihrer Kinder zeigen würde. Seine Brust schnürte sich bei der Vorstellung zusammen. Er hatte sich nie wirklich als Familienmensch gesehen, aber jetzt merkte er, dass er sich eine Familie mit Sam wünschte. Himmel. Sogar ein Haus im Grünen hörte sich jetzt gut an, solange sie mit ihm dort wohnte.

„Bist du bereit?", fragte er, als er sich ihr näherte. Der Drang, seinen Arm um ihre Taille zu schlingen und sie zu küssen, war überwältigend, aber er beherrschte sich. Er wollte nicht, dass sie es bereute, ihn zum Mittagessen eingeladen zu haben.

Sam nickte und verabschiedete sich von Cecilia. Ihm entging nicht, wie die Buchhalterin strahlte, als sie sich wieder ihrem Computer zuwandte. Sam hatte eine enorm positive Wirkung auf die Menschen.

„Du weißt, dass dir die Tür immer offensteht, wenn du zurückkehren willst", sagte er, während sie in Richtung Aufzug gingen. Sie erstarrte, daher beeilte er sich, ihr eine Erklärung zu geben. „Du machst diese Arbeit sowieso schon. Du könntest es auch genauso gut hier tun. Du könnest sogar die Unternehmen, die du nicht willst, von den anderen Jungs analysieren lassen. Wer weiß? Vielleicht haben sie es sogar schon getan. Ich bin sicher, dass es einige Überschneidungen zwischen den Unternehmen gibt, die du dir anschaust, und denen, die die Jungs hier machen. Wir könnten einen Teil des Fonds zur Verfügung stellen, den du verwalten könntest –"

„Ich – das ist –" Sie schüttelte den Kopf. „Ich weiß das Angebot sehr zu schätzen, aber das kann ich nicht."

Sein Herz wurde schwer. Wollte sie nicht ihre ganze Zeit mit ihm verbringen, so wie er mit ihr? Er hatte gehofft, dass ihr überraschender Besuch im Büro ein Zeichen wäre, dass sie anfing, ihn tagsüber zu vermissen, aber vielleicht hatte er sich geirrt.

Glaubte sie nicht, dass ihre Beziehung halten würde? War das der Grund, warum sie sich weigerte, ihre Verbindung bekannt zu geben, und warum sie sein Angebot abgelehnt hatte? Weil sie nicht wollte, dass es unangenehm würde, wenn Schluss zwischen ihnen wäre?

Schließlich bot er ihr nur an, Dasselbe zu tun, das sie bereits zu Hause tat, aber zusammen mit den Menschen, mit denen sie gerne arbeitete. Während er versuchte, den Schmerz nicht zu nahe an sich herankommen zu lassen, wechselte er das Thema, als sie weitergingen. Zumindest war sie hier. Das war immerhin etwas.

„Sie ist immer so ängstlich, wenn ich in der Nähe bin", sagte er mit einer Kopfbewegung auf Cecilia.

„Wer? Cecilia?"

„Ja. Zuerst dachte ich, es läge daran, dass ich der Boss bin, aber irgendwann habe ich gesehen, wie normal sie sich gab, wenn Jason in der Nähe war."

Sam lachte. „Das liegt daran, dass Jason praktisch harmlos war. Du hingegen kannst manchmal geradezu furchteinflößend sein. Ich weiß nicht, ob du es bemerkt hast oder nicht, aber fast jeder hier schleicht irgendwie um dich herum."

„Selbst du?", fragte er überrascht.

„*Vor allem* ich. Ich gebe zu, dass es Zeiten gab, in denen ich dachte, ich würde nicht im Unternehmen bleiben – vor allem in den ersten Monaten. Du warst einfach immer so wütend auf mich." Achselzuckend wandte sie sich ihm zu. „Ich weiß, dass du nie wolltest, dass ich hier arbeite."

Er zuckte zusammen, als er sich daran erinnerte, wie sehr er dagegen gewesen war, dass sie im Unternehmen arbeitete. Er hatte nicht einmal versucht zu verbergen, wie ungeeignet er sie für den Job gehalten hatte, aber Jason hatte darauf bestanden und dafür war Luke jetzt dankbar. Er hätte die letzten Monate mit Sam nie gehabt, wenn Jason nicht durchgesetzt hätte, dass sie im Unternehmen arbeitete.

„Es tut mir leid, Sam. Ich hätte dir eine Chance geben sollen." Es war ironisch, wie verzweifelt er sie ursprünglich hatte loswerden wollen, und wie bereit er jetzt war, so ziemlich alles zu tun, damit sie zurückkehrte.

„Mir wäre es an deiner Stelle wahrscheinlich genauso gegangen", sagte sie, als sie den privaten Aufzug betraten. „Ich hatte keine Erfahrung mit solchen Dingen und mein buchhalterischer Hintergrund hat da auch kaum geholfen. Es ist eine ganz andere Welt hier."

Aber sie hatte schnell gelernt und ihn jedes einzelne seiner Worte bereuen lassen. Die Aufzugtüren schlossen sich und er griff nach ihrem Arm. „Es tut mir wirklich leid, dass ich dich verletzt habe."

„Es ist alles in Ordnung. Ich denke, wir sind jetzt quitt."

Er lachte und hatte plötzlich den Drang, sie zu küssen. Er war im Begriff, sie an sich zu ziehen, als er sich an die Kameras im Aufzug erinnerte und sie losließ. Heute Abend, versprach er sich. Heute Abend würde er sie nach Herzenslust küssen und berühren.

„Danke für das Mittagessen", sagte Sam, als sie anderthalb Stunden später mit dem privaten Aufzug wieder ins Büro fuhren. Sie wusste, dass sie hätte gehen sollen, als sie die Tür des Gebäudes erreichten, aber sie hatte zu viel Spaß und wollte noch nicht weg.

Luke lächelte und Wärme breitete sich in ihrem Körper aus. „Jederzeit.“

Sie fragte sich, ob morgen zu früh sein würde, als sich die Aufzugtüren öffneten. Theresa sprang von ihrem Stuhl auf, als sie sie sah. „Luke, George hat dich gesucht.“

„Danke“, murmelte er der Rezeptionistin zu, während er in aller Ruhe zur Glastür ging, die zu den Büros führte, und sie für Sam öffnete.

Sobald sie den Gang betraten, hörte sie Georges Stimme. „Ich habe versucht, dich auf deinem Handy zu erreichen.“

George eilte mit einem Haufen Papiere in der Hand auf sie zu. „Die musst du unterschreiben“, sagte George und überreichte Luke die Unterlagen.

Als sie sah, dass Luke beschäftigt war, lächelte Sam. „Wir sehen uns später.“

Dankbarkeit strahlte aus seinen Augen. „Danke.“ Er wandte sich George zu und nahm den Stift, den der Manager ihm reichte.

„Handelsblätter?“, fragte Luke George, als er anfing, sie an der Wand zu unterschreiben.

Da sie wusste, wie beschäftigt Luke war, war Sam gerührt, dass er sich die Zeit genommen hatte, sie zum Mittagessen zu begleiten, und erinnerte sich daran, wie er ihr nach ihrem ersten gemeinsamen Wochenende angeboten hatte, sie zum Mittagessen auszuführen. In all den Jahren, in denen sie zusammengearbeitet hatten, war er nur selten zum Mittagessen gegangen – und schon gar nicht mit einer Frau. Er mochte keine Ablenkung während der Arbeitszeit. Und doch war er bereit, für sie die Zeit zu erübrigen. Obwohl sie versuchte, sich einzureden, dass das nichts heißen musste, grinste sie, als sie ihr Telefon nahm, um Charles zu sagen, dass er das Auto vorfahren solle.

Sie war gerade dabei, die Wahltaste zu drücken, als sie bemerkte, dass Licht in Jasons Büro brannte. In dem Bewusstsein sich nicht wirklich verabschiedet zu haben, steckte sie ihr Handy in die Tasche und ging darauf zu. Janet war nicht an ihrem Schreibtisch. Von Luke wusste Sam, dass Jasons Assistentin einige Wochen zuvor in die Abteilung für Kundenbeziehungen versetzt worden war und dort gute Arbeit leistete.

Sam drückte auf den anderen Lichtschalter, als sie den vertrauten Raum betrat. Alles – angefangen bei dem kleinen Golf-Set auf der rechten Seite bis hin zu den Fotos von ihm mit verschiedenen Politikern – befand sich noch in genau dem Zustand, in dem Jason es verlassen hatte. Den einzigen Hinweis, dass er sich nicht auf einer Geschäftsreise befand, gaben die weißen Boxen auf dem Boden und auf seinem Schreibtisch. Sie ahnte, dass Janet die Akten aus Schreibtisch und Schrank genommen hatte, für den Fall, dass jemand sie brauchte.

Sam runzelte die Stirn, während sie den Raum durchquerte und sich auf der Ledercouch im hinteren Teil niederließ. *Nichts.* Sie fühlte absolut nichts. Sie hatte angenommen, sie würde etwas mehr empfinden, wenn sie sein Büro betrat. Vielleicht Wut, dass Jason ihre Ehe einfach so weggeworfen hatte, oder Frustration über die Jahre, die sie an ihn verschwendet hatte, aber nicht einmal das kreidete sie ihm an. Denn wenn er nicht gewesen wäre, hätte sie Luke nie kennengelernt und diese erstaunlichen letzten Monate hätte es nie gegeben.

Luke.

Ihre Brust zog sich bei der Erkenntnis zusammen, dass sie seinetwegen nicht mehr wütend auf Jason war. Sie war einfach so glücklich, dass sie es nicht mehr schaffte, etwas anderes als glücklich zu sein. Sie verzieh Jason zwar immer noch nicht, dass er sie betrogen hatte, aber sie konnte es etwas besser verstehen, wenn er nur ein kleines bisschen von dem empfunden hatte, was sie fühlte, wenn sie bei Luke war. Bei Jason hatte sie niemals etwas Ähnliches gefühlt.

Ihr Herz klopfte heftig, als ihr klar wurde, dass sie Luke liebte. Viel mehr und auf eine ganz andere Art und Weise, als sie Jason jemals geliebt hatte. Sie war sich jetzt nicht einmal mehr sicher, ob das, was sie für Jason empfunden hatte, Liebe gewesen war oder nicht. Jene Emotionen schienen so blass gewesen zu sein im Vergleich zu dem, was sie für Luke empfand, und ihr wurde klar, dass ihre Liebe für Jason eine Schwärmerei gewesen war und ihre Gefühle für Luke wahre Liebe.

Sie entschloss sich, es Luke heute Abend zu sagen.

Auch wenn er eventuell nicht dasselbe für sie empfand, wollte sie, dass er wusste, dass sie ihn liebte. Das hatte er zumindest verdient, nachdem er ihr so viel geholfen hatte. Sie wäre die letzten Monate wahrscheinlich wütend und verletzt gewesen und wäre in der gleichen emotionalen Sackgasse steckengeblieben, wenn er nicht gewesen wäre. Ihr Herz fühlte sich plötzlich frei und leicht an, als sie aufstand und das Licht ausschaltete.

Auf Wiedersehen, Jason.

* * *

„Die musst du unterschreiben", sagte George, während er Luke ein paar Dokumente überreichte.

Luke runzelte die Stirn. „Handelsblätter?"

„Wir sehen uns später", sagte Sam.

Luke seufzte, als er sich ihr zuwandte. Er hatte gehofft, noch etwas Zeit mit ihr zu haben, aber er ahnte, dass er bis heute Abend würde warten müssen. „Danke." Sie war immer so rücksichtsvoll, wenn es um seine Arbeit ging. Er nahm den Stift, den George ihm reichte, und begann, die Autorisierungsbögen zu unterzeichnen.

„Olson hat die Dividende halbiert, nachdem sie ihre geschätzten Gewinne verfehlt haben. Sie geben dem Sturm die Schuld", sagte George mit einer gewissen Ironie in der Stimme.

Luke schüttelte innerlich den Kopf, als er George die Papiere zurückgab. Sie wussten, dass es nicht am Sturm lag, denn alle anderen Kaufhäuser hatten Rekordjahre. Sie wussten bereits zu dem Zeitpunkt, als sie sie gekauft hatten, dass Olsons Probleme hatten, aber sie hatten im Turnaround-Plan des Einzelhändlers ein gewisses Potenzial gesehen. Aber als sich herausstellte, dass die neu gestalteten Läden sich nicht von den alten unterschieden, hatten sie langsam begonnen, ihre Aktien zu verkaufen. Die Dividendenkürzung war der letzte Tropfen.

Luke schaute sich die Firma auf seinem Handy an, sobald George verschwunden war. Der Aktienkurs war seit der Ankündigung um mehr als ein Viertel gefallen. Er schüttelte den Kopf und ging zu seinem Büro, um ihren neuesten Bericht nachzuschlagen.

Zwanzig Minuten später, als George in sein Büro trat, berechnete er den freien Cashflow neu.

„Wir konnten alles mit einem Verlust von zwanzig Prozent loswerden." Es entstand eine Pause, bevor George hinzufügte: „Ich konnte dich nicht erreichen."

Luke zuckte zusammen, als ihm klar wurde, dass er sein Telefon seit gestern Abend ausgeschaltet hatte. „Es tut mir leid." George hatte die Autorität, kleinere Geschäfte zu tätigen, aber alles, was zehn Millionen überstieg, erforderte Lukes Zustimmung.

Sein erster Instinkt war es, die Obergrenze zu erhöhen, bis zu der seine Manager ohne seine Zustimmung agieren konnten, doch dann nagten Schuldgefühle an ihm. Das Problem lag nicht bei den Grenzen, mit denen seine Manager arbeiten mussten. Das Problem lag bei ihm. Er hatte sich zu viel freie Zeit genommen, um mit Sam zusammen zu sein – war oft schon früh am Abend gegangen und auch oft erst spät gekommen. Zu allem Überfluss erledigte er wahrscheinlich nur ein Zehntel der Arbeit, die er sonst zu Hause erledigt hatte. Also, nein, das Maximum zu erhöhen, damit er nicht immer erreichbar sein musste, war nicht die Antwort. Maximal zehn Millionen für einen einzigen Deal war ausreichend. Er hätte sein Telefon einfach nicht ausschalten dürfen.

Er hatte Glück, dass es nur das war und nicht etwas Großes wie ein weiterer Buchhaltungsskandal. Seine Schuldgefühle verschärften sich bei der Erkenntnis, dass er sich nicht mit gebührender Sorgfalt gekümmert hatte, wie er es zuvor immer getan hatte. Stattdessen hatte er sich mehr und mehr auf die Berichte verlassen, die die Analysten und Manager erstellten.

Und obwohl ihr Team eines der besten in der Branche war, machten auch sie manchmal Fehler. Seine Kritik war immer eine zusätzliche Absicherung gewesen. Ihm drehte sich der Magen um, als ihm klar wurde, wie schädlich dieser Rückschlag hätte sein können, wenn er größer gewesen wäre. Nach allem, was sie durchgemacht hatten, hätte es Harkin zerstört.

George stieß einen tiefen Seufzer aus, als er sich auf dem Stuhl ihm gegenüber niederließ. Er ließ die Schultern hängen. „Planst du die Schließung des Unternehmens?"

„Was? Nein. Wie kommst du darauf?"

George wedelte mit den Händen durch die Luft. „Du warst in den letzten Wochen nicht mehr da – du kommst spät zur Arbeit, gehst früh …"

Er dachte daran, wie schnell er den Verkauf ihrer Seidler-Aktien abgesegnet hatte, sobald er erfahren hatte, dass Sam ihn brauchte. Er hatte einfach so schnell wie möglich weggewollt.

Hatte er ernsthaft die Zukunft des Unternehmens für eine Frau riskiert, die nicht einmal wen wissen lassen wollte, dass sie mit ihm zusammen war? Er stöhnte innerlich, als er über seine Pläne nachdachte, sein Arbeitspensum zu verringern, wenn sie Kinder hätten, damit er mehr Zeit mit ihnen und Sam verbringen könnte.

„Es tut mir leid, George. So etwas wird nicht noch einmal passieren."

Er hatte eine große Verantwortung, nicht nur für sich

selbst, sondern auch für seine Mitarbeiter und Investoren. Seine Unachtsamkeit konnte einem Rentner den rechtmäßigen Ruhestand kosten, so wie dieser eine Hedgefonds den Ruhestand seines Vaters ruiniert hatte. Allein der Gedanke daran rückte Lukes Prioritäten und seinen Fokus wieder auf den rechten Platz. Er durfte keinen von ihnen noch einmal enttäuschen.

KAPITEL ZWEIUNDZWANZIG

Sam war voller Aufregung, als sie den Tisch deckte. Die Erkenntnis, dass sie Luke liebte, war mit der Einsicht einhergegangen, dass sie nichts mehr zurückhalten wollte.

Eigentlich wollte sie alles von ihm. Liebe, Familie, Ehe ... All diese Träume, von denen sie dachte, sie wären gestorben, waren mit verblüffender Kraft zurückgekommen, und sie hoffte, dass er dasselbe wollte. Auch wenn sie das Gespräch über Ehe und Familie für ein anderes Mal aufheben würde, würde sie ihm sagen, dass sie ihn liebte und dass sie ihre Beziehung nicht mehr geheim halten wollte.

Sie wusste nun, dass Letzteres nur ein feiger Ausweg gewesen war. Es war, als wäre sie jederzeit aufbruchsbereit gewesen – als wäre sie davon ausgegangen, dass ihre Beziehung nicht von Dauer sein würde. Aber seitdem sie beschlossen hatte, Luke von ihren Gefühlen zu erzählen, schien sich ein Gefühl der Ruhe in ihr ausgebreitet zu haben, und sie hatte aufgehört, sich über das Ende ihrer

Beziehung Gedanken zu machen, weil sie wusste, dass Luke sie nicht fallen lassen würde.

Sie richtete sich auf und schaute sich ihr Werk an. Der Tisch sah perfekt aus. Als Dekoration hatte sie eine Vase mit frischen Rosen sowie passende Kerzen auf den Tisch gestellt. Sie hatte den Wein gekühlt, Salat und Kuchen im Kühlschrank bereitgestellt und der Rest des Essens wartete im Ofen. Sie war gerade dabei, das neue schwarze Kleid anzuziehen, das sie sich extra gekauft hatte, als ihr Handy klingelte. Sie nahm es zur Hand und fühlte, wie ihr Herzschlag sich beschleunigte, als sie Lukes Namen auf dem Bildschirm sah.

Es tut mir leid. Ich schaffe es heute Abend nicht.

Sam runzelte die Stirn. Irgendetwas stimmte nicht. Sie wusste es einfach. Luke hatte ihr schon eine ganze Weile nicht mehr abgesagt. Auch wenn es spät wurde, kam er dennoch. Und wenn er einmal abgesagt hatte, hatte er es noch nie so spät getan. Unbehagen breitete sich in ihrem Körper aus. Bereitete er sich darauf vor, sie zu verlassen?

Sie erinnerte sich an seine Leichtigkeit und sein Lächeln, als sie an diesem Nachmittag das Büro verlassen hatte, und wusste, dass das nicht sein konnte. Er schien so glücklich wie immer gewesen zu sein.

Aber warum sagte er dann ab? Gab es eine andere Frau? Sie verurteilte sich sofort für diesen Gedanken. Luke war *nicht* Jason – er war kein Mann, der fremdging. Die beiden mochten sich oberflächlich ähnlich gewesen sein, doch charakterlich waren sie völlig verschiedene Menschen. Das wusste sie mittlerweile.

Jason hatte immer nach Bestätigung gesucht, was ihn

nicht nur zum Erfolg geführt, sondern ihn auch dazu getrieben hatte, die Anerkennung anderer zu suchen, während Luke sich nie besonders darum geschert hatte, was andere Leute dachten. Alles, was Luke jemals wirklich interessiert hatte, war Harkin.

Als sie daran dachte, wie fokussiert er war, wenn es um die Arbeit ging, seufzte sie. Sie machte sich ganz umsonst Sorgen. In all der Zeit, in der sie ihn kannte, war Harkin Lukes Ein und Alles gewesen. Es gab wahrscheinlich etwas Dringendes, um das er sich kümmern musste. Sie schüttelte den Kopf über ihre eigene Albernheit und antwortete auf seine Nachricht.

Kein Problem. Sehe ich dich morgen?

Es dauerte etwas, bevor ihr Telefon sich wieder meldete.

Ja. Ich komme zu dir.

Stirnrunzelnd legte sie ihr Telefon beiseite und machte sich daran, das Abendessen aus dem Ofen zu holen. Egal, wie sehr sie sich einzureden versuchte, aus einer Mücke einen Elefanten zu machen, sie konnte dieses nagende Gefühl nicht abschütteln, dass etwas ganz und gar nicht stimmte.

* * *

Lukes Brust zog sich zusammen, als er zwei Tage später zögernd vor Sams Wohnung stand. Er wollte sich nicht von ihr trennen. Tatsächlich konnte er sich nicht erinnern, jemals so glücklich gewesen zu sein, wie er es war, wenn er bei ihr war.

Aber es ging um so viel mehr als ihn. Er trug die

Verantwortung für das Unternehmen und die Mitarbeiter, an die er denken musste, und sie verdienten etwas Besseres als einen Chef, der seinen Kopf in den Wolken hatte.

Er hatte darüber nachgedacht, Sam nur an den Wochenenden zu sehen, doch er wusste, dass das nie funktionieren würde. Er zweifelte nicht nur an seiner Fähigkeit, ihr unter der Woche fern zu bleiben, er wusste auch, dass seine Gedanken immer um sie kreisen würden, so wie sie es in den letzten zwei Tagen getan hatten. Er hatte sie nicht gesehen und doch war sie alles, woran er denken konnte. Vor Sam hatte er nie Schwierigkeiten gehabt, sich auf die Arbeit zu konzentrieren, aber jetzt beanspruchte Sam ununterbrochen seine Gedanken.

Und wie seine Mitarbeiter und Investoren, verdiente sie viel mehr als nur einen Bruchteil seiner Zeit. Die letzten Monate hatten bewiesen, dass er sowohl Harkin als auch Sam nicht genug von sich geben konnte, also war es am besten, Sam gehen zu lassen. Er konnte den Gedanken an ein Leben ohne sie fast nicht ertragen, aber er durfte nicht egoistisch sein und sich sorglos nehmen, was er bekommen konnte. Er wäre nicht besser als Jason – und Luke würde Sam nicht ausnutzen.

Was alles noch schlimmer machte, war zu wissen, dass er ihr wehtun würde. Sie mochte zwar noch nicht in ihn verliebt sein, doch sie war auf dem besten Weg dahin. Sie war fast so gerne bei ihm, wie er bei ihr, und die Tatsache, dass sie einem Abendessen mit seinen Eltern zugestimmt hatte, sagte ihm, dass sie bereit war, sich auf eine Beziehung mit ihm einzulassen. Verdammt. Sie hatte ihm sogar Frühstück gemacht, obwohl sie es hasste zu kochen. Das waren kleine Schritte in Richtung seines verzweifelten Wunsches gewesen.

Er musste tun, was er tun musste. Ohne Zweifel würde sie schnell jemand anderen finden. Sein Magen zog sich bei der Vorstellung zusammen, sie mit einem anderen Mann zu sehen, aber er musste den Platz an ihrer Seite freigeben – um seiner selbst- und auch um ihretwillen.

Er öffnete die Tür und sah sie am Esstisch vor dem Laptop sitzen, während im Hintergrund Nachrichten liefen. Sie schaute lächelnd auf. Seine Brust schmerzte bei dem Gedanken, dass er nie wieder ihre Wohnung betreten würde, sie nie wieder so sehen würde, ihr nie wieder zuhören würde, wenn sie in der Dusche sang, oder mit ihr in seinen Armen aufwachen würde.

Sie stand auf und kam auf ihn zu. Er erstarrte. Das wollte er nicht.

Sie runzelte die Stirn, als sie vor ihm stand. „Was ist los?"

„Wir müssen uns trennen", sagte er, bevor er die Nerven verlor. Es wäre so einfach, die Vorsicht in den Wind zu schießen und zu genießen, was sie hatten, so lange sie konnten, aber er konnte es nicht. Das Unternehmen verdiente seine volle Aufmerksamkeit und sie verdiente jemanden, der sie an die erste Stelle setzte. „Es tut mir leid", sagte er, während er den Kopf schüttelte. Mit gebrochenem Herz fuhr er fort: „Ich bin im Büro beschäftigt und habe im Moment keine Zeit für eine Beziehung. Harkin braucht meine volle Aufmerksamkeit."

* * *

„Oh." Sams Kehle schnürte sich zusammen. „Ich verstehe", sagte sie, obwohl sie es nicht wirklich tat.

Was stimmte nicht mit ihr?

Erst hatte Jason sie betrogen, weil sie nicht genug für ihn war, und jetzt war Luke derselben Meinung. Denn sie wusste, dass Lukes Gerede, beschäftigt zu sein, nur eine Ausrede war. Er hätte einfach sagen können, dass er sich zurückziehen und sie nur sehen wollte, wenn es weniger hektisch bei der Arbeit wäre, doch er bot nicht einmal das an. Er wollte aus der Beziehung heraus und versuchte, ihr die Sache zu erleichtern, indem er sagte, dass er beschäftigt wäre. Unterbewusst registrierte sie, dass er sie umarmte und sein sauberer Duft sie einhüllte.

„Danke", murmelte er, während er sich zurückzog. „Es war unglaublich mit dir."

„Schon okay", brachte sie hervor. Obwohl es im Moment höllisch wehtat, wollte sie nicht mit jemandem zusammen sein, der sie nicht wollte. Das würde nur ein böses Ende mit sich bringen. „Es war sowieso nur eine Affäre." Sie versuchte, die Bedeutung ihrer Beziehung herunterzuspielen, doch die Worte fühlten sich unwahr an. Falsch. Eine Verhöhnung der intensiven Gefühle, die sie ihm entgegengebracht hatte. „Freunde?", fragte sie und sah ihn an, obwohl sie wusste, dass sie sich nur selbst etwas vormachte. Sie würde sicherstellen, dass sie aus seinem Leben verschwand, damit sie ihn nie mit einer anderen Frau zusammen sehen musste.

„Freunde." Er zögerte, bevor er ihr etwas gab.

Einen Schlüssel. Den Schlüssel zu ihrer Wohnung.

Ihr Herz brach. Er hatte das alles geplant, oder? Sie hatte

nie eine Chance gehabt, ihn umzustimmen. Und in diesem Moment war sie froh, dass sie nicht gebettelt hatte, froh, dass sie mit Würde und Gelassenheit reagiert hatte.

„Danke", sagte sie wie betäubt.

„Ja. Ich … äh, wir sehen uns."

Sobald Luke gegangen war, ließ Sam den Tränen, die sie zurückgehalten hatte, freien Lauf. Sie wusste nicht, warum, aber sie empfand jetzt viel größeren Schmerz als in dem Moment, in dem sie herausgefunden hatte, dass Jason sie betrogen hatte. Luke war ihr unter die Haut gegangen und sie hatte ihn geliebt wie nie einen anderen zuvor, und sie fürchtete, dass sie sich nie wieder davon erholen würde.

Heilige Scheiße. Das ist ein tolles Angebot. Du musst es kaufen, bevor jemand anderes das herausfindet. Und lass mich wissen, wenn du fertig bist, damit ich noch etwas für mich kaufen kann!

Luke schmunzelte, als er zwei Wochen später im Bett die alten Nachrichten las, die er mit Sam ausgetauscht hatte. Er konnte fast ihre Stimme hören, und obwohl er kein Masochist war, konnte er nicht aufhören, sie zu lesen. Sie *alle* zu lesen.

Er würde die Erinnerungen der letzten Monate für den Rest seines Lebens aufbewahren und hasste den Gedanken, dass alle neuen Erinnerungen, die er an sie haben würde, nur freundschaftlicher Art wären. Und dabei war er sich nicht einmal sicher, ob eine Freundschaft entstehen würde. Obwohl sie sich darauf geeinigt hatten, hatte keiner von ihnen den anderen kontaktiert, seitdem sie sich getrennt hatten, und er erwartete nicht, dass sich das bald ändern würde. Er hatte ihr wehgetan, und sie würde ihm verständlicherweise vorerst fernbleiben. Oder vielleicht auch nicht. Sie hätte nicht darum gebeten, Freunde zu bleiben, wenn sie das nicht gewollt hätte.

Damals dachte er, es wäre die Hölle, nur ihr Freund zu sein, aber nach zwei Wochen, in denen er sie weder gesehen noch ihre Stimme gehört hatte, hätte er einen Mord begangen, nur um einen Anruf von ihr zu bekommen. Er las eine weitere Nachricht – dieses Mal fragte sie, was er zum Abendessen wollte. Er hatte gewusst, dass es an der Zeit war, sie gehen zu lassen. Er hatte das Richtige getan, indem er sich von ihr trennte, und jetzt musste er einfach damit klarkommen.

Es brach ihm das Herz, als er alle Nachrichten löschte.

Ein kurzes Gefühl der Panik überkam ihn, als die Nachrichten direkt vor seinen Augen verschwanden, bevor er sich zusammenriss. Er musste weitermachen – nicht in Erinnerungen schwelgen. Es hatte keinen Sinn, zurückzublicken und darüber nachzudenken, ob alles anders hätte verlaufen können. Er würde sie nur noch mehr vermissen.

Da er wusste, dass er nicht so bald würde einschlafen können, stieg er aus dem Bett. Er würde alles loswerden, was ihn an sie erinnerte. Er würde nie darüber hinwegkommen können, wenn er es nicht tat.

Er holte einen leeren Wäschekorb und warf alles hin, was ihr gehörte – ihre Jacke, ihre Blusen, die sie hier gelassen hatte … Himmel. Sogar die Dinge, die sie und Jason ihm im Laufe der Jahre geschenkt hatten.

Er war gerade dabei, ein Buch, das sie ihm vor zwei Jahren zu Weihnachten geschenkt hatte, in den Korb zu werfen, als er sich an den Ring im oberen Regal seines begehbaren Schranks erinnerte. Da er ihn nicht anschauen wollte, hatte er ihn, nachdem er geliefert worden war, dorthin gelegt.

Er seufzte, als er den Ring holen ging. An dem Tag, an dem er ihn bestellt hatte, war er so hoffnungsvoll gewesen. Er hatte gedacht, dass seine Liebe sie beide stützen könnte. Dumm, dumm, dumm. Da er wusste, dass er den Ring am Ende spenden würde, überlegte er kurz, ihn ihr zu geben, bevor er den Gedanken verwarf und ihn in den Korb warf. Ihr den Ring zu geben, würde nur zu Fragen führen, die er nicht beantworten wollte. Denn am Ende würde sich nichts ändern. Er konnte sie immer noch nicht haben.

Er richtete sich auf und fühlte, wie sich seine Brust zusammenzog, als sein Blick auf das Bett fiel – das Bett, in dem er und Sam unzählige Stunden gekuschelt hatten – und ihm klar wurde, dass die Erinnerungen an Sam die ganze Wohnung füllten und es immer tun würden.

Wenn er wirklich alle Erinnerungen loswerden wollte, musste er sich eine neue Wohnung suchen.

* * *

Samantha Johnson.

Sam runzelte die Stirn, als sie ihren temporären Papierausweis betrachtete. Sie dachte, sie würde sich freuen, wenn sie endlich ihren Mädchennamen wieder hätte – sogar erleichtert sein –, aber alles, was sie fühlte, war eine Leere in ihrem Inneren. Um ehrlich zu sein, hatte sie sich leer gefühlt, seitdem Luke sich von ihr getrennt hatte. Mit Luke zusammen zu sein, war normal für sie geworden, und ohne ihn fühlte sie sich verloren.

Als ihr Telefon klingelte, stopfte sie den Ausweis in ihre Tasche und holte ihr Handy heraus. Ninas Name blinkte auf dem Bildschirm.

„Hey, Nina", sagte sie, als sie das Gespräch annahm und aus dem Gerichtsgebäude in die Sommerhitze trat.

„Liebes, was ist los?"

Sie zuckte zusammen. Sie war so in ihren Gedanken gefangen gewesen, dass sie vergessen hatte, fröhlich zu klingen. Wieder einmal. „Ich habe meinen Namen in Johnson geändert, aber irgendwie fühlt es sich seltsam an. Vielleicht fühlt es sich anders an, wenn ich meinen Führerschein bekomme."

„Liebes, was du brauchst, ist Rachesex – keinen Führerschein."

Schuldgefühle nagten an ihr, als sie daran dachte, wie sie Luke benutzt hatte. Es war nicht fair von ihr gewesen, ihn so zu benutzen, doch jetzt zahlte sie den Preis dafür.

„Ich habe es versucht, aber es hat nicht funktioniert." Im Laufe der Zeit hatte sie sich vorgemacht, dass ihre Beziehung mehr war, aber in Wirklichkeit war es immer nur eine Affäre gewesen.

„Du ... warte mal – was? Mit wem? Wann? Wie?"

Sam zögerte. Da die Beziehung nicht funktioniert hatte, war sie dankbar, dass nur eine Handvoll Leute davon wussten. In gewisser Weise hatte die Trennung ihr einiges erleichtert, weil sie nicht gezwungen worden war, sich mit den Fragen und Blicken der Menschen auseinanderzusetzen. Aber Nina gehörte fast zur Familie und vor all dem hatte sie Nina immer alles erzählt, und so murmelte Sam: „Mit Luke."

Es entstand eine Pause, bevor ihre Freundin antwortete: „Du machst nie etwas in Maßen, oder? Ich dachte eher an einen Lehrer oder Arzt, aber du bist gleich in die Vollen gegangen."

„Ich glaube nicht, dass ich jemals mit jemandem schlafen könnte, den ich nicht kenne", gestand Sam.

„Ich weiß. Gelegenheitssex ist nicht jedermanns Sache. Warum hat es nicht geklappt? War es schlecht?"

„Es war atemberaubend", gab Sam zu. Der beste Sex, den sie je gehabt hatte.

„Oh, du meine Güte. Du hast dich in ihn verliebt, nicht wahr?"

„Ja." Das Wort schaffte es kaum, den riesigen Kloß in ihrer Kehle zu überwinden. Nach all dieser Zeit hatte sie gedacht, nicht mehr weinen zu müssen, aber da hatte sie sich geirrt.

„Oh, Liebes. Das tut mir so leid."

„Es war meine Schuld. Ich wusste, dass es nur Sex war, aber es war so einfach, sich in ihn zu verlieben." Sam seufzte. „Ich weiß, dass ich einfach undankbar bin. Endlich habe ich den sauberen Schnitt gemacht, den ich schon seit Monaten machen wollte. Ich habe das Haus und Jasons Hälfte der Firma verkauft. Ich habe eine Wohnung in der Stadt und meinen Namen geändert ..."

Und angesichts dessen, was zwischen ihr und Luke gewesen war, bezweifelte sie, dass er sie jemals wieder kontaktieren würde. Es war wirklich ein Neuanfang, aber dieses Mal wollte sie ihn nicht. Egal, wie klug ein sauberer Schnitt gewesen wäre, sie hasste den Gedanken, Luke nie wieder zu sehen.

„Doch es stellte sich heraus, dass es nicht das war, was du wolltest", sagte ihre Freundin spitzfindig, als könnte sie ihre Gedanken lesen.

„Ja."

„Hey, warum kommst du dieses Wochenende nicht mal vorbei? Du könntest Andrew kennenlernen und du kannst mir helfen, mein Hochzeitskleid auszusuchen. Wir könnten uns auch alle Brautjungfern-Kleider ansehen. Du wirst doch meine Brautjungfer sein, nicht wahr?"

„Liebend gern", gab Sam zu. „Aber glaubst du nicht, dass ich die falsche Wahl bin, wenn man bedenkt, was passiert ist?"

„Ich denke, du bist eine unverbesserliche Romantikerin, und es gibt niemanden, den ich lieber als meine Brautjungfer hätte."

Hochzeits- und Brautjungfernkleider waren das Letzte, das Sam sich anschauen wollte. Aber um Ninas willen würde sie ihre Traurigkeit beiseiteschieben. „Dann komme ich sehr gern."

KAPITEL DREIUNDZWANZIG

Es klopfte leise an Lukes Bürotür, bevor sie jemand öffnete. „Es ist fast zwei und du hast noch nicht gegessen", sagte Sheila. „Soll ich dir etwas bestellen?"

„Ich bin nicht wirklich hungrig", sagte Luke, ohne seinen Blick von dem Bericht, den er las, zu heben. Er war nicht in der Stimmung, mit irgendjemandem zu sprechen.

„Gut", sagte seine Assistentin, bevor sie plötzlich innehielt. „Nein. Es ist nicht gut. Ich habe versucht, mich nicht einzumischen, aber es reicht. Was ist passiert?"

Überrascht von ihrem Ausbruch blickte Luke auf und musterte die normalerweise gelassene Sheila, die ihn mit ihrem Blick durchbohrte.

„Es ist nichts passiert", sagte er schließlich. „Ich habe einfach im Moment keine Lust, etwas zu essen." Er hatte wenig Appetit.

„Was auch immer du zu Sam gesagt hast, entschuldige dich einfach bei ihr."

Sein Herz setzte einen Schlag aus, als sie Sams Namen

erwähnte, bevor ihm bewusst wurde, was seine Assistentin gesagt hatte. „Weißt du von Sam?"

Sheila verdrehte die Augen und verschränkte ihre Arme. „Man muss kein Hellseher sein, um zu bemerken, wie sehr du durch den Wind warst, als Sam gegangen war, und wie glücklich du seit der Gala warst." Als er nicht antwortete, fuhr sie fort: „Entschuldige dich einfach für das, was du gesagt oder getan hast, denn so langsam erschreckst du einige der Jungs mit deiner bösen Miene und den finsteren Blicken."

Ihre Worte erinnerten ihn an das Gespräch, das er mit Sam geführt hatte, als sie zum Mittagessen vorbeigekommen war. Da hatte er noch nicht geahnt, dass dies das letzte Mal sein würde, dass sie miteinander ausgehen würden. Er runzelte die Stirn, als ihm etwas bewusst wurde.

„Du störst dich nicht an mir und Sam?", fragte er überrascht. Jason war immer bei den Mitarbeitern beliebt gewesen. Luke konnte sich nicht vorstellen, dass sie akzeptierten, dass er mit der Witwe ihres geliebten Chefs zusammen war.

Sheila zuckte mit den Schultern. „Es ist die Wall Street. Ihr seid alle ein bisschen verrückt. Außerdem hast du wenigstens nicht deinem Sohn die Freundin ausgespannt wie dieser Rick", sagte sie und meinte damit einen anderen Hedgefonds-Manager, der sich von seiner Frau scheiden ließ, damit er die Freundin seines Sohnes heiraten konnte. „Ich kann immer noch nicht glauben, was dieser kranke Bastard getan hat." Sie schüttelte den Kopf. „Lass mich wissen, wenn du deine Meinung über das Mittagessen änderst."

Luke fuhr sich mit einer Hand durch die Haare, als seine Assistentin das Zimmer verlassen hatte. Er wusste, dass Sam die Art und Weise, wie er sich in letzter Zeit verhalten hatte, nicht gutheißen würde, aber er fühlte sich einfach so innerlich tot. Es war, als würde er alles rein automatisch erledigen.

Auch die Tatsache, dass Harkin endlich wieder auf Kurs war, half nichts. Es war, als gäbe es da ein großes Loch in seinem Herzen, und er befürchtete, dass es nie wieder heilen würde. Er hatte das Sprichwort gehört, dass es besser wäre, geliebt und verloren zu haben, als überhaupt nicht geliebt zu haben, doch er bezweifelte, dass der Verfasser des Spruchs auch nur ansatzweise das empfunden hatte, was er für Sam empfand. Denn er wusste nicht einmal, wie er ohne sie weiterleben sollte. Die Gedanken an Sam hatten ihn so in ihrem Besitz genommen, dass er nicht schlafen konnte. Alles, woran er denken konnte, war sie und dass er sie nicht haben konnte ... Er stöhnte. Obwohl er die kostbaren Monate mit ihr geliebt hatte, wusste er, dass es besser gewesen wäre, wenn er weiterhin in einer Scheinwelt gelebt hätte, als zu wissen, was ihm fehlte.

Mit dieser düsteren Erkenntnis schob er seine chaotischen Gedanken beiseite und konzentrierte sich auf das, was er bewältigen konnte: seine Arbeit.

* * *

Luke kam am nächsten Tag gerade aus der Dusche, als sein Telefon piepte.

Sam.

Adrenalin raste durch seine Adern, als er überlegte, warum sie ihm eine Nachricht geschickt haben könnte, und er musste dreimal über den Bildschirm wischen, bevor er es schaffte, das Handy zu entsperren.

Kann ich hochkommen?

Sie war im Haus! Kam sie, um ihm zu sagen, dass er einen Fehler gemacht hatte und dass sie zusammengehörten? Oder wollte sie ihn nur besuchen und Hallo sagen? So oder so, er war überglücklich, sie zu sehen.

Sicher. Der Code ist immer noch derselbe und dein Fingerabdruck funktioniert immer noch.

Er drückte auf Senden und zog sich schnell etwas an. Die Aufzugtüren öffneten sich, als er ins Wohnzimmer ging. Sein Herz klopfte heftig und er starrte ihr wie ein verhungerter Mann entgegen – die dunklen Haare und diese schönen Augen. Himmel. Er hätte den ganzen Tag in diese Augen schauen können. Er war so glücklich, sie zu sehen, dass er den Karton in ihren Händen erst bemerkte, als sie ihm diesen praktisch in die Hände drückte.

„Hier sind die Dinge, die du bei mir gelassen hast."

Ihm wurde ganz anders zumute, als er den Karton entgegennahm. Sie wollte ihre Erinnerungen an ihn loswerden. Hatte ihre gemeinsame Zeit ihr so wenig bedeutet? Seine Kehle schnürte sich bei dem Gedanken zusammen, dass das, was sie gehabt hatten, für sie tatsächlich nur eine Affäre gewesen war. Und obwohl er es vermutet hatte, war die Bestätigung ein Schlag in die Magengrube.

„Warte. Ich hole dir auch deine Sachen", sagte er und zog sich instinktiv zurück. Wenn sie nichts mit ihm zu tun haben wollte, wollte er auch nichts mit ihr zu tun haben.

Er holte den Korb, den er in der Nacht gefüllt hatte, und ging schnell zu ihr zurück. Sie hatte sich nicht von der Stelle gerührt. Er ahnte, dass sie nicht länger hierbleiben wollte, als sie musste. Erbost warf er ihr den Korb fast zu.

Er bedauerte es in dem Moment, als sie ihn entgegennahm. Er hatte alle Nachrichten gelöscht und hatte nichts mehr von ihr. Er stand kurz davor, den Korb wieder an sich zu reißen und ihr zu sagen, dass es ein Fehler gewesen war, als sie murmelte: „Danke."

Sie schenkte ihm ein sanftes Lächeln. „Zwei Dumme, ein Gedanke, hm?"

Es war zu spät.

„Wir sehen uns." Sie drehte sich um und ging zum Aufzug. Er wollte sie aufhalten. Aber der Aufzug kam und erneut war sie verschwunden.

Wie konnte das so weh tun?

Sams Brust zog sich zusammen, als sie den Korb auf die Couch fallen ließ. Sie waren nur drei Monate zusammen gewesen. Drei Monate. Wie konnte es möglich sein, dass die Trennung ihr so sehr aufs Gemüt schlug? Vor allem nach dem, was ihr mit Jason passiert war. Sollte ihre kaputte Ehe nicht das Schlimmste sein, das ihr widerfahren war? Aber das war es nicht.

Seufzend fuhr sie sich mit einer Hand durch die Haare. Sie hätte von Anfang an wissen müssen, dass sie nicht so viel von Luke erwarten konnte. Sie kannte seine Frauengeschichten. Aber es war, als hätte sie mit jedem Lächeln und jedem Kuss, den Luke ihr gegeben hatte, etwas mehr von sich selbst verloren.

Wo war ihr Stolz? Ihre Würde? Wenn er sie nicht wollte, sollte sie ihn auch nicht wollen, oder?

Aber sie tat es. Sie tat es von ganzem Herzen. Es schien fast unfair, dass die Liebe nicht erwidert wurde, wenn man jemanden so liebte, wie sie Luke liebte. Und die Art und Weise, wie er ihr so beiläufig den Korb mit ihren Sachen gegeben hatte! Er war vorbereitet gewesen. So handelte er wahrscheinlich bei jeder Frau, mit der er eine Beziehung gehabt hatte!

Im Gegensatz zu ihr, die nur all die Erinnerungen hatte loswerden wollen, die dafür gesorgt hatten, dass sie ihn mehr vermisste, als sie ertragen konnte. Sie drängte die Tränen zurück, als sie in den Korb schaute und den roten Pullover zur Hand nahm, den sie in seiner Wohnung gelassen hatte.

Plötzlich wurde sie wütend. Vielleicht war es gut zu wissen, wie wenig sie ihm bedeutet hatte. Auf diese Weise würde sie viel schneller über ihn hinwegkommen. Entschlossen, ihn zu vergessen, nahm sie den Korb und leerte seinen Inhalt auf ihre Couch.

Sie runzelte die Stirn, als eine kleine Schatulle auf ihrem Pullover landete. Sie erinnerte sich nicht daran, ihm jemals etwas so Kleines gegeben zu haben. Es sah aus wie ein Schmuckkästchen. Ein Kribbeln breitete sich in ihrem Bauch aus, als sie es in die Hand nahm. War das die Schatulle, in der sich die Manschettenknöpfe befanden, die sie und Jason ihm gekauft hatten? Da sie kaum Erinnerungen an die Manschettenknöpfe hatte, öffnete sie die Schatulle und hatte plötzlich das Gefühl, als zöge man ihr den Boden unter den Füßen weg.

Ein Diamantring?

Ihr Verstand suchte fieberhaft nach Gründen, warum Luke einen Diamantring besitzen sollte. Hatte er jemanden kennengelernt oder bewahrte er ihn für einen Freund auf? Da sie wusste, dass weder Adam noch Brian eine feste Freundin hatten, wurde ihr klar, dass Luke jemanden kennengelernt haben musste. *Deshalb* hatte er sich von ihr getrennt. Es war nicht, weil er beschäftigt war. Es war, weil er eine andere Frau getroffen hatte!

Ihre Brust schmerzte bei dem Gedanken, dass er eine andere Frau heiraten würde, bevor ihr in den Sinn kam, dass er nie vorschnell handelte. Luke hätte nie einen Ring für jemanden gekauft, den er gerade erst kennengelernt hatte. Er war unglaublich akribisch.

Wut erfüllte sie bei dem Gedanken, dass er sich mit ihr und der anderen Frau gleichzeitig getroffen haben musste. Kein Wunder, dass er so bereit gewesen war, ihre Beziehung geheim zu halten!

Ihr Blut kochte. Sie ließ die Schatulle zuschnappen und ging zur Tür. Sie hatte Jason vielleicht nicht mehr ihre Meinung sagen können, doch sie würde es genießen, es bei Luke zu tun!

* * *

Der Boxsack schwang quietschend zurück. Lukes Muskeln spannten sich in Erwartung, als er auf ihn zukam. Rechter Haken, linker Schlag. Der Sack quietschte wieder, als er sich von ihm wegbewegte, und er schlug härter zu, als er zurückkam, und legte all seine Frustration in den Schlag. Er hatte *gewusst*, dass er nie etwas mit Sam hätte anfangen sollen. Er hatte sich lediglich eingeredet, dass es etwas Reales zwischen ihnen geben könnte.

Er versetzte dem Sack zwei Aufwärtshaken. Wie er sich wünschte, dass er die Zeit zurückdrehen und all das rückgängig machen könnte! Seine Fäuste fingen an zu schmerzen, aber er schlug weiter auf den Sack ein. Schmerzen waren besser als die Taubheit, die er seit der Trennung spürte. Er war so darauf bedacht, den Sack zu treffen, dass er den Aufzug fast nicht gehört hätte.

Da er ahnte, dass es wahrscheinlich seine Mutter war, die nach ihm schauen wollte, nachdem er ihre Anrufe ignoriert hatte, stöhnte er auf. Er wusste, dass er die Gespräche hätte annehmen sollen, aber ihm war einfach nicht danach gewesen, so zu tun, als wäre alles in Ordnung, wenn das Gegenteil der Fall war. Er hatte ihr immer noch nicht gesagt, dass er und Sam nicht mehr zusammen waren. Er wollte sich nicht nur das Mitleid seiner Mutter ersparen, sondern er wollte auch nicht vor den einzigen Menschen, die von ihnen gewusst hatten, zugeben, dass sie sich getrennt hatten, womit die ganze Sache nur noch endgültiger wirken würde. Seufzend zog er seine Handschuhe aus und machte sich auf den Weg ins

Wohnzimmer. Doch statt seiner Mutter sah er Sam auf ihn zustürmen. Ihre Augen loderten, als sie ihm etwas in die Hand drückte.

„Willst du mir erklären, was das ist?", fragte sie.

Er schaute nach unten und spürte, wie sich seine Brust beim Anblick des Rings zusammenzog.

„Das ist nichts", antwortete er. Sie brauchte nicht zu wissen, dass er dumm genug gewesen war, zu denken, dass sie den Rest ihres Lebens zusammen verbringen könnten.

„Das ist nichts?", wiederholte sie. „Wie konntest du das tun? Wie konntest du das mir und dieser anderen Frau antun? Ich habe dich anscheinend falsch eingeschätzt."

„Was?", fragte er verwirrt. *Welche andere Frau?*

„Ich kann nicht glauben, dass du wen-auch-immer betrogen hast, wenn du mit mir zusammen warst." Er hasste es, die Enttäuschung in ihren Augen zu sehen, besonders weil er sie nicht betrogen hatte. Er würde ihre Liebe nie als selbstverständlich ansehen. Er hätte sie gerne akzeptiert und den Rest seines Lebens damit verbracht, dafür zu sorgen, dass sie diese Entscheidung nie bereute.

„Ich bin noch nie in meinem Leben fremdgegangen", sagte er und konnte es nicht ausstehen, dass sie ein so schlechtes Bild von ihm hatte. „Ich war dir immer treu."

Ihre Augen blitzten. „Ich fasse es nicht. Du willst es nicht einmal zugeben. Hier, nimm deinen Ring."

„Behalte ihn", bot er schnell an. Er würde es bereuen, all diese Textnachrichten gelöscht und ihr all ihre Dinge zurückgegeben zu haben, aber er würde zusammenbrechen, wenn sie ihm diesen Ring zurückgeben würde. Er würde ihn nur an all das erinnern, was er verloren hatte. „Es gibt sowieso keinen Antrag."

„Tja. Es war schön, dir dabei zu helfen, dein Leben zu ordnen", sagte sie scharf. Sie drückte ihm die Schatulle an die Brust und verließ ihn an diesem Tag zum zweiten Mal. Sein Magen drehte sich um, als ihm bewusst wurde, dass die Frau, die er liebte, so wenig von ihm hielt.

„Warte", sagte er, während er ihr folgte. Als sie nicht stehen blieb, packte er ihren Arm, aber sobald dies geschehen war, übernahm sein Instinkt die Kontrolle und er küsste sie.

Ob es auch bei ihr instinktiv geschah, wusste er nicht, aber sie erwiderte seinen Kuss, obwohl er die Wellen der Wut spürte, die durch sie strömten. Aber auch ihre Wut konnte den Kuss nicht ruinieren, weil sie wieder in seinen Armen lag.

Dann veränderte sich plötzlich etwas. Sie war weicher, und er fühlte sich plötzlich nicht mehr ganz so verzweifelt. Es war, als würden sie sich beide die Zeit nehmen, den Geschmack des anderen neu zu erkunden. Er stöhnte, als er seine Hände in ihre Haare schob. Verdammt, wie er sie vermisst hatte! Als er sich wieder zu Hause fühlte, vertiefte er den Kuss, genoss ihren Geschmack, genoss es, wie sie sich anfühlte, wie …

Viel zu früh schob sie ihn von sich.

„Ich liebe dich", sagte er und hasste den Gedanken, dass es das letzte Mal sein würde, dass er ihre Lippen schmecken oder sie in den Armen halten würde.

Sie lachte. „Was? Der eine Antrag fällt aus, also richtest du ihn einfach an die nächste Person?"

„Es gab nie eine andere Frau", sagte er frustriert. „Nur dich. Ich habe diesen Ring für dich gekauft."

Sie zögerte eine Millisekunde, bevor sie sich versteifte. „War das vor oder nach der Trennung von mir?"

„Vorher."

„Also, nachdem du mir einen Ring gekauft hast, entscheidest du dich, dich von mir zu trennen? Du musst mehr an deiner Geschichte arbeiten."

Eine Angst, wie er sie nie gekannt hatte, breitete sich in ihm aus, als er sah, dass sie kurz davor war, ihn abzuservieren.

„Geh nicht", sagte er und hielt sie erneut fest. „Ich liebe dich", wiederholte er, während er sein Gesicht an ihrem Hals vergrub, wo ihn der vertraute Geruch von Vanille begrüßte. „Das tue ich schon immer."

„Das tue ich schon immer – was soll das heißen?", fragte Sam in einem plötzlich vorsichtigen Tonfall, als sie sich von ihm löste, um ihn anzuschauen.

„Ich habe dich schon immer geliebt", sagte Luke unmissverständlich. „Ich weiß nicht, was passiert ist. Ich wollte immer eine Frau finden, die so ist wie du, und plötzlich wollte ich dich. Das war wahrscheinlich der Grund, warum ich dir vor all den Jahren von Jasons Affäre erzählt habe." Er seufzte, als er sich mit einer Hand durch die Haare fuhr. „Okay. Es war genau der Grund, warum ich dir von Jason erzählt habe. Es war nicht gerade meine beste Idee, aber ich konnte den Gedanken nicht ertragen, dass er dich für selbstverständlich hinnahm. Es brachte mich jedes Mal halb um, wenn ich gesehen habe, wie er das Büro verließ und ich wusste, dass er sich mit jemandem traf. Du hast so viel mehr verdient." Seine Kehle schnürte sich zusammen. Er sehnte sich danach, sie in seine Arme zu ziehen, aber er wusste, dass er nicht das Recht dazu hatte. „Das soll nicht heißen, dass ich dich verdiene, aber ich *brauche* dich in meinem Leben. Bitte geh nicht."

* * *

„Ich weiß, dass ich das alles vermasselt habe, aber ich werde langsam verrückt." Luke fiel auf ein Knie, ihre Hand noch in seiner. „Willst du mir die Ehre erweisen, meine Frau zu werden?"

Ihr Herz schlug heftig, als sie die Liebe in seinen Augen sah. Sie konnte nicht glauben, was sie hörte. Er liebte sie? „Meinst du das ernst?"

„Ja. Ich kann mir ein Leben ohne dich nicht vorstellen. Ich will kein Leben ohne dich. Die letzten Wochen waren die reinste Folter."

Sie schüttelte verwirrt den Kopf. „Aber du warst derjenige, der sich von mir getrennt hat!"

Er verzog das Gesicht. „Du hast mich zu sehr abgelenkt. Es war zu einfach, die Arbeit im Büro liegen zu lassen, denn alles, was ich wollte, war, bei dir zu sein. Aber ich musste feststellen, dass es ohne dich noch schlimmer ist. Ich brauche dich in meinem Leben, Samantha. Bitte sag ja."

Konnte das wahr sein?

Sam schaute ihm in die Augen und sah, dass er es ernst meinte. Sie blinzelte Tränen der Dankbarkeit zurück, als sie neben ihm auf die Knie fiel. „Ich dachte nicht, dass ich mich wieder verlieben könnte, vor allem nicht nach dem, was mit

Jason passiert ist", sagte sie, als sie ihre Hände an sein Gesicht legte. „Aber irgendwie bin ich mehr in dich verliebt als je in ihn. Ich war noch nie so am Boden zerstört wie in den letzten –"

Er unterbrach sie mit einem Kuss und sie erhob keine Einwände. Sie würde nie genug von seinen Küssen bekommen.

„Ich liebe dich", sagte er, als er sich von ihr löste und ihr in die Augen sah.

Freude erfüllte ihr Herz bei diesen Worten. „Ich liebe dich auch."

Er lachte und beide standen auf und küssten sich wieder.

„Sag es noch einmal", sagte er, den Kuss unterbrechend.

„Ich liebe dich." Er lächelte, bevor er sie noch einmal küsste. Schauer jagten ihr über den Rücken, als seine Hände ihre Taille umfassten, bevor er sie hochhob und in Richtung Schlafzimmer trug.

Er legte sie sanft aufs Bett. „Ich liebe dich auch", sagte er, als er ihr Gesicht umfasste, und dann fuhr er damit fort, ihr zu zeigen, wie sehr.

EPILOG

Anderthalb Jahre später

Lukes Brust zog sich zusammen, als Sam den Kinderwagen vor sich her schiebend in sein Büro kam. Nach all dieser Zeit hatte sie immer noch diese Wirkung auf ihn, einfach nur, indem sie einen Raum betrat. Er wusste nicht, womit er so viel Glück verdient hatte, sie als seine Frau und dieses schöne, gesunde Baby als seine Tochter zu haben, aber er war für immer dankbar. Sie waren sein Ein und Alles.

Es erschreckte ihn immer noch, darüber nachzudenken, wie kurz er davor gewesen war, Sam zu verlieren.

Er konnte nicht glauben, dass er sich beinahe für die Firma und nicht für sie entschieden hätte, dass er überhaupt auf den Gedanken gekommen war, er hätte sich entscheiden müssen. Sicher, es hatte einige Zeit gedauert, bis er sich daran gewöhnt hatte, seine Arbeit an andere zu delegieren, aber es war nicht so schwer gewesen, wie er gedacht hatte – vor allem, wenn es bedeutete, dass er mehr Zeit hatte, um mit Sam zusammen zu sein.

Er stand auf, um seine Frau zu küssen. Sams Wangen röteten sich, als er sich von ihr löste, und er musste lächeln, als er merkte, dass er sie immer noch umarmte.

„Schläft sie?", fragte er, mit dem Kinn auf Suzie, ihr kleines Mädchen, deutend.

Sam lächelte. „Nein. Sie ist irgendwo hier in den Büros aufgewacht. Jeder wollte sie sehen." Obwohl die Presse seine und Sams Beziehung heftig kritisiert hatte – sie hatten sogar behauptet, sie hätten bereits eine Affäre gehabt, als Jason noch am Leben gewesen war –, hatten die Mitarbeiter es überraschend schnell akzeptiert.

Adam hatte gesagt, dass es daran lag, dass Luke jetzt, da er Sam geheiratet hatte, als Boss umgänglicher war, aber Luke ahnte, dass die Mitarbeiter einfach nur glücklich waren, Sam wieder im Büro zu haben. So oder so war er dankbar. Er wollte nicht, dass man seine Tochter wegen der Partnerwahl ihrer Eltern anders behandelte.

Er beugte sich nach unten und sah in schöne dunkle Augen, genau wie die der Mutter, die ihn unter der Decke hervor anstrahlten.

„Hallo, kleines Mädchen", sagte er und wedelte mit der Hand vor ihrem Gesicht. Ihm wurde ganz warm ums Herz, als Suzies Augen sich weiteten, während sie lächelte und seine Hand packte.

„Ich habe in zehn Minuten ein Meeting", sagte Sam. Neben dem Geld ihrer Freunde und Familie verwaltete sie auch einen Teil des Unternehmensportfolios. „Passt du auf sie auf, oder soll ich sie zu Brenda bringen? Sie ist unten und flirtet wieder mit Ruben."

Luke lachte bei der Vorstellung, dass ihre Babysitterin mit dem Wachmann flirtete. „Lass sie nur. Ich denke, ich kann sie beschäftigen." Als ob sie damit einverstanden wäre, klatschte Suzie und strampelte mit der. Beinchen.

„Danke." Sam kam zu ihm, um ihm einen schnellen Kuss auf die Lippen zu geben, aber er hatte andere Ideen. Er drehte den Kinderwagen von sich weg und schlang einen Arm um Sam, bevor er den Kuss vertiefte. Immerhin hatte sie zehn Minuten Zeit.

Vielen Dank, dass Sie *Unausgesprochenes Begehren* gelesen haben! Um etwas über meine neuen Veröffentlichungen zu erfahren, melden Sie sich bitte für meine Mailingliste unter natashagrace.com/de an.

SÜSSE LEIDENSCHAFT

Olivia Montgomery sollte begeistert sein, dass man ihr die Verantwortung für die Renovierung von The Mansion übertragen hat. Seit Jahren wünscht sie sich, dem alten Hotel ihres Großvaters wieder zu seinem ursprünglichen Glanz zurückzuverhelfen. Leider hat der neue Besitzer, Adam Campbell, andere Pläne. Anstatt das Hotel zu restaurieren, will er es entkernen, und das kann Olivia nicht zulassen. Sie würde alles tun, um die Vision ihres Großvaters zu bewahren, aber als Adam erkennt, was sie vorhat, beschließt er, sie im Auge zu behalten. Und zwar ganz genau.

www.ingramcontent.com/pod-product-compliance
Lightning Source LLC
Chambersburg PA
CBHW061314190726
48288CB00002B/494